no_way_out

Von Alice Gabathuler ebenfalls erschienen:
Mordsangst
Das Projekt
Freerunning
dead.end.com
Matchbox Boy
Blackout

Gabathuler, Alice:
no_way_out
ISBN 978 3 522 20178 0

Einbandgestaltung: Isabel Thalmann, Buch und Grafik, Zürich
Innentypografie: Kadja Gericke
Schrift: Palatino, Consolas
Satz: KCS GmbH, Buchholz / Hamburg
Reproduktion: immedia 23, Stuttgart
Druck und Bindung: CPI – Ebner & Spiegel, Ulm

5 4 3 2 1° 13 14 15 16

www.alicegabathuler.ch

Thriller

Alice Gabathuler

no_way_out

THIENEMANN

Never forget

Für Joshy, Stouni, Migi, Feu Feu, Shivus, Luci, Silvan, Kay und den Unbekannten, der mit seiner Frage nach zwanzig Rappen diese Geschichte ins Rollen brachte – und für alle anderen, die nicht der gängigen Norm entsprechen. Die Welt braucht Menschen wie euch.

Am 26. Februar 2012 kaufte sich in Florida ein siebzehnjähriger Jugendlicher in einem Tankstellenshop eine Tüte Süßigkeiten und eine Dose Eistee und machte sich damit auf den Weg nach Hause. Unterwegs fiel er einem Mann auf, dem er verdächtig vorkam, unter anderem, weil er einen Kapuzenpullover trug.

Der Mann erschoss den Jungen. Nach der Tat berief er sich auf das *Stand-your-ground*-Gesetz. Dieses Gesetz erlaubt in manchen Bundesstaaten der USA Menschen, die sich bedroht fühlen, sich mit Gewalt zu wehren, einschließlich tödlicher Gewalt – und es gewährt ihnen für ihre Tat Straffreiheit.

Der erschossene Jugendliche war unbewaffnet. Alles, was er bei sich hatte, war die Tüte Süßigkeiten und die Dose Eistee aus dem Tankstellenshop. Der Staatsanwalt stellte keinen Haftbefehl gegen den Täter aus. Erst auf Druck der Medien und Demonstranten wurde der Täter angeklagt.

Kriminalität unter jugendlichen Außenseitern nimmt beängstigend zu

Der Fall des in seinem Geschäft ausgeraubten und dabei lebensgefährlich verletzten Juweliers Konrad T. scheint gelöst. Gestern verhaftete die Polizei den dringend Tatverdächtigen Nico K., einen jugendlichen Außenseiter ohne festen Wohnsitz.

Noch sei der junge Täter nicht geständig, heißt es aus gut unterrichteten Quellen, doch alle Indizien deuten auf Nico K. als Täter. Nico K. wäre damit der letzte Täter in einer anhaltenden Serie von schweren Verbrechen, die von jugendlichen Außenseitern begangen wurden. Acht der jugendlichen Straftäter sind inzwischen rechtskräftig verurteilt, gegen zwölf weitere laufen Verfahren.

Die beängstigend zunehmende Kriminalität unter jugendlichen Außenseitern beschäftigt Polizei, Experten, Politiker und die Gesellschaft gleichermaßen. Als Folge dieser Eskalation an Gewalt führt die Polizei vermehrt Kontrollen an neuralgischen Punkten durch, löst verdächtig scheinende Gruppen auf und verweist auffällige Jugendliche konsequent von belebten Standorten wie Bahnhöfen, Fußgängerzonen und Parks.

Auf bisweilen fragwürdige Weise angeheizt wird die Debatte um straffällig gewordene Jugendliche von der Bewegung *Gerechtigkeit für Leon*, benannt nach Leon P., einem der verurteilten jugendlichen Täter.

TEIL 1.

Levi Xander @LeviTheVoice
Ein kurzer Blick auf die Wirtschaftsdaten: Was ist ein Leben heute wert? **#GfLeon**

Jakob Linder schoss mich ab wie ein wildes Tier. Seine Waffe war ein schwarzer Jaguar, und dass er mich sorgfältig ausgewählt hatte, kapierte ich erst, als es viel zu spät war.

2

philosophin @philosophin

Das Schicksal ist ein Finger, der auf dich zeigt.

Ich hörte den Wagen kommen und überlegte, ob ich mich umdrehen und den Daumen in die Höhe halten sollte. Es war das erste Auto auf dieser Nebenstraße irgendwo im Nichts, vielleicht würde es für lange Zeit auch das letzte sein. Trotzdem entschied ich mich gegen das Trampen. Ich musste erst meinen Kopf leeren, den mir Smiley beim Abschied mit Wörtern bis unter die Schädeldecke vollgeschwallt hatte.

Smiley gehört nicht zu den hellsten Leuchten, doch für manche Dinge hat er so was wie einen sechsten Sinn. Er musste geahnt haben, weshalb ich gekommen war, denn als ich mich neben ihn setzte, unten am Fluss, an seinem Lieblingsplatz, knetete er seine Hände, starrte auf das Wasser hinaus und schwieg.

»Du machst die Fliege«, sagte er nach einer ziemlich langen Zeit, in der er keinen Ton von sich gegeben hatte.

Ich schaute in die türkisfarbene Tiefe und nickte.

Das öffnete bei ihm sämtliche Schleusen. Er legte los und redete, ohne Luft zu holen, als ob ich aufstehen und gehen würde, wenn er länger als eine Zehntelsekunde schwieg. Irgendwann hatte er sich leer geredet und mich voll. Ich stand auf. Er kapierte, dass unsere Zeit um war. »Mach's gut, Mann«, sagte er. In seinen Augen standen Tränen.

Ich wäre beinahe geblieben. »Du auch«, antwortete ich.

Smiley hob den Kopf und schaute nach oben, zur Brücke. »Achtzehn Meter.« Sein Mund verzog sich zu dem schiefen Grinsen, das er bei unserer ersten Begegnung draufgehabt hatte, achtzehn Meter weiter oben, er auf dem schmalen Brückengeländer und ich steif vor Schiss ein paar Meter von ihm entfernt.

Ich räusperte den Kloß aus meinem Rachen. »Achtzehn verdammte Meter«, antwortete ich krächzend.

Das Grinsen verschwand aus seinem Gesicht. »Pass auf dich auf«, sagte er ernst.

Ich weiß nicht, ob man etwas denkt, wenn es einen erwischt, aber wenn ich an etwas gedacht habe, als mich der Wagen erfasste und über den Straßengraben schleuderte, dann an Smileys Worte. *Pass auf dich auf.* Und dass das mit dem sechsten Sinn vielleicht mehr als ein Gerücht war. Vielleicht dachte ich auch nichts, denn zwischen dem Zusammenstoß und der Landung auf dem Schotterhaufen lag bestimmt nicht mal eine Sekunde. Das ist zu wenig Zeit, um so viele Dinge zu denken.

Nachdem es einen erwischt hat, ist die Welt nicht mehr dieselbe. Es riecht anders und man hört alles anders. Intensiver. Weit weg und irgendwie doch ganz nah. Das erste Geräusch, das ich wahrnahm, war ein röchelndes Stöhnen wie von einem verwundeten Tier. Ich konnte mich nicht erinnern, vor meinem unfreiwilligen Flug irgendein Lebewesen gesehen zu haben. Nur langsam sank die Erkenntnis in mich ein, dass ich es war, der diese jämmerlichen

Laute von sich gab. Als wäre das nicht genug, drückte der Scheißkerl, der mich angefahren hatte, aufs Gaspedal und haute mit quietschenden Reifen ab. Nach einer Weile verlor sich das Röhren des Motors in der Ferne und ich war allein unter dem blauen Himmel mit der knalligen Sonne. Um mich war nichts als Stille.

Sie füllte sich mit meinem rasselnden Atem und meinem Puls, der durch die Gehörgänge und gegen meine Schläfen hämmerte, ein kesselndes Schlagzeugsolo auf Speed. Würgend und hustend stemmte ich mich auf die Ellbogen und sah Blut, das auf die Steine tropfte. Eine Weile schaute ich zu, wie es zwischen ihnen versickerte. Dann dämmerte meinem benebelten Hirn, dass das mein Blut war. Mir wurde übel.

Immer noch halb weggetreten, versuchte ich, mich in so was wie eine Sitzposition zu manövrieren, aber ein mörderischer Stich in meinem rechten Bein setzte mich außer Gefecht. Ich sackte zusammen und lag auf dem Schotter wie eine Katze, die man angefahren und liegen gelassen hatte. Weit über mir drehte sich der Himmel, so kitschig blau, dass ich die Augen schloss. Auf meinen Lidern brannte die Sonne, aus meinem Kopf rann Blut. Ich driftete weg.

Eine Mücke, die ihren Rüssel in die Haut an meinem Hals bohrte, holte mich zurück. Ich klatschte sie tot.

Tot, hallte es in meinem Kopf. Ich wollte nicht sterben.

»Achtzehn Meter«, krächzte ich. »Achtzehn Meter, achtzehn Meter, achtzehn Meter.« Es klang wie eine Beschwörung. Dabei glaubte ich nicht an Geister, zumindest nicht an gute, aber Smiley tat es, und vielleicht reichte sein Glaube auch für mich.

Ich fühlte, wie ich erneut abzudriften begann, und zwang mich, an Smiley zu denken. Vielleicht hört sich das blöd an, aber Smiley hat was, das einen weitermachen lässt, auch dann, wenn man aufgeben will. Keine Ahnung wieso, denn bei unserer ersten Begegnung provozierte er seinen Abgang. Er balancierte auf einem Brückengeländer hoch über dem Fluss wie ein besoffener Seiltänzer.

»Komm da runter«, sagte ich leise, damit er nicht erschrak.

Er drehte sich um und grinste mich schief an. »Achtzehn Meter. Wenn ich richtig aufs Wasser knalle, bin ich entweder sofort tot oder trete weg und merke nicht mal, dass ich ersaufe.«

Das war zu viel Gerede für einen, der sich aus dem Spiel nehmen will.

»Schade um deine Segelohren«, sagte ich.

»Arsch«, antwortete er.

Er beugte sich nach vorn und geriet ins Wanken. Ich hörte auf zu atmen. Er ruderte mit den Armen, fing sich auf und sprang vom Geländer auf die Brücke. Ich atmete erst wieder, als er mir seine Hand auf den Rücken schlug.

»Ich bin Smiley«, stellte er sich vor.

»Tatsächlich?«, keuchte ich und spuckte einen Teil meines Mageninhalts auf den Boden.

Er schaute den Fleck auf dem Teer an und dann mich. »Ja. Weil ich fast immer grinse.«

Ich war nahe dran, ihm eine reinzuhauen.

»Lust auf ein Bier?«, fragte er.

»Wolltest du wirklich springen?«

Er zuckte mit den Schultern.

»Warum?«

»Mit meinem Kopf ist etwas nicht in Ordnung.«

Das sah ich auch so. Ich wandte mich ab und ließ den Grinskopf stehen.

»Und?«, rief er mir hinterher.

»Was?«

»Willst du jetzt ein Bier oder nicht?«

Ich war den ganzen Tag unterwegs gewesen. Ich hatte Hunger und ich hatte Durst. Und die Zeiten waren härter geworden für solche wie mich. Deshalb sagte ich: »Ja.«

»Dann müssen wir hier runter.« Er grinste schon wieder. Ich fand's nicht lustig. Smiley schon. »Erwischt!« Er lachte. »War ein Witz. Logo, springen wir nicht. Wir laufen.«

Worauf wir den Abhang hinunterschlitterten, uns durch das Gebüsch schlugen und vor einer alten Holzhütte mit einem Blechdach stehen blieben.

»Hier wohne ich«, erklärte er.

Ich wusste nicht, was er von mir erwartete, aber ich begriff, dass wir erst reingehen würden, wenn ich etwas gesagt hatte. »Nett hast du es hier«, murmelte ich.

Das Grinsen kehrte in Smileys Gesicht zurück. Ich hatte das Richtige gesagt.

Das Bier war zu warm, aber es schmeckte. In der Hütte gab es zwei Schlafplätze. Smiley fragte, ob ich bleiben wolle. Nun, er war zwar ein bisschen verrückt, aber sonst ziemlich okay. Ich blieb. Eine ziemlich lange Zeit. Die längste, die ich je freiwillig irgendwo geblieben war.

Pass auf dich auf, sagte Smiley in meinem Kopf, aus dem Blut rann.

John_Gambler @derSpieler
Ein guter Spieler ist immer auch ein guter Schauspieler. **#Spielregeln**

Der Wagen kam zurück. Langsam fuhr er auf mich zu und hielt auf meiner Höhe an. Ein leises Klicken der Tür, polierte Schuhe auf dem Asphalt, darüber Anzughosen, eine Stimme. »Scheiße, Junge, bist du verletzt?«

Ich antwortete nicht. Schließlich hatte der Typ Augen im Kopf und konnte das Blut sehen.

»Kannst du aufstehen?«

Ich sagte immer noch nichts.

Er stolperte über meine Tasche, die am Straßenrand lag. »Ist das deine?«, fragte er.

Zum ersten Mal, seit er ausgestiegen war, schaute er mich an. Seine grauen Augen waren leer. Da war nichts drin, kein Bedauern, keine Schuld, kein Mitleid, einfach nichts. Ich schwitzte und fror gleichzeitig. Einen Augenblick lang dachte ich, er sei zurückgekommen, um mich fertigzumachen. So, wie man zurückkommt und die sterbende Katze erschlägt.

Ich rollte reflexartig zur Seite. Die heftige Bewegung verwandelte meine Umgebung in ein Karussell. Alles drehte sich. Immer schneller. Bis ich nur noch verschwommene Umrisse sah, durch die schwarze Linien blitzten.

Ich muss kurz weggetreten sein, denn das Nächste, an das ich mich erinnere, ist, wie der Typ sich über mich beugte. Diesmal waren seine Augen voller Sorge und Mitleid. So, wie er roch, war es nicht Sorge um mich, sondern Sorge um sich, und das Mitleid war reines Selbstmitleid. Er hatte getrunken. Einen Unfall verursacht. Fahrerflucht begangen. Wenn das rauskam, war er geliefert. So viel checkte ich sogar in meinem Zustand. In mir flatterte die Panik wie ein gefangener Vogel. Er würde mich beseitigen!

»Ich bin Jake«, sagte er und drückte mir etwas gegen die Wunde am Kopf. »Verdammt, es tut mir leid, ich war in Gedanken woanders und habe dich zu spät gesehen.« Er führte meine Hand an ein Stück zusammengeknüllten Stoff. »Halt mal!«

Ich war zu zittrig. Der Stoff glitt mir aus den Händen. Jake knüllte ihn erneut zusammen und ich erkannte, dass es ein T-Shirt war, aber nicht eins aus meiner Tasche, sondern eins, das ich noch nie gesehen hatte. Es verströmte einen süßen, schweren Duft, von dem mir noch übler wurde, als mir ohnehin schon war.

»Versuch's noch mal!«, befahl Jake, ohne laut zu werden. »Ich brauche beide Arme, um dich zum Wagen zu kriegen.«

Ich war mir nicht sicher, ob ich wirklich mit Jake ins Auto steigen wollte, doch ich hatte keine Wahl. Mir war klar, dass ich einen Arzt brauchte, und Jake war der Einzige, der mich zu einem bringen konnte.

Diesmal schaffte ich es. Mit der einen Hand presste ich das T-Shirt gegen die blutende Wunde, mit der anderen klammerte ich mich an den Mann, der mich angefahren hatte. Durch mein rechtes Bein fuhren tausend Messer und ein Schwall Blut rann daran herunter. Ich knickte ein, aber Jake fing mich auf und schleppte mich zum Wagen. Die Tür auf der Beifahrerseite stand offen. Jake musste sie geöffnet haben, während ich bewusstlos gewesen war.

Er hievte mich auf den Sitz, auf dem eine Decke lag. Wahrscheinlich, damit ich den edlen Wagen nicht versauen konnte. Ich lehnte mich zurück und schloss die Augen. Mein Körper vibrierte. Es dauerte eine Weile, bis ich merkte, dass wir losgefahren waren.

»Ich habe Scheiße gebaut«, drang Jakes Stimme durch den Lärm in meinem Schädel. »Ich kann dich nicht zu einem Arzt bringen.«

Auf einen Schlag war die Panik wieder da.

»Ich habe getrunken«, erklärte Jake. »Eine ziemliche Menge. Deshalb bin ich auch erst einmal abgehauen. Wenn ich dich zum Arzt oder in die Notaufnahme fahre, wird der Unfall der Polizei gemeldet.«

Polizei! Ich stöhnte auf. Das war der Moment, in dem Jake mich festnagelte. »Ich denke, es ist auch in deinem Interesse, wenn wir diesen Vorfall diskret behandeln«, sagte er. »Was meinst du, Andy? Oder soll ich dich Loris nennen?«

Er hatte nicht nur die Wagentür geöffnet und den Beifahrersitz abgedeckt, er hatte auch meine Tasche durchwühlt, und zwar gründlich. Zwei Ausweise, zwei Namen, keiner davon meiner. Ich schwieg und wartete ab, welchen Deal er mir vorschlagen würde.

»Kein offizieller Arztbesuch, keine Polizei«, sagte er.

»Ich kenne da jemanden, der das für mich regeln kann. Den werde ich jetzt anrufen, wenn es dir recht ist.«

Typen wie Jake hatten Anwälte, und dort, wo Anwälte nichts ausrichten konnten, einen Plan B. Typen wie ich hatten keine Anwälte und keinen Plan B. Wir wanderten in den Knast.

»Andy?«, hörte ich ihn fragen.

Keine Ahnung, wie lange ich nichts gesagt hatte. Auf jeden Fall glaubte Jake, ich hätte ihn nicht gehört und begann, seinen Spruch von vorhin noch einmal herunterzuleiern, diesmal, indem er mich mit Loris ansprach.

»Keine Polizei«, flüsterte ich.

Ich wette, er hat gegrinst wie Smiley an einem sehr guten Tag. Gesehen habe ich es nicht, denn ich dämmerte wieder weg. Die Erinnerung an die Fahrt ist zu vernebelt, doch ich glaube, ich habe von Brücken geträumt, von hohen Brücken und dem Fall ins Nichts. In die Träume mischte sich Jakes Stimme. Er sprach mit jemandem. Dann klingelte sein Handy und er redete nochmals mit jemandem. Was er sagte, weiß ich nicht, denn auf der Brücke lehnte sich Smiley weit über das Geländer und rief mir hinterher: »Pass auf dich auf.«

4

Bund für eine tatkräftige Nation @BtN
Wir leben in einem Land, in dem es jedem gut gehen kann. Man muss nur wollen. **#tatkraft**

Eine schrille Stimme bohrte sich in meinen Kopf. »Was hast du getan?«

Ich hatte diese Frage so oft gehört, dass ich reflexartig antwortete. »Nichts.« Meine brennenden Lider flatterten beim Versuch, die Augen zu öffnen.

»Er ist mir direkt vor den Wagen gelaufen«, sagte Jake. »Ich hatte keine Chance, ihm auszuweichen.«

Wenn das Jakes Wahrheit war, sollte er sie haben. Ich brauchte einen Arzt, Jake hatte mir einen versprochen. Der Rest war mir egal. Hauptsache, keine Polizei. In ein paar Stunden würde ich von hier verschwunden sein.

»Bring! Ihn! Weg!«

Jedes einzelne Wort traf mich wie eine Ohrfeige. Meine Lider flatterten immer noch, aber wenigstens konnte ich wieder sehen. Etwas unscharf erkannte ich lange Beine in sehr kurzen Hotpants. Ich zwang meinen Blick weiter nach oben. Flacher, gebräunter Bauch, enges Top über perfekten Titten. Blonde Haare, volle Lippen, meergrüne Augen. Die Tusse starrte mich an, als käme ich direkt von der Müllkippe.

»Wenn du an ihre Kohle willst, vergiss es.«

Ich hatte keine Ahnung, wovon sie redete.

»Verdammt, Edy! Hör endlich auf rumzuzicken und hilf mir, ihn ins Haus zu bringen!«, fuhr Jake sie an.

Edy? Die scharfe Braut hieß wie ein Kerl?

»Sicher nicht.« In das Schrille mischte sich Ekel. »Der Typ ist voller Blut und stinkt wie ein Schwein.«

Jake packte sie am Arm und zog sie zu sich heran. »Er ist verletzt.«

»Bring ihn in die Notaufnahme. Sollen die sich um ihn kümmern.« Sie wand sich aus seinem Griff. »Das war kein Unfall, sondern ein Trick, Jakey-Daddy. Es gibt Typen, die tun alles, um an Mams Geld zu kommen.«

Die Tusse spuckte Jake die Worte ins Gesicht. Sie hätten genauso gut ihm gelten können. Nicht gerade das, was eine liebende Tochter tut. Wäre ich *Jakey-Daddy* gewesen, hätte ich ihr eine gescheuert, doch Jake schien das Verhalten seiner Tochter witzig zu finden. Lachend schaute er ihr nach, wie sie über den perfekt getrimmten Rasen verschwand.

»Weiber!« Jake blinzelte mir zu. »Können ganz schön giftig werden, nicht wahr?«

Hier war alles giftig. So viel kapierte ich sogar in meinem lädierten Zustand. Von Gift sollte man sich fernhalten. Das hatte ich gelernt. Auf die harte Tour. Ich hatte keinen Bock auf eine Wiederholung.

»Bring mich in die Notaufnahme.« Meine Stimme klang wie Brei.

Jake lachte schon wieder. »Du bist wie sie. Eine Wildkatze. Weißt du das?«

Ich wusste nur eins: Ich wollte weg. Jetzt gleich. Das bisschen Kraft, das ich noch hatte, reichte aus, mich aus dem Wagen fallen zu lassen. Zum Aufstehen nicht mehr. Ich tat etwas völlig Sinnloses. Ich kroch. Jake lachte immer noch. Es war krank. Ich kroch und er schaute mir zu und lachte. Der Kerl war besoffener, als ich dachte, oder total verrückt! Nachdem er genug gelacht hatte, packte er mich, zog mich hoch und brachte mich zum Haus. Ich hatte keine Kraft mehr, mich gegen diesen Irren zu wehren.

Wir waren beinahe bei der Tür, als ein Wagen auf den riesigen Platz vor dem Haus einbog und neben Jakes Luxusschlitten parkte. Ein beeindruckend großer Typ in einem dunkelgrauen Anzug stieg aus und eilte auf uns zu.

»Das ist Walter«, erklärte Jake. »Er ist Arzt.«

»War«, korrigierte ihn Walter. »Allerdings ein verdammt guter«, fügte er nach einem Blick in meine Augen an, in denen die nackte Panik gestanden haben muss. »Vertrau mir.«

Das mit dem Vertrauen war so eine Sache. Ich vertraute niemandem. Schon gar nicht Walter. Irgendetwas musste faul sein, wenn einer nicht nach Krankenversicherungen fragte und auch sonst nicht viel wissen wollte. Er schien nicht einmal richtig hinzuhören, als Jake ihm die gleiche Geschichte verklickerte, die er schon seiner Tochter erzählt hatte, nämlich, dass ich ihm vor den Wagen gelaufen sei. Ich musste aufpassen. Wach bleiben. Die Kontrolle behalten.

Jake und Walter brachten mich in ein Badezimmer, in dem locker Smileys ganze Hütte Platz gehabt hätte. Wortlos zogen sie mich bis auf die Boxershorts aus, dann drückten sie mich auf eine Art hölzerne Bank, die sehr teuer aussah, und von der ich nicht wusste, was sie in einem Bad verloren hatte.

Normalerweise reagieren die Leute entweder mit entsetzten Ausrufen oder betretenem Schweigen auf meinen Körper. Nicht so Jake und Walter. Jake betrachtete mit offener Neugier meine Narben und Tattoos, Walter schaute sich ein paar davon etwas näher an, vermutlich aus professionellem Interesse, doch die beiden verloren kein Wort über das, was sie sahen. Es war, als hätten sie gewusst, was sich unter meinen Klamotten verbarg. Mein innerer Alarm schlug an, noch heftiger als vorher auf dem Parkplatz.

Doc Walter war mittlerweile mit seinen Begutachtungen bei meinen Verletzungen angekommen. »Das sieht übel aus«, meinte er zu der ziemlich langen, klaffenden Wunde unter meinem rechten Knie. »Ich gebe dir etwas gegen die Schmerzen, bevor ich mit dem Verarzten beginne.«

Er öffnete seinen Koffer und spritzte mir irgendein Zeug, das sehr schnell und sehr heftig einfuhr. Ich fühlte nicht viel von den Stichen, weder von denen am Bein noch von denen am Kopf, aber ich bekam mit, wie ich ein ordentliches Büschel Haare verlor.

Nachdem mich Doc Walter zusammengeflickt hatte, steckten sie mich in ein sauberes T-Shirt. Gemeinsam brachten mich die beiden in einen Raum mit einer riesigen Glasfront, durch die ich glitzerndes Wasser sehen konnte, in dem eine wunderschöne Nixe schwamm. Ich glitt auf ein riesiges Bett mit weichen Kissen und frisch riechenden Laken und schlief sofort ein.

#5

philosophin @philosophin

Du kannst sie nicht sehen, aber sie sind da, die Risse in der Zeit.

Ich bin an vielen Orten aufgewacht. Meistens nicht an guten. Die Erfahrung hat mich gelehrt, die Augen geschlossen zu halten und mich schlafend zu stellen, bis mir meine Sinne die wichtigsten Daten übermittelt haben. Diese Strategie hat mir mehr als einmal den Arsch gerettet.

Der Ort, an dem ich an jenem Tag aufwachte, war warm und weich und roch nach Vanille. Das bedeutete jedoch nicht, dass es ein guter Ort war. Auch das hatte ich gelernt. Noch bevor die Erinnerung zurückkam, hörte ich eine Stimme, die mir sagte, ich solle auf mich aufpassen. Es war eine vertraute Stimme, aber ich konnte sie niemandem zuordnen, denn mein Kopf fühlte sich ziemlich benebelt an. Mitten in diesem Nebel pochte ein dumpfer Schmerz. Reglos lag ich da und horchte in die Stille. Wenn jemand im Raum war, würde er nicht merken, dass ich nicht mehr schlief. Smiley war der Einzige, der nie auf meinen Trick mit den geschlossenen Augen hereingefallen war.

Smiley! Die warnende Stimme gehörte Smiley. Meine Sinne verwarfen diesen Gedanken gleich wieder. Ich konnte unmöglich bei Smiley sein. Bei ihm war es weder warm noch weich noch roch es nach Vanille. Dieser Ort war neu.

Während ich mich zu erinnern versuchte, wie ich hierhergekommen war und warum ich hier war, atmete ich gleichmäßig weiter.

Jakey-Daddy, sagte eine schrille Stimme. Sie aktivierte einen Vorschlaghammer, der gegen meine Schädeldecke schlug. Ich unterdrückte das Stöhnen, das sich in meine Kehle drängte. Die Schmerzen im Kopf waren real, bei der Stimme war ich nicht sicher. Mein Unterbewusstsein spielte mir manchmal Streiche und rief Stimmen aus einer inneren Mailbox ab, auch solche, die ich längst in der Vergessenheit zu entsorgen versucht hatte. Die Jakey-Daddy-Stimme kam jedoch nicht aus der Vergangenheit. Langsam tauchte ein Bild vor mir auf, erst undeutlich, dann immer schärfer. Lange Beine, pralle Titten und das Gesicht einer verwöhnten Göre.

Und dann erinnerte ich mich. An die Jakey-Daddy-Tusse mit dem Namen eines Kerls. An Jake. Daran, wie er mich mit seinem Luxusschlitten abgeschossen hatte. An ein Badezimmer, größer als Smileys Hütte. Ich hatte keinen Vorschlaghammer im Kopf. Nur ein Loch, zugenäht von einem Doc, der nicht ganz sauber war. Was er danach mit mir gemacht hatte, wusste ich nicht, auf jeden Fall nichts Gutes, denn der Nebel um meinen Kopf lichtete sich nicht. Wahrscheinlich waren irgendwelche Medikamente daran schuld, die gleichen, die auch für das taube Gefühl in meinen Beinen verantwortlich waren.

Mit immer noch geschlossenen Augen scannte ich den Raum nach Geräuschen ab. Außer meinem Atem hörte ich nichts. Ich stoppte ihn. Völlige Stille hüllte mich ein. Da war niemand. Ich war allein. In einem tiefen Zug sog ich

Luft in meine Lungen und atmete sie langsam wieder aus. Dann öffnete ich die Augen.

Draußen war es Nacht. Trotzdem war es nicht dunkel. Auf der anderen Seite der Glasfront leuchtete das Wasser eines Pools kaltblau im Schein der Beckenspots. Dort, wo das Licht auf das Sprungbrett traf, warf es lange Schatten. Sie krochen zu mir ins Zimmer und drängten mich zurück in eine andere Zeit. Ich wurde zum kleinen Jungen mit der Angst vor dem schwarzen Mann. Um mich bildete sich eine Kälteblase. Sie kam aus meinem Innern, drang durch meine Haut nach außen und füllte die Luft um mich herum. Mein Körper versteifte sich. Erst als ich mit dem Mittelfinger meiner rechten Hand über das weiche Lederband an meinem linken Handgelenk fuhr, immer und immer wieder, löste sich die Starre.

Es gab Dinge, die man nicht ändern konnte. Es gab Dinge, die man vergessen musste. Der schwarze Mann war tot. Manchmal geisterte er noch durch meine Träume, aber nicht mehr oft. Dass er mir ausgerechnet jetzt einfiel, wäre für Smiley ein schlechtes Zeichen gewesen.

Smiley glaubte an so was. In allem und jedem sah er Zeichen. Gute Zeichen, schlechte Zeichen. Ich nicht. Das Leben war, wie es war. Vielleicht konnte ich deshalb an Orten aufwachen, die ich nicht kannte, ohne in Todesangst zu verfallen. Solange ich aufwachte, lebte ich noch und hatte eine Chance, auch weiterhin am Leben zu bleiben. Denn welcher Idiot würde mich aufwachen lassen, wenn er mich doch im Schlaf viel einfacher kriegen konnte?

Obwohl zwischen mir und dem Pool eine Glasfront und ein ganzes Stück gepflegter Rasen lagen, hörte ich das leise Plätschern des Wassers. Vielleicht bildete ich mir das auch nur ein, und was ich wirklich hörte, war die Erinnerung an die Nächte in Smileys Hütte am Fluss.

Das ist ein Zeichen, flüsterte Smileys Stimme in meinem Kopf jetzt ziemlich eindringlich. *Hau ab, bevor es zu spät ist.*

Ich brauchte keine Zeichen, um zu wissen, dass dies von all den schlechten Orten, an denen ich aufgewacht war, einer der ganz schlechten war. Trotzdem überstürzte ich nichts. Es war mitten in der Nacht, ich war mit irgendeinem Medikament abgefüllt und ich lag unbeaufsichtigt in diesem Raum. Vor dem Morgen würde wahrscheinlich niemand bei mir vorbeischauen. Bis dann würde ich weg sein.

Ich testete meine Körperfunktionen. Langsam setzte ich mich auf. Ein Teil von mir funktionierte also. Aber nur ein Teil. Meine Beine blieben taub. Ich schlug die Bettdecke zurück. Mein rechtes Knie und Bein steckten in einem Verband. Das linke Bein lag daneben wie totes Fleisch. Genauso fühlte es sich auch an. Wenigstens trug ich immer noch meine Boxershorts und ein T-Shirt. Ich erinnerte mich daran, wie Jake und der Doc es mir übergezogen hatten. Was hatten sie mit meinen Sachen gemacht? Wo waren sie? Wo war meine Tasche?

Mir war jetzt nicht mehr kalt, sondern siedend heiß. Alles, was ich besaß, befand sich in dieser Tasche. Ich widerstand dem Drang, den Schalter der Nachttischlampe zu suchen. Wenn ich das tat, verriet ich, dass ich wach war. Das war das Letzte, das ich wollte.

Weil sich meine Beine kaum bewegen ließen, half ich mit den Händen nach. Vorsichtig rückte ich sie über die

Bettkante. Schweiß rann über meine Schläfen. Ich wischte ihn nicht weg, aus Angst, damit den Vorschlaghammer weiter anzutreiben.

Als ich auftreten wollte, knickte ich ein und ging neben dem Bett auf die Knie. In meinem Kopf besangen die Eagles das *Hotel California*, aus dem man jederzeit auschecken, es aber nie verlassen kann. Genau in dem Moment gingen die Lichter im Pool aus. *Noch ein Zeichen*, hätte Smiley gesagt. Mitternacht, vermutete ich und beschloss, meinen Fluchtversuch auf später zu verschieben. Zum Glück steckte in meinen Armen noch genügend Kraft. Ich zog mich hoch und schaffte es zurück ins Bett.

Ich weiß nicht, ob der Schlaf oder die Bewusstlosigkeit auf mich Jagd machten, auf jeden Fall erwischte mich einer der beiden und schickte mich auf die Reise, aber kurz bevor ich ins Dunkel eintauchte, hörte ich jemanden weinen. Eine Hand schob sich in meine. »Alles wird gut«, flüsterte ich, doch als ich zudrückte, spürte ich nur meine eigenen Finger an meinen Handflächen.

In dem Moment, in dem mich Jakes Luxusschlitten erwischte hatte, musste ich durch einen Riss in der Zeit geflogen sein. Er hatte sich nicht schnell genug hinter mir geschlossen. Die Geister meiner Vergangenheit waren mir gefolgt. Sie trieben mich in eine Traumwelt, in der die Hölle auf mich wartete.

6

Klaus P. Niedermeier @KPNiedermeier
Manche Menschen richten sich in ihrer Lüge ein, bis sie zu ihrer Wahrheit wird, und diese falsche Wahrheit wird zur Entschuldigung, warum sie sind, wie sie sind.

Ein leises Surren holte mich aus dem Schlaf. Hinter meinen geschlossenen Lidern wurde es heller. Ein süßer Duft, den ich von irgendwoher kannte, hing in der Luft. Ich war nicht allein.

»Guten Morgen«, sagte eine Stimme, die besser zu einer Nacht in einer verruchten Bar als zu einem neuen Morgen passte.

Ich öffnete die Augen.

Am Fenster stand eine Frau. Sonnenstrahlen beleuchteten sie wie das Scheinwerferlicht einer Bühne. In ihrem figurbetonten weißen Top und den eng anliegenden Röhrenjeans sah sie aus wie ein Model. Ihre Haut war leicht gebräunt, ihr langes blondes Haar glänzte. Auf den ersten Blick hätte sie die ältere Schwester der Tusse vom Vortag sein können, aber die aufgespritzten Lippen, die zu straffe Haut um die Augen und die etwas zu hohen Wangenknochen verrieten die Mutter.

Ich beobachtete, wie die Frau auf mich zukam. Sie machte ihren Auftritt zur Show und mich zu ihrem einzigen Zuschauer. Mit Frauen wie ihr hatte ich für Geld geschlafen. Ich wusste, dass hinter der selbstsicheren Fassade das Grauen lag, die Angst vor der Gnadenlosigkeit des Alters, der Neid auf die Jüngeren, die Verzweiflung über den langsamen Verlust der Schönheit, den weder teure Ärzte mit Botoxspritzen und Skalpellen noch regelmäßige Workouts im Gym aufhalten konnten.

»Ich hoffe, Jake und der Doc haben dir nicht zu stark zugesetzt.« Ihr Mund verzog sich zu einem Lächeln, der Rest des Gesichts blieb starr. Sie stand jetzt dicht vor mir. Ich ließ meinen Blick nach unten gleiten. Ihre Titten waren eine zeitlose Silikonschöpfung, nur die Haut dazwischen log nicht.

Einige der Frauen, die mich wie einen streunenden Kater mit nach Hause genommen hatten, waren selbstironisch genug gewesen, über diese unbarmherzige Verwelkung und den aussichtslosen Kampf dagegen zu lachen oder ihn zumindest sarkastisch zu kommentieren. Diese Frau wirkte nicht so, als ob sie über sich selbst lachen konnte. In ihren Augen steckte die Hoffnungslosigkeit jener, die wissen, dass sie verloren haben.

»Du redest wohl nicht viel.« Die Frau streckte ihre Hand aus und glitt mit den Fingern über die Piercings über meinem Auge. »Bist einer von der ungezähmten Sorte, nicht wahr?« Sie beugte sich noch näher zu mir herunter, ihre Finger tanzten über mein Ohr, hüpften von Ring zu Ring, ihre Titten schwebten direkt vor meinem Gesicht. Mein Körper fuhr sein System hoch. Vielleicht war dieses unverhohlene Angebot die ausgleichende Gerechtigkeit für ein Loch im Kopf, ein kaputtes Bein und eine Tussentochter, die mich wie Müll behandelt hatte. Beinahe ließ ich mich darauf ein, doch dann meldete sich Smileys Stimme. *Pass auf dich auf!*

Der Film riss. Mit Smiley in meinem Kopf konnte ich mich nicht flachlegen lassen. Es ging nicht. Nur, wie brachte ich das dieser Frau bei, deren Finger meinem Hals entlang zum Ansatz des T-Shirts glitten?

»Ich glaube, ich muss ko… ähm … mich übergeben«, würgte ich hervor.

Sofort ging die Frau auf Abstand. Mit ihren Fingern, die eben noch meinen Körper wie ein unbekanntes Gebiet erforscht hatten, fuhr sie sich durch ihr Haar. Auf ihrem Gesicht bildeten sich rote Flecken. Ich wusste nicht, ob aus Verlegenheit oder aus Wut über die Abfuhr, und wollte mir darüber auch keine Gedanken machen.

»Die Tür dort geht zum Bad«, sagte sie knapp und trat einen weiteren Schritt zurück.

Ich bedankte mich in Gedanken bei Smiley. Der Lady schenkte ich einen reuevollen Tut-mir-leid-Dackelblick. Das kostete mich nichts und ließ ihr etwas Würde. Falls sie überhaupt merkte, wie würdelos ihre kleine Verführungsnummer gewesen war.

»Kannst du aufstehen?«, fragte sie.

»Ja«, murmelte ich und vermied es, sie anzusehen.

Sie zögerte einen Moment. Dann trat sie den Rückzug an. Der Geruch ihres Parfums blieb in der Luft hängen und würde noch lange an mir haften. Es war, als hätte mich die Frau als ihr Eigentum markiert. Jake würde es riechen.

Nachdem mein nächtlicher Aufstehversuch jämmerlich gescheitert war, ließ ich es diesmal noch langsamer angehen. Ich stützte mich auf die Ellbogen und wäre vor Schreck beinahe zurück in die Kissen gekippt. Draußen, über dem Pool, auf dem Sprungbrett saß die Tusse, die Knie an den Körper gezogen. Ihr linker Arm war um die Beine geschlungen, in der rechten hielt sie ein Handy, das sie direkt auf das Fenster zu meinem Raum richtete. Als sie bemerkte, dass ich sie entdeckt hatte, legte sie das Ding aufreizend langsam neben sich, ohne ihren Blick von mir zu nehmen.

Wie lange hatte sie zugeschaut? Hatte sie alles gesehen? Gefilmt? Und wenn schon! Was konnte ich dafür, dass diese Familie verrückt war? Trotzdem stieg mir die Hitze in den Kopf. Am liebsten wäre ich zurück ins Kissen gesunken, aber ich musste dringend ins Bad. Während ich mich im Zeitlupentempo aus dem Bett quälte, suchte ich mit den Augen den Raum nach meinen Kleidern und meiner Tasche ab. Zu meiner Überraschung lag beides auf einem Sideboard, das irgendein durchgeknallter Designer unter Drogen entworfen haben musste.

Die Taubheit war aus den Beinen gewichen und hatte einem stechenden Schmerz Platz gemacht. Ich presste meine Zähne aufeinander und schaffte es aus dem Bett. Der Vorschlaghammer nahm seine Arbeit wieder auf, und auch wenn ich fast mein ganzes Gewicht auf mein linkes Bein legte, konnte ich kaum stehen.

Ich stieß mich vom Bett ab und humpelte zum Sideboard. Die Kleider waren gewaschen und gebügelt. Neben dem Board standen auf einer sorgfältig ausgebreiteten Zeitung meine Springerstiefel, auf Hochglanz poliert. Ich wusste nicht, ob das Jakes Art von Humor war oder ob eine Hausangestellte ihre Arbeit etwas zu ernst nahm. Ich wusste nur, dass ich hier unter keinen Umständen länger bleiben wollte.

So schnell es mir möglich war, stopfte ich die sauberen Kleider in meine Tasche, klemmte sie unter meinen Arm und verzog mich damit ins Bad. Als ich die Tür hinter mir zuzog, schaute ich noch einmal nach draußen. Die Tusse saß immer noch auf dem Sprungbrett und beobachtete mich. Ich fror, obwohl mich diese beiden irren Weiber nichts angingen. Absolut nichts. Sie lebten auf einem Planeten, auf dem ich mich nicht mal geschenkt niederlassen würde. Und sie hatten Badezimmer, die nichts mit der Welt zu tun hatten, in der ich lebte.

Dieses hier war nicht ganz so groß wie das vom Vortag, aber immer noch ziemlich beeindruckend, vor allem ziemlich weiß. Nur die steinernen Bodenfliesen waren dunkel. Auf ihnen lag ein weißer Teppich, so weich, dass man darauf hätte schlafen können. Alles glänzte, wahrscheinlich von derselben Frau Blitzblanksauber auf Stufe Keimfrei gebracht, die meine Kleider gebügelt und meine Springer poliert hatte. Ich stellte meine Tasche auf den Boden und stützte mich auf das Waschbecken, so ein rechteckiges, ziemlich flaches Ding. Aus dem Spiegel blickte mir eine Vogelscheuche mit Zombiegesicht entgegen. Mein Kopf wurde von einem Verband zusammengehalten, unter dem wirr mein Haar herausquoll, auf der rechten Wange und auf dem Kinn klebte auf kleinen Schürfungen rot-braun getrocknetes Blut.

Noch vor Kurzem hatte ich völlig gesund bei Smiley am Fluss unten gesessen. Ich hätte auf ihn hören und bleiben sollen. Hatte ich aber nicht. Es nützte also nichts, über all die Wenns und Abers nachzudenken. Jetzt war jetzt. Ich steckte in der Scheiße und musste irgendwie raus. Dazu brauchte ich einen klaren Kopf. Einen, der nicht so höllisch wehtat. Erst einmal aber musste ich pissen.

Danach dauerte es Ewigkeiten, bis ich herausfand, wie ich das Wasser zum Fließen bringen konnte. Als ich den Bogen endlich raushatte, plätscherte es nicht sanft und edel aus dem Hahn, sondern schoss in einem harten Strahl ins Becken und spritzte von dort in alle Richtungen. Ich hielt meine Hände unter den Strahl, worauf das Wasser noch heftiger spritzte. Statt es abzustellen, schaute ich den Tropfen zu, wie sie auf den Fliesen ein Muster bildeten. Ich wusste, das war ich, der da stand, und diesem seltsamen Spiel zuschaute, aber es fühlte sich nicht an wie ich. Irgendwann waren meine Hände eiskalt, das rechte Bein knickte ein, ich zuckte zusammen und war wieder ich.

Ich öffnete den Spiegelschrank. Der ganze Krimskrams an Dosen, Tuben, Fläschchen und anderen Dingen, die kein Mensch braucht, interessierte mich nicht. Was mich interessierte, waren die Schmerztabletten. Sie lagen in einer angebrochenen Schachtel direkt vor mir. Jemand im Haus musste wohl öfter auf sie zurückgreifen. Ich tippte auf die scharfe Lady.

Mit zitternden Händen griff ich nach der Packung. Es dauerte Ewigkeiten, bis ich zwei Tabletten herausgeklaubt hatte. Ich warf mir beide gleichzeitig ein. Danach machte ich das Handtuch nass und wusch mir das Gesicht. Als ich das Wasser endlich abstellte, sah das Badezimmer aus wie nach einem Kampf und ich war bereit für den Abgang, doch ein Blick durch den Türspalt nach draußen zeigte mir, dass die Tusse immer noch auf dem Sprungbrett saß wie eine Spinne, die auf ihre Beute wartet. Also manövrierte ich den Teppich an die Wand und legte mich hin, was keine wirklich gute Idee war, denn das Ding war völlig nass gespritzt. Trotzdem blieb ich liegen, schloss die Augen und wartete auf die Wirkung der Tabletten.

Irgendwann machte der Vorschlaghammer Pause und ein leises Sirren nahm seinen Platz ein. Auch mit meinem Bein wurde es wieder besser, zumindest fühlte es sich nicht mehr so an, als bohrten sich Messer ins Fleisch. Ich zog meine Tasche heran und kippte den Inhalt auf den Boden.

Frau Blitzblanksauber hatte nur die Kleider gewaschen, die ich beim Unfall getragen hatte. Den Rest, drei T-Shirts, zwei Kapuzenpullover und eine Ersatzhose, hatte sie nicht angerührt, wahrscheinlich aus Angst, sich irgendeine furchtbare Krankheit zu holen. Die beiden Ausweise, die Jake gefunden hatte, waren immer noch da, genauso wie die kleine Blechschachtel, in der ich meine ganz persönlichen Dinge aufbewahrte. Ich öffnete sie. Auf den ersten Blick fehlte nichts, doch als ich langsam und behutsam jedes einzelne meiner Erinnerungsstücke durchgegangen war, wurde mir eiskalt. Obwohl ich sicher war, nichts übersehen zu haben, ging ich alles noch einmal durch. Dann wühlte ich mich durch meine Kleider, durchsuchte die Tasche ein zweites Mal, gründlicher, als jeder Bulle sie jemals durchsucht hatte.

Es war weg. Das einzige Foto meiner Schwester war verschwunden! Bei Smiley hatte ich es noch gehabt. Jetzt war es nicht mehr da. Wer auch immer in meiner Blechschachtel gewühlt hatte, hatte mir das genommen, was mir am wichtigsten war. Frau Blitzblanksauber schloss ich aus. Die war zu gewissenhaft für so etwas. Blieben der Doc, Jake und seine kranke Familie. Jedem Einzelnen von ihnen traute ich zu, in meinen Sachen herumgeschnüffelt zu haben. Aber ich würde mir das Foto zurückholen!

Erst einmal musste ich mich anziehen. Das war gar nicht so einfach. Ich kam beinahe nicht in meine Klamotten. Noch schwieriger war es, die Springer an die Füße zu bekommen. Nachdem ich mit allem durch war und meine restlichen Sachen in der Tasche verstaut hatte, zog ich mich am Waschbecken hoch. So, wie ich aussah, war ich Bullenfutter. Sobald ich hier weg war, musste ich mich verstecken, bis die Nacht anbrach, und dann versuchen, mich irgendwie zu Smiley durchzuschlagen.

Bevor ich das Bad verließ, schnappte ich mir den ganzen Vorrat an Schmerztabletten aus dem Spiegelschrank. Ich packte sie in die Tasche und ging zurück ins Zimmer. In dem Moment, in dem ich die Tusse durch die Glasfront auf dem Sprungbrett sah, wusste ich, dass sie mein Foto hatte. Es war die Art, wie sie zu mir herüberschaute. Sie fixierte mich mit ihrem Blick wie eine Spinne, die mit ihrem Opfer spielen will, bevor sie es umbringt. Natürlich würde sie mich nicht wirklich umbringen. Menschen wie sie kannten andere Wege, einen fertigzumachen.

7

Johanna Candinas @JoJoCan

@KPNiedermeier Es gibt keine falsche Wahrheit, nur die Wahrheit. Manche gehen ihr aus dem Weg. Andere suchen sie. Und die Niederträchtigen beugen sie. **#BtN**

Trotz der eingeworfenen Tabletten war ich nicht wirklich bereit für die Tusse, aber ich wollte mein Foto zurück und ich wollte weg von diesem Ort. Also öffnete ich die Schiebetür und ging nach draußen. Die Hitze traf mich mit voller Wucht.

»Falsche Farbe für einen Tag wie heute«, sagte die Tusse.

Ich nahm an, sie meinte meine Klamotten, und schwieg.

»Aber Schwarz passt zu dir.« Sie verzog den Mund zu einem abschätzigen Lächeln.

Die Sonne brannte auf meinen Kopf, drückte mir den Schweiß aus der Haut und den Schmerz an die Schädeldecke. Die heißen Strahlen nagelten mich auf die Holzplanken vor der Glasfront.

»Du willst gehen?«, fragte die Tusse. »Ohne meine Mam gevögelt zu haben?«

Es war seltsam. Sie war wunderschön. Ihr Mund war perfekt, ihr Gesicht war perfekt, ihr Körper war perfekt. Ich war mir nicht sicher, ob sie diese schmutzigen Dinge tatsächlich gesagt hatte. Vielleicht befand ich mich auf einer falschen Frequenz und empfing Wörter aus der Vergangenheit. So, wie ich Hände fühlen konnte, die schon längst nicht mehr Halt bei mir suchten, weil ich keinen geben konnte.

»Ich will nur mein Foto. Dann gehe ich.« Mein Hals war zu, mein Mund trocken, meine Stimme nicht mehr als ein Krächzen.

»Meinst du das da?«

Verschwommen sah ich, wie sie etwas in die Höhe hielt. Es war nicht ihr Handy, dazu war es zu flach. »Sie sieht dir ähnlich«, sagte sie. »Deine Schwester, nehme ich an.«

Ich streckte meinen Arm nach dem Foto aus. Die Bewegung brachte mich ins Taumeln.

»Schleimst du dich damit in die Herzen der Frauen, von denen du Geld willst, oder bedeutet sie dir wirklich etwas?«

Ihre Stimme war voller Verachtung, ihre Hand mit dem Foto schwebte über dem Wasser. Ein falsches Wort von mir, und sie würde es loslassen. Die Planken unter meinen Füßen begannen sich zu bewegen. Ich brachte keinen Ton über meine Lippen. »Sie ist dir also nicht wichtig?«, fragte die Tusse.

»Doch«, keuchte ich. »Doch!«

»Tja, Pech für dich. Für mich ist das nämlich nur ein schäbiger, abgegriffener Fetzen Papier. Genauso wie deine Ausweise. Wie heißt du?«

Sie spreizte den kleinen Finger ab und schwenkte das Foto über dem Wasser. Für sie mochte das ein Spiel sein. Für mich nicht.

»Mick«, flüsterte ich.

»Was hast du gesagt?«

»Mick.«

»Und? *Mick?*« In ihrer Stimme lag pures Gift. »Darfst du denn schon mit erwachsenen Frauen schlafen?«

»Was?«

»Bei dir bezieht sich das *scharf* wohl mehr auf dein Ding als auf deinen Verstand. Gut, dann frage ich anders. Bist du volljährig?«

Bis zu meinem achtzehnten Geburtstag fehlten noch ein paar Wochen. Ich zögerte einen Moment zu lange. »Ja.«

»Du lügst«, sagte sie. »Ich glaube, deine Schwester ist dir doch nicht so wichtig. Dann brauchst du das Foto eigentlich nicht, oder?«

Die Planken schlingerten wie wild. Ich fiel. In meinem Knie explodierte der Schmerz. »Siebzehn«, stöhnte ich. »Ich bin siebzehn.« Ich versuchte, mich aufzurichten, doch es gelang mir nicht.

»Hol sie dir und dann geh!«

Mein Kopf sank nach vorn auf die Planken. Hinter einem schweren Vorhang aus flirrend heißer Luft und meinem keuchenden Atem fragte die Tusse: »Ist sie dir nun wichtig oder nicht?«

Ich presste meine Hände gegen die Planken und hob den Kopf. Zwischen mir und dem Bild meiner Schwester lagen mindestens fünf Meter Wasser. Sonnenstrahlen tanzten auf der Oberfläche und brachten sie zum Glitzern.

»Du hast eine Minute. Wenn du dir das Foto bis dann nicht geholt hast, zerreiße ich es.«

»Nein«, flehte ich.

»Eine Minute.«

Sie würde es tun. Ich musste mich konzentrieren. Nur für diese eine Minute. Ich schloss die Augen und stellte mir vor, wie ich meine Hand in die Hand meiner Schwester schob. Wie sie zudrückte und sagte: »Alles wird gut.«

Ich stemmte mich hoch, zurück in die Knie, höher, auf die Beine.

»Dreißig Sekunden«, sagte die Tusse.

Meine Springer wogen eine Tonne, mein rechtes Bein stand in Flammen. Ich wankte vorwärts, um den Pool herum, auf das Sprungbrett zu.

»Zehn Sekunden.«

»Warte!«, schrie ich. »Ich verschwinde. Für immer.«

»Fünf Sekunden.«

»Bitte!«

»Zu spät.«

Ihre scharfe Stimme stoppte mich. Diesmal nagelten mich die Sonnenstrahlen nicht am Boden fest, sondern hängten mich an unsichtbaren Lufthaken auf. Ich stand da und sah zu, wie die Tusse das Foto meiner Schwester mitten entzweiriss. Und dann noch einmal. Und noch einmal. Und noch einmal.

Kleine Papierschnipsel schwebten in den Pool wie Konfetti. Als der letzte die Wasseroberfläche berührte, sackte ich zusammen. Tränen rannen über mein Gesicht. Keine Hand schob sich in meine Hand. Niemand sagte, dass alles gut würde.

Ich bemerkte die Tusse erst, als ihr Schatten auf mich fiel. Sie kniete neben mir. Ihr Kopf näherte sich meinem. Kühle Finger strichen über meine Wangen. »Wow«, sagte die Tusse ganz ohne Gift in der Stimme. Der Rest war ein Traum. Sie legte den Finger, mit dem sie über mein Gesicht gefahren war, auf ihre Lippen und sagte noch einmal »Wow«. Dann schwebte sie auf zwei endlos langen Beinen davon.

Ich erwachte irgendwann auf hartem Holz. Auf dem Boden des Pools lagen Papierschnipsel wie in einem Grab.

Viel später schaffte ich es aufzustehen. Ich wankte an einer Terrasse vorbei, über einen unwirklich grünen Rasen zu einem großen Platz vor dem Haus. Beim schmiedeeisernen Eingangstor fing mich Jake ab.

»Himmel, Junge, was tust du hier draußen?«, fragte er mich.

Auf eine Antwort wartete er nicht. Er legte mir seinen Arm um die Hüfte und brachte mich zurück in das Zimmer mit der Glasfront. Die Blitzblanksauberfrau musste hier gewesen sein, denn das Bett war frisch gemacht. Jake blieb bei mir und begleitete mich ins Bad, damit ich meinen Kopf kühlen konnte. Alles glänzte wie frisch poliert.

»Verrückter Kerl«, sagte Jake. »Der Doc wird gleich hier sein und dich ansehen. Was hast du dir dabei gedacht?«

Was immer ich mir je gedacht hatte, es war weg. Ich war jenseits des Denkens angekommen. Alles, was ich wollte, war irgendwas, das mich für eine Weile aus diesem kranken Spiel nahm. Ich wehrte mich nicht, als der Doc endlich kam und mir eine Spritze reinjagte, sondern ließ mich widerstandslos in ein gnädiges Vergessen fallen.

8

John_Gambler @derSpieler

Behalte immer die Kontrolle **#Spielregeln**

Aus dem Vergessen driftete ich in meine Albtraumwelt, die mich ab und zu in die wirkliche Welt spuckte, wo seltsame Dinge geschahen. Ich blieb nie lange genug dort, um zu begreifen, was um mich vorging. Schwarze Tentakel zogen mich zurück in die Hölle meiner Träume, die mich quälte, immer und immer wieder, bis sie mich satthatte, an die Oberfläche spülte und mich liegen ließ. Mit geschlossenen Augen horchte ich in die Stille, die diesmal von keinem surrenden Geräusch unterbrochen wurde.

Ich traute der Ruhe nicht. Vielleicht schlug ich die Augen auf und die Tusse saß auf dem Sideboard, mit angezogenen Knien und einem spöttischen Lächeln im Gesicht. Oder ihre Mutter lehnte an der Glasfront und wartete nur darauf, sich mir an den Hals zu werfen. Wie auch immer. Ich musste aufs Klo.

Das Aufstehen war eine Qual, klappte aber besser als beim letzten Mal. Der Rest war, als hätte jemand den Film angehalten und zurückgespult. Meine Tasche stand wieder auf dem Sideboard, daneben lagen in einem kleinen, ordentlichen Stapel meine Kleider. Neben dem Möbel glänzten meine millimetergenau ausgerichteten Stiefel.

Diesmal ließ ich die Tasche stehen und nahm nur meine Kleider mit ins Bad. Aus dem Spiegel blickte mir immer noch ein Zombie entgegen, aber statt eines Verbandes bedeckte jetzt ein großes Pflaster die Wunde am Kopf. Erst jetzt fiel mir auf, dass es in meinem Kopf ruhig war. Mein Bein war etwas taub, aber es schmerzte nicht. Auch das Anziehen fiel mir wesentlich leichter als beim letzten Versuch und sogar den Wasserhahn hatte ich so weit unter Kontrolle, dass ich Frau Blitzblanksauber keine Schweinerei hinterlassen würde. Beim Gedanken an Frau Blitzblanksauber kicherte ich los und konnte kaum mehr aufhören. Das fand ich das Unheimlichste am Ganzen. In Doc Walters Spritze musste ein ganz abgedrehter Mix gewesen sein. Nun, wenn er mir die Schmerzen nahm, sollte es mir recht sein. Schon fast gut gelaunt über die Aussicht, diesen Ort hinter mir lassen zu können, humpelte ich zurück ins Zimmer.

Dort wartete Jake auf mich. Er saß auf meinem Bett und schaute zu, wie ich stehen blieb und mich am Sideboard festhielt. In dieser Familie schien niemand etwas von Anklopfen zu halten.

»Ich habe angeklopft«, beantwortete Jake die Frage, die ich gar nicht gestellt hatte. »Wahrscheinlich hast du mich nicht gehört.«

Das war kein Grund, einfach hereinzuplatzen. Andererseits gehörte das Haus ihm, und sein Doc hatte mich zusammengeflickt. Vielleicht sollte ich etwas dankbarer sein.

»Wie geht's dir?«, fragte er mich im Tonfall eines besten Kumpels.

»Besser«, antwortete ich.

»Das wollen wir nach drei Tagen im Nirwana doch hoffen.« Er lachte. »Du bist noch verrückter, als ich dachte. Dich mit einer Gehirnerschütterung davonstehlen zu wollen! Ziemlich unvernünftig, findest du nicht?«

Unvernünftig? Verglichen mit dem, was in seiner Familie so üblich zu sein schien, kam ich mir schon fast unnatürlich vernünftig vor.

»Drei Tage Nirwana?«, fragte ich.

»Wir haben dich schlafen lassen wie Dornröschen.« Jakes Lachen, das der Bemerkung folgte, klang nicht ganz echt. Eher so, als ob er wusste, dass seine Frau gern junge männliche Dornröschen wachküsste. Dazu passte, wie er mich nach seinen Worten genau beobachtete. Die kleine Musterungspause dauerte höchstens zwei oder drei Sekunden, dann redete Jake weiter, als ob nichts geschehen war. »Du bist noch nicht wieder ganz auf dem Damm. Betrachte dich als unseren Gast. Du kannst bleiben, solange du willst.«

»Ich möchte gehen«, antwortete ich.

Jake nickte und stand auf. »Hast einen ziemlich dicken Schädel, nicht wahr?«

Nun, sein Wagen hatte ihn nicht kaputtgekriegt. Das war immerhin etwas. Ich schwieg.

»Du solltest trotzdem noch ein paar Tage hierbleiben«, riet er mir.

»Ich komme schon klar.«

Jake schien mit dieser Antwort gerechnet zu haben. »Ich schulde dir noch was für unseren kleinen Zusammenprall. Bleib heute zum Abendessen und dann fahre ich dich morgen, wohin du willst, und setze dich dort ab.«

Ich hatte weder auf ein Abendessen mit Jakes Familie noch auf eine Fahrt mit ihm Lust. Wenn er das Gefühl hatte, mir etwas zu schulden, konnte er mir Geld geben. Das sagte ich ihm jedoch nicht. Ich wollte weder als Erpresser noch als Bettler dastehen. Es gab so etwas wie Würde. Auf der Straße war sie nicht viel wert, aber mir bedeutete sie was. Sie unterschied mich von den armseligen Kreaturen, die mit gesenktem Blick in Fußgängerpassagen standen, einen Pappbecher in der Hand, mit der Hoffnung auf ein paar Münzen.

Ich hatte mit Smiley darüber geredet. Er fand nichts dabei an dieser Pappbechernummer, für ihn war das die Show, die dazugehörte. »Hauptsache, Kohle«, hatte er gesagt, »und Hauptsache, ohne krumme Dinger.« Man konnte es so sehen, wenn man wollte.

Ich wollte nicht. Das mit den krummen Dingern für die Kohle war eine andere Sache. Deshalb ließ ich mich von Frauen wie Jakes Lady nach Hause nehmen, weil es allemal besser war als Klauen, und auch besser als die Pappbechernummer. Das hatte ich Smiley nicht verraten. Ich denke, er hätte mir die Pappbecher dann noch eindringlicher empfohlen.

Jake schien keine Antwort von mir zu erwarten. Er hatte eine Einladung ausgesprochen, aber mir war klar, dass sie ein Befehl gewesen war. Ich mochte keine Befehle. Jake zu widersprechen, mochte ich genauso wenig. Also sagte ich nichts und entschied, mich in einem unbeobachteten Augenblick davonzumachen.

»Alles klar?«, fragte Jake.

»Alles klar.«

Wir wussten beide, dass nichts klar war. Das Zeug, das Walter mir reingejagt hatte, war viel mehr als nur etwas gegen die Schmerzen und drei Tage Bettruhe hatten meinem Körper zwar gutgetan, um ganz zu heilen, hatte es nicht gereicht.

»Dann ist ja gut.«

Jake verließ das Zimmer durch die Glastür. Ich schaute ihm nach. Im Pool schimmerte himmelblaues Wasser. Das Sprungbrett lag verlassen da. In meinen Schläfen begann der Puls zu pochen und ein paar Herzschläge lang vergaß ich zu atmen. Ich sah eine Spinne, die das Foto meiner Schwester zerriss und dabei hämisch lachte. Über meine Wange fuhr ein kühler Finger, ich hörte ein »Wow«, von dem ich nicht wusste, was es sollte. Vielleicht hatte ich all das nur geträumt, ein irrwitziger, fiebriger Traum, einer von vielen. Seit ich hier war, waren sie schlimmer geworden, meine Träume. Schlimmer als seit Jahren.

Ich schob die Gedanken an meine Träume beiseite, zog die Springer an und trat ins Freie. Den Rücken gegen die Hauswand gelehnt gab ich vor, mich nur ein wenig in der Sonne ausruhen zu wollen. In Wahrheit sah ich mich um und checkte, ob die Luft rein war.

Der moderne Holzbau mit den großen Glasfassaden und dem Flachdach bestand aus zwei Stockwerken und war L-förmig angelegt. Am kürzeren Ende befand sich eine riesige Holzveranda, die mit den vielen Topfpflanzen und edlen Möbeln an Hollywoodfilme erinnerte, in denen wunderschöne Menschen in teuren Kleidern und einem Glas in der Hand herumstehen, viel lächeln und sich über unwichtige Dinge unterhalten.

Im Stockwerk über der Veranda lagen hinter einem Balkon ein oder zwei Zimmer, entweder Schlafzimmer oder Arbeitsräume. Die ganze Längsseite war mehr oder weniger eine einzige Glasfront, an der sich eine Verlängerung der Holzveranda entlangzog, auch sie mit exotischen Pflanzen in großen Kübeln ausgestattet, jedoch nur etwa zwei Meter breit. Parallel zu der Veranda verlief über die ganze Hauslänge der Pool. Gegenüber dem Zimmer, in dem ich die letzten Tage verbracht hatte, stand eine Art Gartenhaus, ebenfalls aus Holz und dicht mit Kletterpflanzen bewachsen. Zwischen dem Gartenhaus und der Hollywoodveranda hatte jemand drei Liegestühle aufgestellt, wie meine Schuhe millimetergenau ausgerichtet.

Das Wasser im Becken schimmerte in der Sonne, gerade so, als ob Frau Blitzblanksauber auch hier im Einsatz gewesen wäre. Wenn es die zerrissenen Fotokonfettis je gegeben hatte, waren sie längst verschwunden. Es hatte keinen Sinn, nach etwas Ausschau zu halten, das wahrscheinlich nur in einem schrägen Traum passiert war. Trotzdem ließ ich meinen Blick über den Pool gleiten. Nichts. Nicht einmal tote Insekten an der Oberfläche. Vielleicht sollte ich die Blechschachtel in meiner Tasche noch einmal durchsuchen. Doch kurz bevor ich meine Augen vom Pool abwandte, entdeckte ich etwas, das kaum sichtbar unter dem Beckenrand klebte. Ein Teil eines verwelkten Blütenblatts. Der verklebte Flügel eines Nachtfalters. Oder ein Fetzen Fotopapier.

Ich stand auf und hinkte zum Pool. Ziemlich steif kauerte ich mich hin, beugte mich über den Rand und klaubte das nasse Irgendwas von der Beckenwand. Es war weder ein Blütenblatt noch der Flügel eines Nachtfalters. Es war ein aufgeweichtes Stück Papier. Darauf etwas zu erkennen war unmöglich. Das war auch nicht nötig. Ich hatte nicht geträumt. Die Tusse hatte wirklich mit mir gespielt wie die Spinne mit der Fliege.

Ein letzter Blick in Richtung Haus noch. Ich glaubte, in einem der Zimmer hinter dem Balkon im oberen Stockwerk eine Gestalt stehen zu sehen. Die Spinnentusse? Ich blinzelte, und als ich wieder hinsah, war sie verschwunden. Auf der Veranda war niemand. In dieser ganzen Protzkulisse konnte ich keine Menschenseele entdecken. Die Luft war rein. Ich konnte endlich gehen.

9

steff gurin @guitarman_steff
An manchen Tagen ist das Leben ein schlechter Trip. Was, wenn jeder Tag so einer wäre? **#GfLeon**

Ich schaffte es beinahe. Die Tasche in der Hand, den Platz mit der Einfahrt vor den Augen, fehlten mir nur noch wenige Meter, als ich eine schwere Stimme hörte. Sie kam aus einem der Korbsessel hinter einer Topfpflanze.

»Du wirst doch nicht gehen, ohne dich von mir zu verabschieden.«

Doch. Genau das hatte ich vorgehabt. Und ich hätte schwören können, dass Jakes Lady vorhin noch nicht hier gesessen hatte. Nun, sie würde damit leben müssen, dass ich nicht länger blieb. Ich schuldete diesen Leuten gar nichts, weder meine Anwesenheit bei einem letzten Essen noch einen Abschiedsgruß. Ich hinkte weiter. Mit etwas Glück brachte die Dame des Hauses ihren betrunkenen Hintern nicht von ihrem Sitz hoch.

Ich hätte es besser wissen müssen. Glück war etwas für andere, nicht für mich.

Jakes Lady schwankte auf mich zu. In ihrer Hand hielt sie ein Glas mit Rotwein, der beinahe über die Ränder schwappte. »Ich würde dir gerne noch mein Atelier zeigen. Mein Reich. Ganz für mich allein. Niemand darf es betreten, nicht einmal die Putze.« Sie deutete auf eine Art Stall hinter dem Garagengebäude. »Umgebaut. Nach meinen Plänen. Ich bin nämlich Künstlerin, weißt du? Ich male. Bilder. Und ich schreibe.« Sie kicherte. »Aber nur für mich.« Die Hälfte des Rotweins verabschiedete sich aus dem Glas und versickerte im getrimmten Rasen. Jakes Lady schien es nicht zu bemerken. Verschwörerisch beugte sie sich vor und flüsterte: »Ich schreibe böse, böse Dinge über böse, böse Jungs. Die muss ich gut verstecken.«

Die Frau hatte einen massiven Schaden. Und sie war betrunken.

»Danke«, sagte ich artig. »Ich hätte mir Ihre Bilder gerne angeschaut, aber ich muss leider weiter.«

»Schade.« Sie genehmigte sich einen weiteren Schluck. »Bist ein furchtbar süßer Kerl.«

Ich schenkte ihr ein Lächeln. Nicht, weil ich es ihr schuldete, sondern weil trotz des Kicherns und ihres albernen Getues etwas furchtbar Trauriges in ihren Augen lag.

»Zum Essen bist du zu früh.«

Erschrocken fuhr ich herum. Auf der Veranda stand Jake, ein breites Grinsen im Gesicht. Bevor ich mich rühren konnte, war er schon bei mir und legte mir den Arm um die Schulter. »Hat sie dich in ihre Lusthöhle eingeladen?«, fragte er lachend. »Dort, wo sie sich selber glücklich macht. Mit ihrer Kunst und anderen Dingen.«

Sein Lachen war zum Kotzen.

»Ich zieh dann mal eine Ecke weiter«, sagte ich.

»Ein Glas.« Jake führte mich zu einem der Sessel. »Und ein bisschen was zu essen. Du hast noch keine einzige richtige Mahlzeit gehabt, seit du hier bist.«

Ich hatte nicht wirklich Hunger. Aber mir war am Pool schwindlig geworden und in meinem Magen machte sich ein flaues Gefühl breit. Etwas zu mir zu nehmen, bevor ich losging, war vielleicht keine schlechte Idee. Ich ließ mich auf das weiche Polster sinken.

»Wein oder doch lieber ein Bier?«, fragte Jake.

»Bier«, antwortete ich.

»Für mich noch ein Glas Wein«, bat Jakes Lady. Sie drückte ihm ihr Glas in die Hand. »Diesmal vom Weißen.«

Jake warf ihr einen kurzen Blick zu. Ich hätte schwören können, dass darin eine Menge Verachtung lag, doch schon einen Sekundenbruchteil später zwinkerte er ihr lächelnd zu und sagte: »Aber natürlich, Isabella-Schätzchen.«

Isabella-Schätzchen sah *Jakey-Daddy* zu, wie er durch die Tür im Innern des Hauses verschwand. »Er liebt mich nicht«, sagte sie. Glasklar. Ohne zu kichern. »Er hat mich nie geliebt.«

Ich sank tiefer in den Sessel, schaute zum Pool und tat, als hätte ich sie nicht gehört.

»Prost.« Sie hob ihr leeres Glas in die Höhe. »Er wollte das Geld und die Firma. Aber das bekommt er nicht. Nie. Das bekommt alles Edy.« Ihr Blick ging ins Leere und über ihre Augen legte sich ein feuchter Schleier. »Sie … Sie hasst mich. Meine eigene Tochter … hasst mich. Aber du nicht, oder?«

Mann, war die Frau schräg drauf! Ich schüttelte meinen Kopf und wünschte mich mindestens hundert Kilometer weit weg.

»Ich gefalle dir doch«, flüsterte sie heiser.

Nun, sie hatte geile Titten, wenn man auf solche Kunstberge stand. Aber ich dachte nicht, dass es das war, was sie hören wollte.

»Klar doch.« Ich schaffte es, ziemlich überzeugend zu klingen. Es war nichts dabei. Ich log ständig Menschen an, die mir nichts bedeuteten. Das gehörte zur Überlebenstaktik. Sag ihnen, was sie hören wollen, und sie lassen dich in Ruhe.

»Das meinst du nicht im Ernst.«

Die Lady forderte ihr Schicksal heraus. Ich schwieg und war froh, dass Jake genau in dem Moment mit einem riesigen Tablett voller total lecker aussehenden Esswaren auf die Terrasse trat, alles Dinge, die ich nur vom Hörensagen kannte, sorgfältig zubereitet und arrangiert von Frau Blitzblanksauber oder einem ihrer gleichgeschalteten Küchenklone.

Jake stellte die Köstlichkeiten auf den kleinen Tisch in der Mitte der Sitzgruppe und forderte mich auf reinzuhauen.

Drei Tage ohne richtige Nahrungsaufnahme verlangten vorsichtige Zurückhaltung, zumindest, bis sich der Magen wieder ans Essen gewöhnt hatte. Während ich es also langsam anging, verschwand Jake noch einmal nach drinnen und kam mit den Getränken zurück.

Ich ließ mir Zeit mit dem Bier. Auf nüchternen Magen Alkohol in ein System zu kippen, in dem noch Restmengen undefinierbarer Substanzen schwammen, schien mir ein ziemliches Risiko zu sein. Doch mit dem Essen kam der Appetit. Das Zeug sah nicht nur köstlich aus, sondern schmeckte auch so. Ich erhöhte das Tempo, sowohl beim

Essen als auch beim Trinken. Bald war die erste Flasche Bier leer, dann die zweite. Jake verschwand im Haus, um Nachschub zu holen. Dabei musste er irgendwie mit der Tusse zusammengeprallt sein, denn die beiden lieferten sich ein kurzes, heftiges Wortgefecht. Sie wollte weg, er verbot es ihr, sie ging trotzdem.

Neben mir hörte ich ein Stöhnen. Ich dachte, es sei wegen des Streits, aber als ich mich umdrehte, sah ich, wie sich der Kopf von Jakes Lady nach unten senkte. Sie kippte zur Seite und fiel in einen tiefen Schlaf.

Ich kicherte. Genauso dämlich wie vorhin die Lady. *Das ist ein schlechtes Zeichen*, mahnte Smiley. Was tat der denn hier? Erstaunt drehte ich mich um. Hinter mir hingen nur die Blätter einer Palme. Ich wollte sie auseinanderdrücken, um Smiley sehen zu können, doch bevor ich meine Arme anheben konnte, hatte ich vergessen, wieso ich mir von einer Palme die Nase kitzeln ließ. Es war egal. Der Sessel fühlte sich angenehm weich und kuschelig an. Meine Augenlider wurden schwer. Ich versuchte vergeblich, sie zurück nach oben zu drücken. Ganz weit hinten in meinem Kopf hörte ich Smiley, der mir energisch befahl, aufzupassen.

Achtzehn Meter. Ich saß auf dem Brückengeländer und sah nach unten. Es schien gar nicht so weit bis zum türkisgrünen Wasser, das wie eine kühlende Verlockung unter mir lag. Ich stieß mich vom Geländer ab. Zu meiner großen Überraschung fiel ich nicht. Ich flog. Ein angenehmer Wind umspielte mein Gesicht, trug meinen Körper sanft durch die Luft. In weiten Kreisen näherte ich mich der Wasseroberfläche. Kurz bevor ich sie erreichte, fiel mir ein, dass ich nicht schwimmen konnte. Das Wasser wechselte seine Farbe in ein tiefes Schwarz. Bunte Papierfetzen trieben über dem bodenlosen Schlund. Auf jedem war das Gesicht meiner Schwester. Ich schlug wie wild mit den Armen, um wieder zurück nach oben zu fliegen. Der Wind wechselte die Richtung und drückte mich nach unten. Ich geriet ins Trudeln, stürzte hilflos in die Tiefe und tauchte in eine dunkle, alles verschlingende Stille.

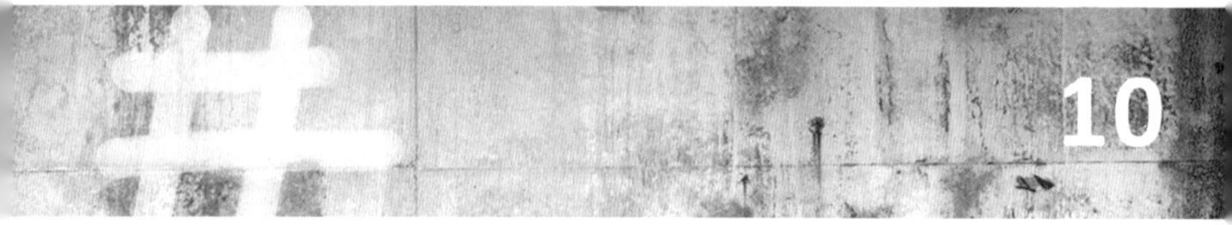

10

Jasper Candinas @jacandinas
Wenn der Mensch auf sich und seine Ängste zurückgeworfen wird, zeigt sich sein wahres Ich. **#GfLeon**

Ich wachte auf, und noch bevor ich mich erinnerte, wo ich war, wusste ich, dass ich tief in Schwierigkeiten steckte. Ein furchtbarer Geruch brachte meine Nervenenden zum Vibrieren. Meine elektrisierte Haut fühlte fremde, kalte Haut. Ich zuckte zurück. Das einzige Geräusch, das ich hören konnte, war mein wild klopfendes Herz. Wie ein Stromstoß schoss die Angst durch mich hindurch und katapultierte mich aus dem Bett. Eine Weile stand ich wankend da, dann zwang mich ein stechender Schmerz in meinem Bein in die Knie.

Umgeben von der Dunkelheit, die das Geräusch meines viel zu schnellen Atems verstärkte, wurde mir bewusst, wonach es roch. Nach Tod.

Panik brach über mich herein wie ein Wasserfall. Von hinten, von der Seite, von vorn. Sie füllte mich wie einen Ertrinkenden. Ich musste etwas tun, bevor ich keine Luft mehr bekam. Ich hatte nur nicht die leiseste Ahnung, was. Kurz bevor mir die Sicherungen rausknallten, übernahm der Instinkt. Ich riss den Mund auf und sog Luft in mich hinein, erst gierig, dann ganz bewusst, bis ich wieder normal atmete. Dabei versuchte ich, an nichts zu denken. Einfach nur zu atmen. Das half. Nach und nach erkannte ich, dass es nicht ganz so dunkel war, wie ich geglaubt hatte. Durch eine Glasfront fiel Mondlicht in den Raum.

Ich war in dem Zimmer, in dem ich die letzten Tage verbracht hatte. Durch den schrecklichen Geruch des Todes drang noch ein anderer. Süß und schwer. Das Parfum gehörte zu Jakes Lady. Genauso wie die langen, hellen Haare, die sich über das Bett ergossen, auf dem ich eben noch gelegen hatte. Die dunklen Flecken hätten Schatten sein können, aber ich wusste es besser. Das war Blut.

Ich presste meine Handflächen gegen meinen Kopf. Was ging hier ab? Warum war da Blut? Warum roch es nach Tod? Hatte ich Jakes Lady umgebracht?

Beinahe hätte ich losgeschrien. Ich presste mir die Hand auf den Mund und schmeckte Blut. Würgend rappelte ich mich hoch. Taumelte in Richtung Tür. Stolperte über Kleider. Verfing mich mit den Füßen in ihnen. Kleider? Hatte ich überhaupt welche an? Meine weit über jedes Limit strapazierten Sinne jagten ein Chaos an Signalen durch mein Hirn. Diese Signale auch nur halbwegs zu bündeln, kostete mich einen gewaltigen Kraftaufwand. Als sich endlich so was wie ein minimales Gespür für meinen Körper einpendelte, stellte ich fest, dass ich nackt war. Warum? Hatte ich mit Jakes Lady geschlafen? Und dann? Was hatte ich getan?

In einem irrwitzigen Tempo schossen Gedankenblitze durch meinen Kopf. Anziehen! Abhauen! Die Kleider! Auf dem Boden. Licht. Nein. Nicht anmachen! Andere wecken. Jalousien. Herunterlassen. Keine Zeit! Abhauen!

Der Mond verschwand hinter einer Wolke und ließ mich im Dunkel zurück. Ich kroch über den Teppich, tastete nach Kleidungsstücken, roch daran, zog an, was ich glaubte, es gehöre mir. Sogar meine Springer fand ich. Ich schlüpfte hinein. Binden musste ich sie später. Jetzt …

Das Licht ging an, grell wie ein Scheinwerfer. Ich hob schützend die Hände vor mein Gesicht und sah rot. Rote Hände. Rote, blutverschmierte Hände. Dann ging das Schreien los. Ich zwang meinen Blick von meinen Händen und schaute hoch, direkt in die weit aufgerissenen, toten Augen von Jakes Lady. Eisiges Entsetzen quetschte mir das letzte bisschen Luft aus der Lunge, löste meinen Verstand auf, löste mich auf, löste alles auf. Wenn es nicht so laut geschrien hätte, wäre ich wahrscheinlich weggetreten.

Ich zwang meinen Blick von Jakes toter Lady, hin zur Tür. Dort stand die Tusse, ein hysterisches Bündel Mensch mit nacktem, unerträglichem Schmerz in den Augen, hinausgeschleudert aus ihrer Welt in ein anderes Universum, eins, das Lichtjahre entfernt lag und von dem es keine Rückkehr gab. Ich wusste, wie sich das anfühlte. Einen Augenblick lang war ich mitten in ihrem Herz. Es wurde totenstill.

Irgendwo im Haus knarrte es. Das Geräusch brach den Bann. Mit einem gellenden Schrei schoss die Tusse auf mich zu, warf sich auf mich, begrub mich unter sich und schlug auf mich ein. Ihre Stimme kreischte in mein Ohr und drang in meinen Schädel, der so wehtat, wie mir noch nie etwas wehgetan hatte.

Ich schlug zurück.

Bis das Schreien aufhörte. Und auch dann noch. Immer

weiter. Irgendwann hörte ich auf und lag keuchend auf dem Fußboden. Neben mir lag die Tusse. Sie bewegte sich nicht mehr. Sie war so tot wie ihre Mutter.

Mir liefen die Tränen übers Gesicht und der Rotz aus der Nase. Ich flehte das Schicksal an, Jake möge uns finden, am besten mit einer Pistole bewaffnet, und mich einfach abknallen.

Aber Jake kam nicht.

Niemand kam.

Ich war allein mit zwei Toten.

Ich konnte aufstehen und gehen.

Hoffen, dass mich die Bullen nie schnappten und mich die Hölle nie verschlang.

Pass auf dich auf, flüsterte Smiley.

Zu spät. In diesem Moment hätte ich alles dafür gegeben, noch einmal mit ihm am Fluss zu sitzen, mich vollabern zu lassen, um dann zu bleiben.

Achtzehn Meter von der Brücke bis nach unten. Zwei Meter von mir bis zum Bett mit der Toten. Einen halben Meter zwischen mir und der Tusse, die keine Tusse mehr war, sondern ein Mensch, dem ich die Seele aus dem Körper geprügelt hatte.

Edy, dachte ich, sie hieß Edy. Wie ein Kerl. Und ich hatte sie umgebracht.

Ein Stöhnen mischte sich mit meinem Schluchzen. Es kam von Edy. Ich hatte sie nicht getötet, nur bewusstlos geschlagen. Die Erleichterung bahnte sich ihren Weg als heiserer Schluchzer aus meiner Kehle. Edy begann sich zu rühren. Noch einmal schlagen konnte ich sie nicht. Also tat ich das Erstbeste, das mir einfiel: Ich rollte sie auf den

Bauch und zerrte ihre Hände auf den Rücken, um sie zu fesseln. Und dann sah ich die Narbe. Eine weiße Linie am linken Handgelenk. Der Anblick änderte alles. Ich starrte auf die weiße Linie und konnte nicht weiter zudrücken. Mein Griff lockerte sich.

»Ich bring dich um!« Edy musste jedes einzelne Wort mühsam aus sich herauspressen. Trotzdem klang es wie ein Schwur. Wenn ich sie jetzt wegen dieser weißen Linie losließ, entwischte sie mir und alarmierte die Bullen.

Ich verdrängte den Gedanken an die Narbe und setzte mich rittlings auf Edy. Mit zitternden Händen löste ich den Schnürsenkel aus meinem linken Springer. Es dauerte ewig, bis ich ihn aus dem Schuh bekam und Edy damit die Arme auf dem Rücken zusammengebunden hatte. Die ganze Zeit über rechnete ich damit, Jake in die Einfahrt einbiegen zu hören. Mir war so übel, dass mir immer wieder alles vor den Augen verschwamm. Mein Kopf stand kurz vor der Explosion.

Wieder knarrte es. War da jemand?

Vorsichtig verlagerte ich mein Gewicht von dem Körper unter mir auf meine Knie. Obwohl ich auf den Schmerz vorbereitet war, konnte ich nicht verhindern, dass ich laut aufstöhnte.

Edy nutzte ihre Chance. Sie stieß ihren Ellbogen gegen mein verletztes Bein und versuchte, unter mir wegzukriechen. Ich packte sie an der Fessel um ihre Handgelenke. Taumelnd kam ich auf die Beine und riss Edy hoch. Dabei stolperte ich über meine Tasche. Sie kippte um. Es klirrte und ein blutverschmiertes Messer schlitterte über den Boden. Mein Messer!

»Du Schwein«, flüsterte Edy. »Du elendes Schwein.«

Ich starrte auf das Messer. Unter meinen Füßen bebte die Erde. Gleich würde der Boden unter mir aufbrechen, um mich zu verschlingen. Ich hab sie nicht umgebracht, wollte ich sagen, aber ich hatte keine Stimme mehr. Es war egal. Edy würde mir nicht glauben. Niemand würde mir glauben. Ein Hund bellte. Über uns knarrte es. In meinem Kopf gab es einen Kurzschluss. Es funkte, und ich tat das Falsche. Nur, in jenem Moment erschien es mir als das einzig Richtige.

In einer blitzschnellen Bewegung schnappte ich mir das Messer und zog Edy an mich heran. »Du machst jetzt genau das, was ich dir sage, verstanden?«

Edy versteifte sich, aber sie konnte ihre Angst nicht unterdrücken. Kleine, stoßartige Erschütterungen gingen durch ihren Körper und übertrugen sich auf meinen. Wir standen beide an einem Abgrund und ich wusste keinen Weg zurück.

»Wo sind die Autoschlüssel?« Wenigstens schrie ich nicht mehr.

»Eingangshalle«, presste sie aus sich heraus. »Kommode.«

Ich hob meine Tasche auf und drängte Edy vor mir her durch den Flur. In einer Glasschale lagen vier Schlüssel. Zwei glitten aus meinen schweißnassen Händen, die beiden anderen stopfte ich in meine Hosentasche und riss die Haustür auf.

Direkt vor mir stand einer. Ich schrie. Er wich zurück.

»Wer bist du?«, brüllte ich.

»Nachbar. Ich hab Schreie gehört und wollte …«

»Verschwinde, oder ich bring sie um!«

»Mach keinen …«

»Verschwinde!«

Er hob die Hände und wich langsam zurück. »Lass das Mädchen los«, bat er. »Lass sie gehen.«

»Sag den Bullen, sie sollen sich von mir fernhalten. Ich habe eine Geisel.«

»Bitte«, flehte Edy.

»Hau endlich ab!«, schrie ich den Typen an.

Stolpernd verschwand er in der Dunkelheit.

Ich zerrte Edy zu den Garagen, einem länglichen Bau mit mindestens sechs Türen. Als wir nah genug dran waren, ließ ich das Messer in die Tasche gleiten, drückte Edys Arme nach oben, bis sie sich vor Schmerz nicht mehr bewegte, und zog die Schlüssel aus der Hosentasche. Hektisch presste ich auf ihnen herum. Zwei der Türen öffneten sich.

In der einen Box stand ein uraltes rotes Cabrio, ein tolles Gefährt, aber nicht, wenn man gerade die große Flucht vorbereitete. Der andere Wagen war der schwarze Jaguar, mit dem mich Jake über den Haufen gefahren hatte. Auch nicht gerade unauffällig, aber immerhin besser als der rote.

»Lass mich gehen«, sagte Edy heiser. »Das bringt doch nichts. Der Nachbar hat die Polizei gerufen. Mehr könnte ich auch nicht tun.«

Ich schob sie vor mir her, um den Wagen herum, und suchte das Schloss für den Kofferraum.

»Nein!«, schrie Edy voller Panik. »Nicht in den Kofferraum!«

Sie trat nach mir und traf meine Wunde. Halb besinnungslos vor Schmerz stieß ich sie zurück. Ihr Kopf schlug gegen die Mauer. Leise stöhnend sackte sie zusammen. Ich fing sie auf und drückte sie gegen den Wagen, während ich mit zitternden Fingern nach dem Schloss tastete. Als ich es endlich fand, brauchte ich ein paar Anläufe, bis ich es aufhatte. Ich zog Edy an mich, öffnete den Deckel und hievte sie in den Kofferraum. Etwas knallte scheppernd auf dem Boden auf. Erschrocken schlug ich den Deckel über Edy zu und suchte nach dem heruntergefallenen Gegenstand. Ein Stück vom linken Hinterrad entfernt entdeckte ich ihr Handy. Ich hatte gehört, dass man die Dinger orten konnte, und ließ es liegen, aber meine Tasche, die mir vor der Garage beim Herausholen der Schlüssel entglitten war, holte ich mir. Wegen des Messers. Und weil sie alles war, was ich hatte.

Ich öffnete die Wagentür, warf die Tasche auf den Rücksitz und stieg ein. Meine Hände umklammerten das Lenkrad. Aus meinem Mund kamen Geräusche, die ich bis jetzt nur in Horrorfilmen gehört hatte. Es hätte mich nicht überrascht, wenn auf meinen blutverschmierten Händen Haare gewachsen wären und ich im Rückspiegel in die blitzenden Augen eines Werwolfs geschaut hätte.

Aber die Augen, die mir entgegenstarrten, gehörten keinem Werwolf. Es waren die Augen meiner Mutter. Der Boden musste sich nicht öffnen. Er musste mich nicht verschlingen. Die Hölle war hier oben, in diesem Auto, im Rückspiegel. In meinen Augen. Den Augen meiner Mutter. Egal, ob ich den Wagen zum Laufen brachte, ob Jake oder ein aufgebrachter Nachbar mich in der Einfahrt stoppten, oder ob ich mit Edy im Kofferraum bis ans Ende der Welt fuhr: Es gab kein Entkommen. In einem schnellen, unkontrollierten Schlag fegte ich den Rückspiegel weg. Kein Spiegel, keine Augen.

Ich wusste, wie man ein Auto fuhr. Vor ein paar Monaten hatte ich eine Weile auf einem Hof gearbeitet, bei einem schweigsamen Bauern, der mir gezeigt hatte, wie es ging. Es war ziemlich einfach gewesen und ich konnte mich erinnern, dass es Spaß gemacht hatte. Jetzt schien alles furchtbar schwierig. Erst dauerte es ewig, bis ich den Schlüssel im Zündschloss hatte, dann schmierte der Motor ab, dann brachte ich den Gang nicht rein, weil ich vor lauter Panik und vor Schmerz in meinem Bein falsch kuppelte. Als ich endlich Gas gab, schoss der Wagen so heftig nach vorn, dass es meinen Kopf erst vor- und dann zurückschleuderte. Hinten im Kofferraum rumpelte es.

Ich hätte anhalten und Edy freilassen sollen, aber ich tat es nicht. Ich brauchte sie. In meiner furchtbar verqueren, durch Angst und Panik getriebenen Logik brauchte ich sie. Sie war mein Ticket in die Freiheit.

Kurz bevor ich durch die Einfahrt bretterte, glaubte ich, in einem der Zimmer im oberen Stockwerk den Schatten einer Gestalt zu sehen.

11

Bund für eine tatkräftige Nation @BtN
Die zunehmende Gewaltbereitschaft ist ein Fakt. Jeder Betroffene in diesem Land sollte die Möglichkeit haben, sich zu verteidigen.
#stand_your_ground

Das Auto des Bauern war ein Uraltmodell gewesen, eins, das er vor Jahren als Gebrauchtwagen gekauft hatte. Wenn man das Gas mit aller Kraft runterdrückte, brachte man es auf knapp neunzig Kilometer pro Stunde. Jakes Wagen gehörte in eine andere Klasse. Nachdem ich ihn in Gang gebracht hatte, reichte ein sachtes Antippen des Gaspedals und die Nadel auf der Geschwindigkeitsanzeige drehte nach oben. Ich raste aus dem Villenviertel hinaus, vorbei an hell erleuchteten Fenstern, hinter denen Nachbarn standen, die auf die alarmierten Bullen warteten.

Vor der Einfahrt in die Hauptstraße bremste ich viel zu hart ab. Mein Puls raste, in meinem Schädel dröhnte es. Rechts oder links? Ich hatte keine Ahnung, wo ich war und wo ich hinwollte. Einen Augenblick lang saß ich einfach nur da, dann entschied ich mich für rechts. Um nicht aufzufallen, durfte ich weder zu schnell noch zu langsam sein, und ich musste so bald wie möglich weg von der Hauptstraße. Das war das letzte bisschen Logik, das es noch durch den Sturm in meinem Kopf schaffte. Während ich auf die erlaubten achtzig Stundenkilometer beschleunigte und bei der nächstbesten Gelegenheit in eine Nebenstraße steuerte, wurde aus dem Sturm ein unkontrollierbarer Tornado.

Bilder von Jakes toter Lady blitzten durch meinen Kopf. Ich zwang meine Konzentration auf die Straße vor mir. Sie führte durch einen Wald. Nichts und niemand kam mir entgegen. Auf einer längeren Geraden glaubte ich, im Seitenspiegel Lichter eines Wagens zu sehen und verfluchte mich dafür, den Rückspiegel weggeschlagen zu haben. Ich drehte mich um. Weit hinter mir fuhr ein Auto in die gleiche Richtung wie ich, in meinem Kopf wirbelte der Tornado Gedankensplitter durcheinander. Zufall. Nein. Doch. Nein. Doch. Jakes tote Lady. Bullen. Kein Zufall. Doch. Nein.

»Zufall!«, schrie ich. In meinem Kopf war für eine kurze Weile Ruhe.

Nach dem Waldstück kamen Felder. Dann ein Ortsschild. Der Name sagte mir nichts. Die Lichter waren immer noch hinter mir. Langsam manövrierte ich den Wagen durchs Zentrum und schaute mich nach Wegweisern um. Außer Schulhäusern, Kirchen und Gewerbevierteln war nichts ausgeschildert. Erst kurz vor dem Dorfausgang kam ich zu einem Kreisel mit Richtungsschildern zu anderen Ortschaften. Ich fuhr im Kreis herum, bis ich alle Namen gelesen hatte. Einer klang vertraut. Dieser Straße folgte ich.

Hinter mir polterte es. Vor Schreck verriss ich das Steuer und wäre beinahe im Straßengraben gelandet. Das Poltern hörte auf. Der Tornado im Kopf setzte wieder ein. Tusse.

Geisel. Idiot. Geisel! Edy. Scheißidee. Aussteigen lassen. Aufgeben. Knast. Fahren!

Auf der langen Geraden nach dem Dorf bemerkte ich wieder Lichter hinter mir. Ich versuchte mir einzureden, dass es ein anderer Wagen war als vorhin, dass jemand einfach den gleichen Weg hatte wie ich. Aber ich glaubte meinen eigenen Überzeugungsversuchen nicht. Ich beschleunigte. Der Wagen fiel zurück. Erst vor der nächsten Ortschaft bremste ich ab. Diesmal vorsichtiger. Ich mochte die Tusse im Kofferraum nicht. Aber sie war ein Mensch mit einem Herz und einer Seele, und ich durfte sie nicht sterben lassen. Ihre Mutter war tot. Tot, schrie es in meinem Kopf. Umgebracht. Mörder. Weiße Narbe. Handgelenk. Du weißt, was das bedeutet. Ja. Ja! Mörder. Herz. Seele. Verrottet.

Auch in diesem Dorf brannten keine Lichter in den Häusern. Es war, als führe ich durch eine Geisterwelt. Einen irren Augenblick lang fragte ich mich, ob mit Jakes Lady auch der Rest der Menschheit gestorben war und die Tusse und ich die einzigen Überlebenden waren. Aber Jakes Lady war mit einem Messer umgebracht worden. Am Ende aller Tage würden kein Gott und kein Sensenmann übers Land gehen und jeden von uns mit einem Messer niedermähen. Keiner von beiden hatte Jakes Lady umgebracht, sondern ich.

Ich.

Der Sturm in meinem Kopf fiel in sich zusammen. Das letzte bisschen Verstand, falls ich denn noch welchen hatte, blubberte in einem klebrigen Brei. Aufgeben. Blubb. Dorf. Blubb. Langsam. Blubb. Blubb.

Ich nahm den Fuß vom Gas. Die Lichter kamen näher. Langsam, blubberte es. Mein Instinkt, der besser zu funktionieren schien, schrie: Gib Gas! Gib Gas, gib Gas, gib Gas! Mein Körper versagte. Meinen Füßen fehlte die Kraft, irgendwelche Pedale zu bedienen. Der Wagen schloss zu uns auf. Die Lichter waren jetzt ganz nah. Ich legte den Kopf auf das Lenkrad und gab auf.

Nichts geschah. Niemand überholte mich. Keine Wagentüren schlugen. Keine Schritte näherten sich. Ich hob den Kopf und sah Rücklichter, die sich auf einer fast parallelen Nebenstraße von mir entfernten. Bewegungslos blieb ich sitzen. Beinahe wünschte ich mir, Edy würde zu kreischen beginnen, doch sie blieb ruhig, und aus dem Brei in meinem Kopf blubberte eine große Blase, in der das Wort *Tot* schwebte. Ich knallte meinen Kopf gegen das Steuerrad. Die Blase zerplatzte. Die Uhr am Armaturenbrett stand auf Viertel vor fünf. Nicht mehr lange, und es würde hell werden.

Die Bullen waren längst bei Jake. Eine Fahndung nach mir lief. Weil ich nicht wusste, was ich sonst tun sollte, startete ich den Motor und fuhr weiter. Als ich das Dorf hinter mir ließ, folgten mir keine Lichter mehr.

Den nächsten Ort kannte ich, weil Smiley und ich dort ab und zu eingekauft hatten. Ich folgte der Straße und passierte die Busstationen mit den Namen, über die Smiley und ich uns lustig gemacht hatten, bis zur Brücke. *Achtzehn Meter. Ich heiße Smiley. Wärst du gesprungen? Willst du ein Bier?*

Smiley! Ich musste zu Smiley! Er würde mir helfen.

Mit ausgeschalteten Lichtern bog ich ein paar Meter nach der Brücke in den Feldweg ein, der dem Fluss folgte. Mehr oder weniger im Blindflug holperte ich langsam in Richtung Wald. Ganz in der Nähe von Smileys Hütte gab es ein kleines Holzlager, das von der Hauptstraße aus nicht zu sehen war. Dahinter stellte ich den Wagen ab. Es wurde still. Ich wartete vergeblich auf das Hämmern und Kreischen im Kofferraum. Es gab nur mich und die seltsamen Geräusche, die ich machte.

Ausruhen. Ich wollte ausruhen. Nur einen Moment lang. Den Körper zurück unter Kontrolle bringen und die Schmerzen aus mir hinausatmen. Smiley hatte mir gezeigt, wie das ging. Sein Kopf war so ziemlich der kaputteste Kopf, den ich je gesehen hatte. Um das Durcheinander darin auszuhalten, hatte Smiley eine eigene Methode entwickelt. Man musste mit den Gedanken reden und dabei richtig atmen. Das mit dem Reden funktionierte nur bei Smiley, ich kam mir dabei blöd vor. Deshalb atmete ich einfach langsam und regelmäßig und stellte mir bei jedem Atemzug vor, wie ich einen Teil der Schmerzen aus mir hinausatmete.

Es half. Zumindest ein bisschen. Der Brei schleuderte keine Riesenblasen mehr gegen meine Schädelwände. Trotzdem fühlte sich mein Kopf immer noch an wie im Kriegszustand. Das war okay. Ich war ja auch im Krieg. Gegen Jake, gegen die Bullen und gegen die Hölle. Ziemlich viele und ziemlich mächtige Gegner für einen allein.

12

Levi Xander @LeviTheVoice

Kostbare Dinge, die man nicht kaufen kann: Freundschaft.

#kostbareDinge

Nachdem ich eine Weile mit mir und meinen unsichtbaren Feinden im Auto gesessen hatte, entschied ich, dass ich etwas tun musste. Die Dämmerung setzte langsam ein. Noch befand ich mich mehr im Dunkel als im Hellen, aber mit jeder Minute, die ich verstreichen ließ, wurde ich für die Bullen sichtbarer. Viele Möglichkeiten hatte ich nicht.

Aussteigen, den Kofferraum öffnen, Smiley suchen. Oder aussteigen, Smiley suchen, den Kofferraum öffnen. Vielleicht auch einfach nur aussteigen und Smiley suchen. Dabei wusste ich nicht einmal, ob ich überhaupt nur das Aussteigen schaffte.

Immer schön eins nach dem andern, hörte ich Smiley eine seiner Weisheiten absondern.

Ich tastete nach dem Türgriff, zog daran und stieß die Tür auf. Kühle, frische Luft strömte herein. Sie roch nach Wald, regenfeuchter Erde, dem Wasser des nahen Flusses. Der Fluss! Ich hörte das Plätschern und das leise Gurgeln und bekam ungeheuren Durst. Erst jetzt merkte ich, wie trocken meine Kehle und mein Mund waren. Wenn ich eins von Smileys Bieren wollte, musste ich aussteigen.

Das war gar nicht so einfach. Mein Körper machte schlapp. Ich musste mich ungeheuer anstrengen, damit ich das verletzte Bein aus dem Wagen kriegte. Ächzend wie ein alter Mann nahm ich es in die Hände und drückte es nach draußen. Dann klammerte ich mich an die offene Wagentür und zog mich hoch.

»Himmel, Mick, gehört der Schlitten dir?«

Hätte ich mich nicht festgehalten, wäre ich vor Schreck umgefallen.

»Smiley?«, krächzte ich.

»Wer denn sonst?«

Jake? Die Bullen? Der Teufel?

Ich starrte auf die hagere Gestalt mit dem igeligen Strubbelhaar. »Wo … Wo kommst … Wieso …?«

»Scheiße, Mann, du siehst aus wie ein Geist.« Smiley blieb ein paar Schritte von mir entfernt stehen. »Alles in Ordnung?«

Aus meiner trockenen Kehle drang ein irres Lachen, während mir gleichzeitig Tränen in die Augen stiegen. Ich war so was von hinüber.

Smiley kam näher. »Willst du die Tür da für immer festhalten oder kannst du sie loslassen?«

»Halten«, flüsterte ich. »Knall sonst hin.«

Er grinste nicht. Wenn ich es mir recht überlegte, hatte er noch nicht ein einziges Mal gegrinst.

Ich sagte das, was er mir bei der ersten Begegnung auf der Brücke gesagt hatte. »Mit meinem Kopf ist was nicht in Ordnung.«

Smiley grinste immer noch nicht. »Das sehe ich«, murmelte er und kam noch näher. »Loslassen«, befahl er. »Erst die rechte Hand, dann die linke.« Als er merkte, dass ich mich immer noch an die Tür klammerte wie einer, dessen Leben davon abhängt, sich an eine Autotür zu klammern, sagte er leise: »Vertrau mir.«

Er wusste, dass ich das nicht konnte. Ich vertraute niemandem. Nicht einmal ihm.

»Vertrau mir«, sagte er noch einmal.

Ich musste Smiley ja nicht für immer und ewig vertrauen, nur die nächsten paar Sekunden, bis ich die Tür losgelassen hatte. Meine verkrampften Finger entspannten sich. Ich ließ los.

Smiley griff mir unter den Arm, umschlang mich und hielt mich fest. Vorsichtig führte er mich zu einem Holzstapel und half mir, mich hinzusetzen.

»Bist du verletzt?«, fragte er.

Ich schüttelte langsam den Kopf.

»Bist du sicher?« Er zeigte auf meine Hände. »Da ist Blut dran. Und an deinem Kopf fehlen Haare.«

Mein ganzer Körper begann zu schlottern.

»Nicht verletzt«, versicherte ich Smiley. »Nur ein bisschen. Nicht von heute.«

»Warte hier!«, befahl er mir. »Bin gleich zurück.« Lautlos wie ein Geist verschwand er zwischen den Bäumen. Ich wartete und war irgendwann nicht mehr sicher, ob ich Smiley nur geträumt hatte. Aus meiner Nase lief Rotz. Ich zog ihn hoch, wischte mir über das Gesicht und wartete. Die ganze Zeit drang kein Laut aus dem Kofferraum.

Ich wollte nicht darüber nachdenken. Ich wollte nie mehr über etwas nachdenken. Ich wollte auch keine Bilder und keine Stimmen mehr in meinem Kopf. Es hätte etwas gegeben, das alles ausgelöscht hätte. Die Gedanken, die Bilder, die Stimmen, mich. Ich hätte nur ein Stück zurückgehen müssen. Bis zur Brücke. Achtzehn Meter hoch. Ein Sprung. Aus. Fertig. Stille. Für immer. Ich war zu feige dazu.

Irgendwann raschelte es im Gebüsch und Smiley trat auf die kleine Lichtung. Normalerweise wurde er im Gelände zum geräuschlosen Indianer, aber in jener Nacht machte er so viel Lärm, dass ich ihn früh genug hören konnte. Ich war ihm dankbar dafür, denn meine Nervenenden standen unter Strom und wenn sie vor Schreck zu sehr ins Schwingen gerieten und sich berührten, könnte das einen Kurzschluss auslösen.

»Hab dir meinen Spezialtrank mitgebracht.« Smiley grinste immer noch nicht, obwohl er wusste, wie sehr ich das Gebräu hasste, das angeblich Tote wieder zum Leben erwecken konnte.

Ich protestierte nicht, sondern setzte die Flasche an und leerte sie, ohne einmal abzusetzen. Das Zeug brannte in der Kehle, brachte meinen Magen dazu, sich krampfhaft zusammenzuziehen und löste einen ungeheuren Brechreiz aus. Ich drückte die aufsteigende Flüssigkeit zurück in den Magen, denn wenn ich eins wusste, dann das: Das Zeug half. Aber nur, wenn ich es nicht wieder ausspuckte. Würgend saß ich da und wartete auf die Wirkung. Nach und nach tauchte ich in eine Art geistige und körperliche Nebelwolke.

»Besser?«, fragte Smiley.

»Glaub schon«, antwortete ich.

»Na, was denn? Wird es besser oder glaubst du es nur? Also …«

»Sei einfach still«, bat ich ihn.

Normalerweise reichte so eine Bitte bei Smiley genau drei Sekunden weit. Dann redete er weiter. Er konnte nicht anders. Er war zum Reden geboren. Wenn er keinen fand, der ihm zuhörte, redete er mit sich selbst. Diesmal blieb er ruhig, ein Zeichen dafür, dass mein Zustand ihm gewaltig einfuhr. Ich nahm ein paarmal Anlauf. Wollte ihm die Sache erklären, aber ich hatte keine Ahnung, wo ich anfangen sollte. Hätte ich ihm vom Unfall erzählt, wäre ich gar nie zu Jakes toter Lady gekommen, denn Smiley hätte sich erst furchtbar über Jake aufgeregt und mir dann ungefähr eine Million Ratschläge gegeben, was ich hätte tun sollen. Hätte ich mit Jakes toter Lady begonnen, hätte Smiley mir keine Ratschläge gegeben, sondern mir eine Million Fragen gestellt. Ich war nicht einmal bereit für eine einzige Frage. Ich wollte in meiner Nebelwolke sitzen und weder fühlen noch reden. Aber irgendwie war die Wolke undicht, denn mitten in das dumpfe Nichts drängte sich ein ängstliches »Hallo?«.

Ich schaute Smiley an. Wenn ich seinen erstaunten Gesichtsausdruck richtig deutete, war er es nicht gewesen.

»Hallo?«

Smiley sprang auf und schaute erst den Wagen, dann mich an. »Hast du jemanden im Kofferraum?«

Ich starrte vor mich hin.

»Mick!«, sagte Smiley ziemlich laut. »Sieh mich an!«

Ich zwang meinen Blick nach oben.

Smiley sah angepisst aus. Und besorgt. Und erschrocken. Alles zusammen.

Ich nickte.

»Und der Wagen ist geklaut?«

Was denn sonst? Smiley wusste, dass ich kein Geld hatte und so einen Wagen kriegte man nicht einfach geschenkt. Ich nickte wieder.

»Wer ist da drin?«

»Tusse«, krächzte ich.

»Eine Tusse?«

»Ja. Tusse. Edy.«

Smiley kauerte sich vor mich hin. »Du hast eine Tusse und einen Typen da drin?«

Ich schüttelte den Kopf.

»Mick? Wer ist das im Kofferraum?«

»Edy«, flüsterte ich. »Sie heißt Edy.«

»Die Tusse heißt wie ein Typ?«, fragte Smiley ungläubig.

»Irre Familie.«

»Scheint auf dich abgefärbt zu haben.« Smiley richtete sich wieder auf. »Ist das ihr Wagen? Hast … Hast …« Er stockte. »Hast du sie vergewaltigt oder so?«

»Nein.«

»Warum ist sie da drin?«

»Geisel.«

»Du hast eine Geisel? In einem gestohlenen Auto?« Smileys Augen quollen beinahe aus ihren Höhlen. Er raufte sich die Haare und begann im Kreis herumzugehen. Als er sich endlich nicht mehr drehte, stand er einfach nur da. »Das ist ziemlich krank, weißt du das?«, fragte er.

Ich nickte.

»Willst du darüber reden?«

Smiley ist therapiegeschädigt. Wegen seines Kopfs. Er

hat mir mal erzählt, dass er früher nicht so viel gelabert hat, schon gar nicht in den Therapien, aber irgendwann hat er gemerkt, dass Reden tatsächlich hilft. Ich glaubte nicht daran. Reden machte eine Sache nicht besser. Zwischen all den richtigen Wörtern waren immer eine ganze Menge, die falsch verstanden wurden. Und dann konnte es Ärger geben oder man verletzte jemanden, den man eigentlich mochte, oder irgendetwas war plötzlich anders und man wusste nicht warum, nur, dass es an den richtigen Wörtern lag, die falsch verstanden worden waren. Deshalb redete ich lieber zu wenig als zu viel.

Smiley wartete auf eine Antwort. Ich schuldete ihm eine Erklärung. Kurz und so verständlich wie möglich.

»Jemand hat ihre Mutter umgebracht. Sie denkt, ich war's. Alle werden denken, ich war's. Deshalb musste ich abhauen. Und weil mir niemand glauben wird, brauche ich eine Geisel.«

Darüber musste Smiley erst einmal ziemlich lange nachdenken.

»Und, warst du es?«, fragte er, als er mit dem Nachdenken fertig war. »Hast du die Frau … ich meine … hast du sie … umgebracht?«

»Ich glaube nicht.«

»Oh, Mann«, stöhnte er. »Du steckst wirklich in der Scheiße.«

»Ja«, antwortete ich.

»Und was wirst du jetzt tun?«

»Verstecken. Mit der Geisel. Bis sie den haben, der's gewesen ist. Wenn ich's nicht war.«

Auch darüber musste Smiley erst einmal nachdenken.

»Das ist dein ganzer Plan?«, fragte er schließlich entgeistert. »Da sind ja mehr Löcher drin als in meinem Kopf.«

»Sie müssen den Mörder suchen, weil ich eine Geisel habe, die ich erst rausrücke, wenn sie …«

»Ja, ja, das habe ich kapiert«, unterbrach er mich. »Aber das ist kein Plan. Das ist einfach nur verrückt. Stell dich und erklär den Bullen, dass sie einen anderen Mörder suchen müssen.«

Das war genauso kein Plan wie meiner. Ich konnte nicht zu den Bullen. »Ich geh nicht in den Knast«, sagte ich.

»Musst du vielleicht auch nicht. Oder?«

»Doch.«

»Schöne Scheiße.« Smiley kratzte sich am Kopf. Dann wurde er praktisch. »Kann ich dir vielleicht irgendwie helfen? Zum Beispiel im Kofferraum nachschauen, ob deine Geisel in Ordnung ist?«

»Später«, wehrte ich ab. »Erst brauche ich ein sicheres Versteck.«

Smiley kaute auf seiner Unterlippe herum. »Bei mir geht nicht. Zu nah an den großen Straßen. Außerdem gibt es Leute, die wissen, dass du bei mir gewohnt hast. Die schicken mir bestimmt Besuch vorbei. Du weißt schon, den in den Uniformen.«

»Tut mir echt leid«, entschuldigte ich mich.

»So, wie ich das sehe, sollten dir andere Dinge leidtun.« Er zeigte auf den Wagen. »Warum, Mick? Warum?«

»Ich brauche sie.«

Es klang wie eine Ausrede. Smileys linker Mundwinkel schob sich nach oben. Ein halbes Grinsen. Ich wusste nicht, ob das gut oder schlecht war.

»Lass sie laufen«, sagte er.

»Nein.« Ich stand auf. »Sie ist meine einzige Chance.«

»Und wie sollen die Bullen erfahren, was du willst?«, fragte er mich.

»Jemand … Jemand sollte sie anrufen, ich meine, die Bullen, anrufen, und es ihnen sagen.«

»Wer denn?«

Ich schaute ihn an. Es dauerte ein paar Sekunden, bis er begriff, wen ich meinte, und dann noch einmal ein paar Sekunden, bis er die Sprache wiederfand. »Ich?«

»Nun, ich dachte …«

»Anonym und so, nehme ich an.«

»Ja.«

Er schüttelte den Kopf. »Das wird nicht gut enden«, murmelte er. »Das wird ganz und gar nicht gut enden, glaub mir. Lass sie laufen. Vielleicht geben dir die Bullen ein paar Bonuspunkte dafür.«

Alle Bonuspunkte dieser Erde würden nicht reichen, wenn sie die Spuren am Tatort gesichert und ausgewertet hatten. Zusammen mit Jakes Zeugenaussage war die Sache ein klarer Fall. Ich würde in den Bau wandern.

»Tut mir leid«, entschuldigte ich mich noch einmal. »Ich zieh das durch. Egal, wie es endet. Aber ich kann verstehen, wenn du nicht mit reingezogen werden willst.«

»Arsch«, antwortete Smiley.

Ich wankte zum Wagen.

»Arsch«, wiederholte Smiley, diesmal in meinem Rücken. »Denkst du echt, ich lass einen Freund hängen?«

Zum Glück stand die Wagentür noch offen. Ich hielt mich daran fest, bis ich die Tränen weggeblinzelt hatte und wieder sehen konnte. Smiley drückte mich sanft auf den Fahrersitz. »Warte«, sagte er. »Ich hol dir was zu essen und mehr von meinem Spezialtrank. Und danach verrate ich dir, wo du dich verstecken kannst.«

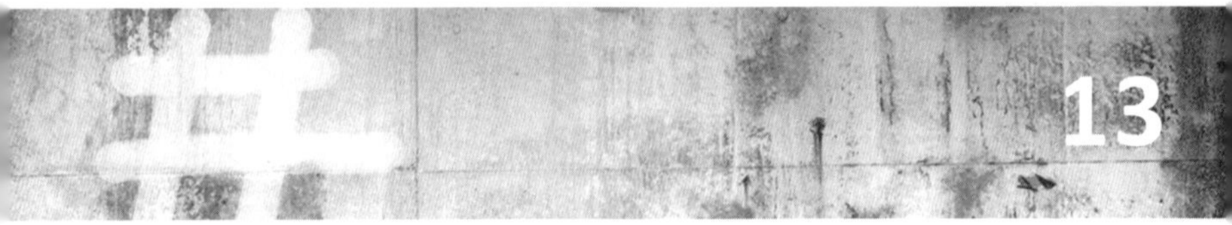

13

philosophin @philosophin

Hast du den Mut, der Gefahr ins Auge zu sehen? Hast du die Weisheit, das Richtige zu tun?

»Bin wieder da«, meldete sich Smiley nach einer halben Ewigkeit, in der sich der Zeiger auf der Uhr im Armaturenbrett in Mikrozeitlupe zehn Minuten vorgekämpft hatte. Er öffnete die Beifahrertür und ließ sich neben mir auf den Sitz fallen. In seinen Händen hielt er eine beachtliche Tüte, die er umständlich auf seinen Beinen deponierte. Nachdem er ein paarmal kräftig durchgeatmet hatte, war er wieder der Smiley, den ich kannte.

Maschinengewehrschnell ratterte er Anweisungen herunter. Es ging um ein abgelegenes Haus weiter hinten in den Hügeln, am Ende einer engen Schlucht, in einem Talkessel, umgeben von Felsen und Wildnis, eins, das er auf seinen Streifzügen entdeckt hatte, und das ihm so gut gefallen hatte, dass er ein paar Nächte dort geblieben war.

»Ist nicht mehr in so gutem Zustand, aber für deinen Zweck ist's perfekt, weit weg von allem, menschenleer, kannst sogar bis auf wenige Meter an das Ding heranfahren, alles auf Nebenwegen, wollte da schon lange mal wieder hin, ist schön ruhig dort, gut zum Fischen, aber das willst du wahrscheinlich gar nicht, na ja, auch egal.« Er holte tief Luft und grinste. »Genau das, was du brauchst.«

Ich war mir nicht so sicher. Der Gedanke, mich in einer Art natürlicher Sackgasse einzubunkern, gefiel mir nicht, aber ich musste weg von den Hauptverkehrsadern und bewohnten Gegenden, in denen jeder einzelne Bulle dieses Landes nach mir Ausschau hielt. Für den Anfang schien die Schlucht in Ordnung. Wenn die erste große Welle der Suchaktion durch war, konnte ich immer noch verschwinden. Ich griff nach der Tüte und legte sie neben meine Tasche auf den Rücksitz.

»Willst du nicht schnell nach deiner Geisel sehen?«, fragte Smiley. »Ich meine, vielleicht muss sie mal. Du weißt ja, Frauen müssen andauernd.«

»Sie ist still«, fuhr ich ihn an. »Wenn sie wirklich müsste, würde sie ganz schön laut schreien, glaub mir.«

»Du magst sie nicht«, stellte Smiley fest.

»Nein.«

Ich dachte an ihre giftigen Worte, an die Sache mit dem Foto, aber dabei sah ich sie die ganze Zeit vor mir, wie sie unter der Tür gestanden und geschrien hatte. Wie sie dalag und plötzlich keine Tusse mehr war, sondern ein Mensch mit einer Seele und einer weißen Linie an ihrem Handgelenk, dieser verdammten weißen Linie, die alles veränderte, ob ich wollte oder nicht, denn weiße Linien an Handgelenken erzählen Geschichten, und keine dieser Geschichten ist gut. Nie.

Smiley gab nicht auf. »Und du magst wirklich nicht drüber reden?«

»Keine Zeit«, sagte ich.

»Ich fahr ein Stück mit dir mit.«

»Nein!«

»Nur ein Stück. Echt. Dann steig ich aus und gehe die Bullen anrufen. Versprochen.«

»Na gut«, seufzte ich. »Ein Stück.«

Die Wahrheit ist, dass ich froh war, nicht allein losfahren zu müssen.

»Bin ganz Ohr«, verkündete Smiley, als wir wenig später über einen ziemlich holprigen Waldweg schaukelten.

Ich erzählte ihm alles. Zumindest das, woran ich mich erinnern konnte. Er unterbrach mich kein einziges Mal. Nachdem ich fertig war, stellte er ein paar Fragen. Zu Jake. Zu Jakes Lady. Zu Edy.

»Hast du dir überlegt, warum der Typ genau dich angefahren hat?«

Ich fand das eine seltsame Frage.

»Einfach so«, sagte ich. »Zufall. Falscher Ort, falsche Zeit.«

»Es gibt keine Zufälle«, antwortete Smiley.

Ich glaubte nicht an diese Theorie. Wenn es keine Zufälle gab, war alles vorbestimmt. Auch mein Leben. Der Gedanke, dass irgendeine Macht mir all das bewusst angetan hatte, war unerträglich. Ich zuckte mit den Schultern.

»Man erzählt sich Dinge«, sagte Smiley leise, in diesem Ton, den Verschwörungstheoretiker unter sich anschlagen. »Du weißt schon. Die Gerüchte über Verbrechen, die Leuten wie uns untergeschoben werden.«

Man erzählte sich vieles. Was nicht bedeutete, dass es auch stimmte, und schon gar nicht, dass man daran glauben musste. Ich schwieg, denn in dieser Sache waren Smiley und ich uns nicht einig geworden.

»Versprich mir, wenigstens darüber nachzudenken«, bat er.

»Mach ich«, versprach ich, weil es ihm offensichtlich wichtig war.

»Anhalten!«, rief er.

Ich trat heftig auf die Bremse. »Was ist?«

»Hier muss ich raus.«

»Genau hier?«

»Nein, warum?«

Er hatte mich zu Tode erschreckt, aber er konnte nichts dafür. Es war sein Kopf. Smiley tickte so.

»Soll ich dir noch einmal erklären, wo's langgeht?«, fragte er.

Ich schüttelte den Kopf. Smiley hatte mir den Weg genau beschrieben, das reichte. Ich konnte mir merken, was Leute mir sagten. So, wie es Menschen gibt, die ein fotografisches Gedächtnis haben, setzen sich gesprochene Dinge in mir fest, nicht immer gleich abrufbar, aber sie sind da. Manchmal laufen in meinem Kopf ganze Replays von Dialogen ab. Zum Beispiel die mit einer überheblichen Tusse, für die ich stinkender Müll war. Das machte es einfacher, Edy im Kofferraum schmoren zu lassen. Zumindest versuchte ich mir das einzureden. Ich durfte einfach nicht an die weiße Linie denken.

»Pass auf dich auf«, sagte Smiley.

Das hatte er mir letztes Mal auch gesagt. Ein schlechtes Zeichen, wenn man an Zeichen glaubte. »Du auch.«

Er winkte mir zu, folgte ein paar Meter dem Weg zurück und verschwand dann zwischen den Bäumen in den Wald. Wahrscheinlich eine Abkürzung. Smiley kannte immer irgendeine Abkürzung.

Inzwischen war es fast hell. Trotzdem musste ich höllisch aufpassen. Der Weg war schon vorher schlimm genug gewesen, jetzt wurde er zum Albtraum. Der Wagen schlingerte hin und her und rutschte immer wieder auf der Seite ab. Ab und zu schlug der Fahrzeugboden auf Steinen auf. Ich klammerte mich ans Lenkrad und klebte mit dem Kopf beinahe an der Scheibe.

Purgatorium!, dröhnte die Stimme des schwarzen Mannes in meinem Kopf. *Ich habe dir immer gesagt, dass du im Fegefeuer landen wirst.*

Ich übersteuerte. Der Schlund auf der Seite kam näher, fast so, als ob er sein riesiges Maul öffnen und das Fahrzeug verschlingen wollte. Unter mir knirschte es, hinten im Kofferraum schrie Edy. Im letzten Augenblick riss ich das Lenkrad herum und wäre beinahe in den Fels auf der Hangseite gedonnert. Ich trat voll auf die Klötze. Der Wagen schrammte am Gestein entlang und blieb stehen.

Er ist tot, beschwor ich mich, der schwarze Mann ist tot, er kann dir nichts mehr tun, nie mehr, und wenn einer im Fegefeuer ist, dann er. Fahr weiter!

Ich brauchte ein paar Anläufe, bis der Motor wieder ansprang. So richtig gut klang er nicht, doch die Kiste fuhr, wenn auch ziemlich röchelnd und stotternd.

Nach einer scharfen Kurve wurde der Weg noch schmaler. Er schlängelte sich mehrere Meter über dem Fluss an einem felsigen Hang entlang. Ein Fehler, und ich brauchte nie wieder über etwas nachzudenken. Weder über das

Fegefeuer noch über den Knast. Mir rann der Schweiß über das Gesicht und in meinen Nacken. Eins war jetzt schon klar: Wenn nicht irgendwo eine Stelle kam, an der ich wenden konnte, würden wir nicht mehr aus dieser Schlucht herauskommen. Nicht mit dem Wagen. Davon hatte Smiley kein Wort gesagt. Aber der konnte ja auch nicht Auto fahren. Wusste nur alles über sie. Theoretisch.

Irgendwann verlief der Weg nicht mehr parallel zum Fluss, sondern führte auf ihn zu. Je näher ich ihm kam, desto mehr schüttelte es den Wagen durch. Im Kofferraum ging das Schreien wieder los.

Edys Panik traf auf meine. Ich hätte beinahe mitgeschrien. »Halt die Klappe!«, brüllte ich.

»Lass mich raus! Bitte!« Sie zog das *i* endlos in die Länge. Es fühlte sich an, als würde sich eine Kreissäge durch meine Nerven fressen. Und dann war auch noch der Weg verschwunden. Ich bremste. Wasser rauschte. Der Wagen beugte sich nach vorn. Starr vor Angst schaute ich in den Abgrund. Mir wurde kalt und mein Körper begann zu zittern. Dann kapierte ich, dass der Weg nicht einfach aufhörte, sondern steil abfiel, direkt zum Fluss hinunter.

»Du musst durchs Wasser fahren«, hatte mir Smiley eingeschärft. »Ohne zu zögern. Tiefer Gang. Nicht mit Vollgas, aber auch nicht zu langsam. Sonst wirst du feststecken. Nennt man furten.«

Keine Ahnung, woher er das wusste. Sein Hirn sammelte jede Menge unwichtiger Informationen. Er hatte noch etwas von einer Wattlinie und Luftansaugstutzen gefaselt, aber ich hatte mir gedacht, er übertreibt maßlos. Nun, ich hatte mich geirrt.

Als Smiley von dieser Stelle geredet hatte, hatte ich mir ein seichtes Gewässer vorgestellt, das friedlich und langsam dahinplätscherte. Nicht das, was ich vor mir sah. Der Fluss war an dieser Stelle zwar breiter und es ragten keine Felsbrocken aus dem Wasser, aber es wälzte sich ziemlich schnell durch die einzige Stelle, an der ich auf die andere Seite gelangen konnte. Es sah auch ziemlich tief aus. Zu tief für einen, der Angst vor dem Wasser hat. Ich hatte Angst. Eine Höllenangst. Ich konnte da nicht rüber. Aber zurück ging auch nicht. Wenden war unmöglich. Und aussteigen und zu Fuß gehen, hätte bedeutet, durch das Wasser waten zu müssen.

Verdammt! Wozu hatte die Menschheit Brücken erfunden? Wie konnte man auf so einen durchgeknallten Plan kommen wie ich? Und warum zum Teufel hatte ich mir von Smiley dieses Wahnsinnsversteck andrehen lassen? Wütend schlug ich mit den Händen gegen das Wagendach. Hinten im Kofferraum rief Edy voller Panik, dass sie rauswolle. »Was machst du?«, schrie sie. »Wo sind wir?«

»In der Hölle!«, brüllte ich zurück.

»Lass mich raus!« Sie wiederholte sogar ihr »Bitte«. Diesmal ohne langes *i*, dafür sehr ängstlich.

Beinahe hätte ich es getan. Ich meine, sie aussteigen lassen. Doch dann entschied ich, dass ich nicht sterben wollte, und wenn ich nicht sterben würde, würde sie auch nicht sterben. Also konnte ich sie im Kofferraum lassen. Es dauerte nicht mehr lange. Ich würde tun, was Smiley mir gesagt hatte. Ich würde diesen verdammten Steilhang hinunterfahren und mit der genau richtigen Geschwindigkeit diesen verdammten Fluss furten.

»Achtzehn Meter«, flüsterte ich. »Dagegen ist das hier nichts!«

Elektrische Fensterverriegelung, sagte Smiley in meinem Kopf. *Lass die Dinger runter. Für alle Fälle.*

Ich öffnete alle Fenster und gab Gas.

Der Wagen rutschte nach vorn. Augenblicklich gewann er an Fahrt. Nicht zu schnell, dachte ich und bremste ab. Tiefer Gang. Was für ein Witz! Die meiste Zeit war ich im ersten oder im zweiten Gang gefahren, weil das Gelände gar nicht mehr zugelassen hatte. Den zweiten Gang hatte ich auch jetzt drin, aber nun heulte der Motor auf und lief auf Höchsttouren. Ich wurde so heftig durchgeschüttelt, dass ich mich mit aller Kraft am Lenkrad festhalten musste. Unter mir knirschte es. Von Kontrolle über die Steuerung konnte keine Rede sein. Am schlimmsten war das Wasser, dem ich entgegenschoss. Ich schrie nicht. Edy auch nicht mehr. Als ob wir dem Schicksal entkommen konnten, wenn es uns nicht hörte.

14

Johanna Candinas @JoJoCan
Kämpfe! Mutig und entschlossen. Aber überschreite nie die dünne rote Linie, die dich von deinem dunklen Ich trennt. **#GfLeon**

Wasser spritzte durch das offene Fenster. Mein Kopf knallte gegen die Windschutzscheibe. Der Wagen stand beinahe still. Ich drückte das Gaspedal herunter. Trotzdem wurde der Wagen nicht schneller, sondern noch langsamer. Das Wasser um mich herum stieg. Der Motor gab auf. Meine Welt stand still. *Wattlinie*, sagte Smiley.

Dem Wasser war mein Weltstillstand egal. Es floss in den Wagen. Eisig kalt umspülte es meine Füße. Smiley hatte behauptet, der Fluss würde höchstens ein bisschen an der Tür lecken, wenn überhaupt. Nun schwappte er zu mir rein und hinten im Kofferraum schrie Edy in Todesangst. Sie würde sterben, wenn ich sie da nicht rausholte, aber ich hatte einen Totalausfall und konnte mich nicht bewegen. Erst als der Wagen ein paar Zentimeter wegrutschte, löste sich meine Starre. Ich packte den Zündschlüssel, hielt mich am Dach fest und zog mich durch das Fenster aus dem Auto.

Die Strömung drückte mich gegen das Fahrzeug. Obwohl das Wasser mir nur knapp bis zu den Oberschenkeln reichte, hatte es eine ungeheure Kraft. Wenn es mich mitriss, würde es mich verschlingen, genau wie damals, nur war diesmal keiner da, der mich herausziehen würde.

Schritt für Schritt kämpfte ich mich zum Heck durch. Dabei stieß ich gegen Steine, glitt auf ihnen aus, rutschte immer wieder weg. Der Stiefel ohne Schnürsenkel verabschiedete sich von mir. Füße und Beine wurden taub in der Kälte des Wassers.

»Ich bin da!«, schrie ich. »Ich bin da!«

Im Kofferraum wurde es still. In meinem Kopf schrie es weiter. Eine Stimme aus der Vergangenheit. Die Stimme eines kleinen Mädchens.

Ich beugte mich vor, presste meinen Oberkörper gegen den Kofferraumdeckel und schob mich auf die Rückseite des Wagens. Sofort zerrte die Strömung an mir. Mit beinahe gefühllosen Händen tastete ich nach dem Schloss. Als ich es endlich gefunden hatte, brauchte ich mehrere Anläufe, bis ich den Schlüssel hineinbekam.

Ich drehte ihn. Der Deckel kam hochgeschossen, schrammte mich weg. Fast gleichzeitig schleuderte mich ein harter Stoß gegen die Brust nach hinten. Alles Rudern mit den Armen nützte nichts. Eisig kaltes Wasser verschlang mich, wirbelte mich herum und schwemmte mich fort. Meine Füße fanden keinen Halt, meinen Lungen ging der Sauerstoff aus. Durch den Riss in der Zeit schrie meine Schwester meinen Namen. *Mick!* Sina! Meine Hand suchte ihre Hand und griff ins Leere. Mein Rücken rutschte über Steine. Mein Kopf tauchte auf. Ein heftiger Schlag bremste mich. Ich hustete und würgte, spuckte Wasser aus und saugte gierig Luft in mich hinein. Der Schmerz zerriss mich beinahe. Aber ich lebte!

Die Strömung hatte mich in einer kleinen Mündung gegen ein paar Stein- und Felsbrocken gespült. Die Hölle wollte mich nicht! Noch nicht. Aus meiner Kehle stieg ein irres Lachen. Schlotternd zog ich mich an einem der riesigen Steine hoch, stolperte ans Ufer und ließ mich in den Sand fallen.

Hinter den hohen Felsen der Schlucht ging die Sonne auf und blendete mich. Ich hielt mir schützend die Hand über die Augen und schaute mich um. Der abgesoffene Wagen ragte wie ein Wal aus dem Wasser, mit dem Wagendach als Rücken und dem Kofferraumdeckel als Flosse. Hinter dem Wal kämpfte sich eine Gestalt durch den Fluss.

Edy!

Sie lief nicht quer zur Strömung, sondern leicht schräg flussaufwärts gegen sie. Verdammt! Was dachte sich diese Irre? Ihre Hände waren auf dem Rücken zusammengebunden! Wenn sie ausrutschte und hinfiel, war sie der Strömung ausgeliefert. Mit ihren gefesselten Händen konnte sie sich nicht über Wasser halten.

Ich rannte los. Viel zu langsam hinkte ich am Ufer entlang. In meinen nackten Fuß bohrten sich Stacheln und spitze Steine. Weit vor mir erreichte Edy sicheren Boden und watete bei einer Felsplatte ans Ufer. Einen Moment lang stand sie wankend da, dann sank sie in die Knie.

Im Gegensatz zu Smiley war ich nicht zum lautlosen Anschleichen geboren. Ich machte ziemlich viel Krach. Edy musste mich gehört haben, doch sie verharrte in ihrer Position. Erst als ich dicht bei ihr war, drehte sie sich mir zu. Ihr Blick ging ins Leere, in ihren Augen war nichts.

Keine Angst, keine Verzweiflung, kein Schmerz, keine Erleichterung. Einfach nichts. Schminke lief über ihr Gesicht, ihre Haare klebten am Kopf. Blut tropfte aus ihnen. Was nicht von dem weißen Top aufgesogen wurde, rann auf die hellen Hotpants und die Felsplatte. Auch über die aufgescheuerten Handgelenke lief Blut. Sie war fertig, total fertig, und ich Idiot wollte kein Mitleid haben, nicht mit ihr, und deshalb dachte ich daran, wie ich an ihrem Pool gelegen hatte, nachdem sie das Foto meiner Schwester zerrissen hatte, und so fertig gewesen war wie sie jetzt. Ich beugte mich zu ihr hinunter, fuhr mit dem Zeigefinger über ihre nasse Wange und sagte: »Wow.«

Ihre Augen füllten sich. Mit Hass. Ich war Weltmeister im Kassieren von hasserfüllten Blicken, aber so viel Hass wie in diesen Augen hatte ich noch nie gesehen. Er prallte nicht an mir ab, sondern ging direkt unter meine Haut. Ich wusste, ich hatte ihn verdient. Was ich nicht wusste, war, ob es genau das war, was ich mit dieser beschissenen Aktion provozieren wollte.

»Du hast dich mit dem Falschen angelegt.« Sie schlug jedes einzelne Wort wie einen Eispickel in mich rein. »Jakes Leute werden kommen und dich umbringen.«

Mir war so kalt, dass ich mich fragte, ob man mitten im Sommer erfrieren konnte.

»Steh auf!«, befahl ich.

Edy blieb knien.

»Entweder stehst du auf oder ich zieh dich hoch, und dann wird's wehtun.«

»Fass mich nicht an!«

Noch während sie redete, schoss sie hoch und warf sich

gegen mich. Ich geriet ins Taumeln. Vielleicht wäre sie mir entkommen, wenn sie nicht das Gleichgewicht verloren hätte und hingefallen wäre. Mit einem Schrei warf ich mich auf sie, prallte hart gegen ihren Körper und begrub ihn unter mir. Sie versuchte mich zu beißen und als ihr das nicht gelang, spuckte sie mich an. Ich rollte sie auf den Bauch. Selbst jetzt gab sie nicht auf. Sie spannte jeden Muskel ihres Körpers an, als wolle sie sich gleich aufbäumen wie ein wildes Pferd und mich abwerfen.

Ich verlagerte mein Gewicht, packte ihre Haare und zog ihren Kopf hoch. »Niemand wird kommen«, sagte ich hart. »Weil niemand weiß, wo wir sind.«

»Du hast das Handy vergessen«, keuchte sie. »Freaks wie du wissen das vielleicht nicht, aber Handys kann man orten.«

»Nicht kaputte. Das wissen sogar Freaks wie ich.«

»Es ging erst im Fluss kaputt.«

Hätte ich nicht gewusst, dass das Handy in Jakes Garage lag, hätte sie mich erwischt. Im Lügen war sie perfekt.

»Dein Handy liegt bei euch in der Garage«, zischte ich ihr ins Ohr.

»Wenn du es sagst.« Sie drehte ihren Kopf, so weit es ihr möglich war. »Und jetzt?«, fragte sie verächtlich. »Fickst du mich oder bringst du mich um?«

Mein Körper verkrampfte sich, doch es war zu spät. Das Gift war in mir drin und verätzte mich von innen. Die Spinne. Sie stach selbst dann noch, wenn sie angeschlagen am Boden lag.

Ich stach zurück. »Warum sollte ich dich umbringen?

Du weißt doch, wie es geht. Richtig schneiden. Längs. Ist normalerweise eine todsichere Sache.«

»Dein Ding in Frauen zu stecken, die deine Mutter sein könnten, auch.«

Ich drückte ihr Gesicht gegen den Fels, immer heftiger, auch als ihr Widerstand gebrochen war. Erst ihre Schreie holten mich aus diesem Wahnsinn. Mein Körper bebte, meine Finger lösten sich aus ihren Haaren. Ich starrte meine Hände an und erkannte, was ich war. Ein Monster. Eines der Wesen aus der Hölle, vor denen ich mich so fürchtete.

15

steff gurin @guitarman_steff

Wem das Herz die Stunde geschlagen hat, der trete vor und bekenne sich. Nein zu einer Gesellschaft ohne Respekt und Toleranz. **#GfLeon**

Es war vorbei. Es musste vorbei sein. Schwerfällig rappelte ich mich auf die Beine. Ich hörte Edy weinen, fühlte meine eigenen Tränen, die mir über die Wangen liefen, und wollte nur noch weg.

Der Lärm hatte einen Schwarm Vögel aufgeschreckt. Kreischend flogen sie über die Schlucht. Ihre Schreie hallten von den Felswänden. Hinter mir knirschte es. Ich fuhr herum und sah, wie der Wagen von der Strömung mitgerissen wurde und in der gleichen Mündung hängen blieb wie ich vorhin.

Ohne mich noch einmal nach Edy umzudrehen, humpelte ich davon. In meinem Kopf blubberte der Brei und bildete Blasen, die der Vorschlaghammer erschlug, bevor sie an der Schädelwand zerplatzen konnten. Mein verletztes Bein trug mich kaum mehr und in die Sohle meines nackten Fußes bohrte, stach und schnitt sich die Wildnis. Bilder und Stimmen quetschten sich in einer einzigen superdünnen Leitung durch den Brei in meinem Hirn und dehnten sie bis ans Limit.

Ich sah Jake, der seiner Lady Wein und mir Bier einschenkte. Fühlte eine heiße Hand auf meinem Oberschenkel. Eine Palme kitzelte meine Nase. Nackte, kalte Haut berührte meine. Haare mit dunklen Flecken. Blut. Tote Augen. Schreie. *Fass mich nicht an! Fickst du mich oder bringst du mich um?*

Monster. Ich war ein Monster. Wenn ich tun konnte, was ich gerade getan hatte, dann konnte ich auch töten. Dann hatte ich Jakes Lady umgebracht.

Ich hämmerte mir mit den Fäusten gegen die Schläfen. Es half nicht. Ich dachte daran, meinen verdammten Schädel gegen einen Stein zu knallen und mich selbst auszuknocken, damit ich für eine Weile nichts hörte und nichts fühlte. Ich wollte Doc Walters Hammermischung. Den Superschuss, der mich alles vergessen ließ. Oder wenigstens Smileys Spezialgesöff.

In meinem Kopf wurde es ganz still. Als hätte er nur auf dieses Stichwort gewartet. Natürlich. Smileys Spezialtrank lag in einer Tüte in Jakes Wagen. Neben meiner Tasche, in die ich eine ganze Ladung Schmerztabletten gestopft hatte. Ich war so erledigt und so gierig auf die Wirkung des Zeugs, dass ich sogar zur Mündung gekrochen wäre, wenn es nicht anders gegangen wäre, aber ich schaffte es auch so. Gerade mal.

Der Wagen klebte immer noch an den Gesteinsbrocken. Der Druck der Strömung hatte ihn leicht schief gestellt. Das Wasser konnte mich nicht abhalten, nicht in dem Zustand, in dem ich war. Ich stolperte über ein paar Steine und hielt mich im letzten Moment an der hinteren Autotür fest.

Smileys Tüte und meine Tasche dümpelten im Wasser

zwischen den Sitzreihen, zu weit weg, mein Arm war zu kurz. Ich drückte meinen Oberkörper durch das offene Fenster und hangelte danach. Der Wagen ächzte. Ein Ruck ging durch ihn hindurch. Mit angehaltenem Atem und ohne mich auch nur einen Millimeter zu bewegen, hing ich in der Öffnung. Noch ein Ruck und das Gefährt rutschte weg. Der Schreck fuhr als Hitzewelle durch meinen Körper. Sogar meine kältetauben Beine schienen zu glühen. Bevor ich überlegen konnte, was ich tun sollte, knirschte es und der Wagen blieb stehen. Ich packte Tasche und Tüte gleichzeitig, schürfte mir beim Rückzug ein Stück Haut von der Hüfte und knallte mit dem Kopf gegen den Fensterrahmen. Aber ich hatte, was ich brauchte.

Total fertig watete ich mit meiner Beute ans Ufer und setzte mich hin. Alles an mir zitterte. Ich hatte nicht den Nerv, nach den Tabletten zu suchen, und kippte einfach den ganzen Inhalt der Tasche auf den Boden. Mitten zwischen den durchweichten Klamotten lag eine halb aufgelöste Packung. Die Panik setzte zum Sprung an. »Bitte nicht«, flehte ich. Mit völlig unkontrollierten Bewegungen zerfetzte ich die pampige Schachtel und heulte vor Erleichterung beinahe los, als ich die gut eingeschweißten Pillen sah. Sie aus ihrer Hülle zu befreien, war noch einmal ein ganzes Stück Arbeit. Als ich sie endlich raus hatte, steckte ich gleich drei von ihnen in den Mund und spülte sie mit ein paar kräftigen Schlucken von Smileys Spezialtrank hinunter.

Während ich auf die Wirkung der Mischung wartete, fiel mein Blick auf etwas Schwarzes zwischen zwei Gesteinsbrocken. Mein verlorener Stiefel! *Das ist ein Zeichen,* sagte

Smiley. Ich hatte genug von Zeichen. Der angeschwemmte Schuh war einfach nur ein angeschwemmter Schuh. Ich holte ihn mir und schlüpfte hinein. Zwei Stiefel. Ich hatte wieder zwei Stiefel. Vollgesogen mit Wasser. Einer mit und einer ohne Schnürsenkel.

Schnürsenkel. In meinem Brei blubberte es leise. Eine Blase stieg auf. Ich war nicht sicher, ob sie mir etwas sagen wollte. Selbst wenn. Ich wollte nichts hören. Die Sonne brannte auf mich herab und wärmte mich auf. Smileys Spezialtrank entwickelte die gleiche Wirkung von innen her. Die Pillen sorgten dafür, dass sich mein Kopf nicht mehr anfühlte wie eine Folterkammer, sondern nur noch wie ein lauter Rummelplatz. Auf einer der Achterbahnen raste Edy in die Tiefe und hielt dabei ihre Arme in die Luft. Sie waren mit einem Schnürsenkel zusammengebunden. Am linken Handgelenk zeichnete sich deutlich eine weiße Linie ab. Schnürsenkel. Endlich begriff ich, was die Breiblase wollte.

Ich hatte Edy gefesselt zurückgelassen! In dieser Wildnis war sie verloren mit zusammengebundenen Händen! Sogar in meinem benebelten Zustand war mir klar, dass ich sie suchen und losbinden musste.

Das Laufen in den Schuhen fiel leichter als vorher, obwohl mein Fuß immer wieder aus dem Stiefel ohne Schnürsenkel glitt. Für den Rest sorgte der Spezialmix, den ich mir reingezogen hatte. Er schlug die Schmerzen in die Flucht, wenigstens für eine Weile.

Das mit der Flucht schien auch Edy eingefallen zu sein. Die Felsplatte, auf der ich mit ihr gekämpft hatte, war leer. Auf der anderen Seite des Flusses bewegte sich nichts.

War Edy weg? War sie noch hier? Ich drehte mich um meine eigene Achse. Mit mir drehte sich die ganze Schlucht. Das machte es ziemlich schwierig, etwas zu erkennen. Also blieb ich stehen und wartete, bis die Schlucht auch anhielt und die Landschaft um mich herum klar wurde.

Hinter dem Uferstreifen erstreckte sich eine raue Buschlandschaft, durchzogen von sandigen Flächen voll Treibholz. Weiter hinten lag dichter Wald, über den schroffe Felswände ragten. Durch die Bäume waren die Umrisse eines Gebäudes zu erkennen. Aus den Wipfeln neben dem Haus flogen Vögel auf. Ich grübelte, ob das ein Smiley-Zeichen sein konnte. Dann fiel mir eine ganz logische Erklärung ein. Vögel flogen auf, wenn sich etwas bewegte. Edy! Sie war noch hier.

Ich lief wieder los. In Richtung Vögel und Haus. Smiley hatte gesagt, es sei nur ein paar Meter vom Fluss entfernt. Da hatte ihn die Erinnerung ganz schön getäuscht. Und meine? Täuschte sie mich oder verdrängte ich sie? Es war nicht gerade der ideale Zeitpunkt für solche Gedanken, aber sie waren nun mal da und wollten gedacht werden. Hatte ich Jakes Lady umgebracht und wollte mich nicht daran erinnern?

Die meisten Menschen glauben, sie würden nie jemanden umbringen. Ich wusste, dass es zumindest einen gab, den ich früher oder später umgebracht hätte. Dass ich es nicht getan hatte, lag nicht an mir. Jemand war mir zuvorgekommen und hatte den schwarzen Mann mit einem Auto von einem Zebrastreifen gefegt. Der Fahrer war nie gefunden worden. Wahrscheinlich ein Unfall mit Fahrerflucht, aber für mich war es eine gequälte Seele gewesen, die ihren Frieden im Auslöschen ihres Peinigers gesucht hatte. Der Gedanke hatte etwas Tröstliches. Ich hatte den schwarzen Mann gehasst und ihm den Tod gewünscht.

Jakes Lady hatte ich nicht gehasst. Warum hätte ich sie umbringen sollen? Das war es, was ich an der ganzen Sache nicht verstand. Gut, mein Verstand funktionierte nicht wirklich. Seit mich Jake angefahren hatte, setzte er aus und ein, als würde jemand wie wild einen Schalter drücken. Es gab Momente, in denen ich kaum denken konnte, und andere, in denen ich alles glasklar sah. So wie jetzt. Trotz der Tabletten und des Spezialgesöffs. Oder vielleicht gerade deswegen. Ich war voll da und ich verstand nicht, warum ich Jakes Lady umgebracht haben sollte, wenn ich sie doch nicht gehasst hatte. Sie war nervig gewesen, anstrengend, aufdringlich, peinlich, traurig, armselig. Mehr nicht.

Ein Abendessen noch, dann hätte ich die Fliege gemacht und hätte sie und ihr Elend hinter mir gelassen. Es gab keinen Grund, sie umzubringen, nicht einmal einen, mit ihr zu schlafen. Nichts ergab einen Sinn. Trotzdem war ich neben Jakes toter Lady aufgewacht. Blutverschmiert und nackt. War ich ausgetickt, wie vorhin auf der Felsplatte bei Edy? Hatte Jakes Lady mich etwas gefragt, das ich nicht hören wollte? *Fickst du mich oder bringst du mich um?* Was hatte ich getan? Was um Himmels willen hatte ich getan? Was passierte mit mir?

Ich fand keine Antwort auf meine Fragen. Also versuchte ich, mich auf den steinernen Bau zu konzentrieren, der wie ein Gerippe aus der Waldlichtung vor mir ragte. Die Fenster hatten keine Scheiben, die Türe fehlte. An einigen

Stellen waren ganze Teile der Fassade herausgebrochen und man konnte ins Innere sehen, in dem ein paar wenige Möbel vor sich hin rotteten. Obwohl die Sonne das Haus durch die Blätter der Bäume hindurch in ein warmes Licht tauchte, strahlte es eine unheimliche Kälte aus. Ich glaubte nicht, dass ich auf einem schlechten Trip war. Das Ding war wirklich gruselig.

Smiley hatte entweder einen queren Sinn für Romantik oder er war längere Zeit nicht mehr hier gewesen. In diesem Haus hielt sich kein Mensch freiwillig auf. Edy war nicht hier. Sie war weg. Mit einem Schnürsenkel um ihre Handgelenke. Mein Hirn quälte mich mit Bildern, in denen sie im Fluss ausrutschte und darin versank. Mir wurde elend. Meine Beine verweigerten ihren Dienst. Ich setzte mich hin und verbarg meinen Kopf in den Händen. Irgendwo rumpelte es. Beinahe gleichzeitig begann Edy zu schreien. Richtig. Nicht in meinem Kopf. Ich sprang auf und rannte los.

16

Jasper Candinas @jacandinas

Die Frage ist nicht, ob ihr eine Chance habt. Die Frage ist, ob ihr das Richtige tun wollt. **#GfLeon**

Nun, ich rannte nicht wirklich ins Haus. Dazu lag zu viel Gerümpel herum. Die Wunde am Bein machte mich auch nicht schneller. Das Einzige, das wirklich raste, war mein Puls. Ich stellte mir schreckliche Dinge vor. Schlangen, die sich in den Steinen im Haus eingenistet hatten. Eine Decke, die gleich einstürzen würde. Ein Holzboden, der langsam nachgab.

Kurz bevor ich mich durch eine Öffnung in der Wand ins Gebäude stürzte, fiel mir ein, dass Edy eine Menge Tricks draufhatte. Und sie konnte perfekt lügen. Vielleicht hatte sie mich kommen sehen und ich lief direkt in eine Falle. Ich blieb stehen.

»Was ist?«, schrie ich in das Kreischen hinein.

»Hol mich raus!«

»Warum?«

»Hilf mir!«

Der Boden unter meinen Füßen war voller Schutt, aber fest. Die Decke sah aus, als würde sie halten. Schlangen zogen die wärmenden Steine am Bachufer vor, und selbst wenn es welche hätte, hätten sie sich verkrochen. Es gab nichts, wovor Edy eine solche Angst haben musste. Dachte ich. Bis mir eine Wespe um den Kopf schwirrte. Und dann noch eine.

»Wo bist du?«, rief ich.

»Küche!«

Ihre Stimme kam aus dem hinteren Teil des Gebäudes. Eine weitere Wespe sirrte mir entgegen. Ich hob die Hände vor mein Gesicht und rannte auf einen Durchgang zu, in dem eine Tür schräg in den Angeln hing. Ich stieß sie mit dem Ellbogen auf. Ganz in der Nähe rumpelte und schepperte es. Edy kam aus einem Raum geschossen, verfolgt von einem Schwarm Wespen.

»Hier lang!«, schrie ich.

Sie taumelte mir entgegen. Ich packte sie am Arm, zerrte sie durch den Durchgang und knallte die Tür zu. Ein paar der aggressiven Viecher waren wir so los, aber nicht alle. Sie umschwirrten uns, während wir nach draußen flohen. Edy war viel schneller als ich. Sie rannte aus dem Gebäude, auf den Fluss zu. Ich versuchte, ihr zu folgen, aber irgendwo im Buschland gab mein Körper auf. Nach einem Sturz schaffte ich es nicht mehr, wieder auf die Beine zu kommen. Es ging einfach nicht. Ich blieb liegen. Über mir kreisten die Vögel. Dort, wo mich die Wespen erwischt hatten, brannte die Haut wie Feuer. Ich schloss die Augen und ließ mich wegtreiben.

Als ich jemanden auf mich zukommen hörte, fielen mir die kreisenden Vögel ein und ich wunderte mich, wie schnell mich die Bullen gefunden hatten. Oder waren es Jakes Männer? Diese Typen, von denen Edy behauptet hatte, sie würden kommen und mich umbringen? Ich überlegte, ob ich die Hände heben sollte. Vielleicht packten sie mich dann nicht so hart an. Oder sie ließen mich wenigstens leben.

Ich rappelte mich auf und reckte meine Arme in die Höhe. Sicherheitshalber. Etwas Nasses, Kaltes warf sich gegen mich. Wir fielen. Ein Körper wälzte sich auf mich. »Verdammtes Arschloch«, hörte ich Edy sagen. Wasser tropfte auf mein Gesicht. Starke Hände drückten meine Arme auf den Boden.

Hände? Wieso hatte Edy ihre Hände frei?

»Schau mich an!«, befahl sie.

Ich tat ihr den Gefallen nicht. Mit geschlossenen Augen wartete ich darauf, was sie tun würde. Sie konnte nicht ewig auf mir sitzen bleiben und mich auf den Boden drücken.

»Wenn du mich nicht sofort anschaust, knalle ich dir meine Stirn gegen die Nase«, drohte sie.

Ich zweifelte keinen Augenblick daran, dass sie es tun würde. Also öffnete ich meine Augen.

Sie sah entsetzlich aus. Die Wespen hatten sie erwischt. Im Gesicht, im Ausschnitt, an den Armen, überall, wo kein Stoff ihre Haut geschützt hatte. Sie musste versucht haben, sich im Fluss zu kühlen, aber ihre Haut schien trotzdem zu glühen.

»Ich weiß nicht, wie viele Stiche ein Mensch erträgt«, sagte sie viel zu ruhig. »Ich sehe beinahe nichts mehr. Du musst was tun!« Sie ließ meine Arme los, glitt langsam von mir und blieb neben mir liegen.

Um mich drehte sich alles, und einen Augenblick wusste ich nicht, ob sich der Riss in der Zeit geschlossen hatte und ich gleich in einem Straßengraben neben einem schwarzen Luxusschlitten erwachen würde. Jemand gab Laute wie ein verletztes Tier von sich. Aber ich war es nicht. Es war Edy, von Wespen zerstochen, verquollen und halb blind, und wir waren mitten im Nirgendwo, weit weg von einem Arzt, der helfen konnte. Ich war Edys einzige Chance.

»Gibt's im Wagen ein Erste-Hilfe-Set?«, fragte ich.

»Kofferraum.«

Ihre Augen schwollen von Sekunde zu Sekunde mehr zu. Ihre Zähne schlugen aufeinander. Sie versuchte, sich unter Kontrolle zu bekommen, und biss sich dabei die Lippen blutig. Sie musste brennen und gleichzeitig erfrieren, so wie sie zitterte.

»Ich hole es«, quetschte ich durch das bisschen Kehlenöffnung, das mir die Angst noch ließ.

Edy packte meinen Arm und krallte sich daran fest.

»Ich komme zurück«, flüsterte ich.

Ihre Finger lösten sich. Aus ihrem Mund drang ein seltsames Geräusch. Etwas zwischen Lachen und Weinen. Sie glaubte mir nicht. Wie auch? Nach allem, was ich getan hatte.

Ich zwang mich hoch und lief los. Selbst Frankenstein hätte meinen Gang seltsam gefunden, aber das war nicht wichtig. Wichtig war, dass ich gehen konnte und es bis zum Fluss schaffte. Der Wagen war nicht weitergerutscht, der Kofferraum stand immer noch weit offen. An der Rückwand hing in einer Art Korbnetz ein Erste-Hilfe-Set.

Eins nach dem anderen, sagte Smiley. Genau das tat ich. Ich fischte das Set aus dem Netz, zog mein T-Shirt aus, tauchte es ins Wasser, watete ans Ufer, suchte die Klamotten zusammen, stopfte sie in die Tasche und packte Smileys Tüte obendrauf. Die Angst um Edy setzte eine ungeheure Energie in mir frei. Ich schleppte das ganze Zeug zurück zu der Stelle, an der ich Edy liegen gelassen hatte. Sie lag immer noch reglos auf dem Boden.

»Ich bin wieder da«, sagte ich. »Hörst du mich?«

Sie nickte schwach.

Ich stellte die Sachen hin, öffnete meine Tasche, zog das Sweatshirt heraus und knüllte es zu so was wie einem Kissen zusammen.

Fass mich nicht an!

»Es tut … Ich … Ich fass dich jetzt schnell an«, sagte ich leise. Keine Ahnung, wieso. Oder doch, eigentlich schon. Ich hatte eine Grenze überschritten, vorhin auf der Felsplatte. Das wollte ich nie wieder tun.

Sie stöhnte.

Ich wusste nicht, ob das ein Ja oder ein Nein bedeutete, ich wusste nur, dass ich etwas tun musste. Irgendwas. Also hob ich vorsichtig ihren Kopf und schob das Sweatshirt darunter. Sie wehrte sich nicht. *Ein Zeichen*, hätte Smiley gesagt. Ich fasste es als Aufforderung auf, weiterzumachen, und legte ihr mein triefend nasses T-Shirt über den Oberkörper und die Arme.

Bevor ich das Erste-Hilfe-Set in Angriff nahm, öffnete ich die Flasche mit Smileys Spezialtrank und hielt sie an Edys geschwollene Lippen. Die Flüssigkeit kam im hohen Bogen wieder herausgeschossen, mitten in mein Gesicht. Ich dachte, das sei ihre Art, mich zu bestrafen und wischte mir das Zeug weg, doch dann sah ich, wie sie würgte.

»Hast du Stiche im Mund?«, fragte ich.

Sie schüttelte den Kopf.

Mir fiel meine erste Reaktion auf Smileys Trank ein. »Es schmeckt zum Kotzen«, sagte ich. »Aber es hilft, glaub mir.«

»Gib«, flüsterte sie, oder zumindest etwas, das ähnlich klang.

Ich hielt ihr die Flasche erneut an die Lippen. Sie trank fast alles aus. Es schien wirklich zu helfen, denn während ich das Erste-Hilfe-Set öffnete und nach etwas Brauchbarem suchte, entspannte sie sich ein wenig.

Verbandszeug und Pflaster brauchte ich nicht. Ich fand eine Salbe, die gegen Insektenstiche und Sonnenbrand half, bezweifelte aber, dass das genügen würde. Es gab alles in diesem Set, Desinfektionsmittel, Sicherheitsnadeln für die Verbände, Wundsalben und jede Menge Tabletten. Viel mehr, als zu der Grundausstattung des Sets gehörten. Reiche Leute tickten definitiv anders. Die hatten nicht nur Versicherungen gegen alles, die sicherten sich auch sonst doppelt ab. Hektisch suchte ich nach etwas, das helfen könnte. »Antiallergikum«, las ich Edy vor.

Sie hielt ihre Hand in die Höhe und streckte drei zerkratzte, aufgeschwollene Finger mit abgebrochenen Nägeln hoch. Ich begann zu ahnen, wie sie die Schnürsenkel losgeworden war. In dieser Tusse steckte nebst einer ungeheuren Portion Wille auch ziemlich viel Kraft und Mut. Ich drückte Edy drei Tabletten in die Hand. Sie spülte die Dinger mit einem Schluck von Smileys Trank hinunter.

Nach kurzer Zeit atmete sie gleichmäßiger und dämmerte langsam weg. Trotzdem machte mir ihr Zustand Angst. Ich wusste nicht, ob man an Wespenstichen sterben konnte, aber ich konnte nichts anderes tun, als neben ihr zu wachen und ihren Körper zu kühlen.

Ich zog meine T-Shirts aus der Tasche. Darunter war auch eins, das mir vorher nicht aufgefallen war. Es gehörte mir nicht. Obwohl es endlos lang im Wasser gelegen hatte, konnte man die Blutflecken immer noch sehen. Blutflecken! Mit einem Schrei warf ich das T-Shirt hinter einen Busch. Dafür war jetzt keine Zeit. Ich musste auf Edy aufpassen. Sie nicht sterben lassen.

Immer wieder lief ich zum Fluss, tauchte T-Shirts ins Wasser und legte sie auf die geschwollene Haut. Sogar im Gesicht. Vielleicht wäre die Salbe besser gewesen, aber ich traute mich nicht, Edys Körper damit einzureiben. Sie wollte nicht, dass ich sie anfasste. Ihr den Kopf anzuheben war eine Sache, ihr mit den Fingern über die Haut zu streichen, eine ganz andere. Zumindest im Gesicht und an ihrem Oberkörper. Bei den Armen beschloss ich, eine Ausnahme zu machen. Ich strich eine Wundsalbe auf die aufgescheuerten Handgelenke, ohne die weiße Linie zu berühren, und wickelte einen leichten Verband darum.

Zwischen den Gängen zum Fluss suchte ich nach einem Ersatz für den fehlenden Schnürsenkel. Dabei fand ich in Smileys Tüte total aufgeweichte Brote und ein paar Schokoriegel. Obwohl ich keinen Hunger hatte, würgte ich einen hinunter. Ich zog mir das letzte verbliebene T-Shirt über, zurrte den Bändel aus dem Kapuzenpullover und fädelte ihn in den Stiefel. Ganz langsam, während ich darüber nachdachte, wie und warum das T-Shirt von Jakes Lady in meine Tasche gelangt war. Ich kam zu keinem Ergebnis.

Am Schluss blieb die Wunde am Bein. Der Verband war voller Blutflecken. Es dauerte ewig, bis ich ihn gelöst hatte, denn immer wieder riss verheilender Schorf mit oder er blieb an offenen, entzündeten Stellen kleben. Entweder war Doc Walter ein lausiger Doc oder ich hatte dem Bein zu viel zugemutet. Es sah nicht gerade gut aus. Ich versorgte die Wunde und gönnte mir danach zwei Schmerztabletten.

All diese Dinge hielten mich wach und machten mich gleichzeitig müde. Irgendwann war ich zu erschöpft, um aufzustehen, zum Fluss zu laufen und T-Shirts ins Wasser zu tauchen. Ich brauchte eine Pause, einfach eine kurze Pause. Mir fiel die Salbe gegen Insektenstiche ein. Sie war besser als nichts. Und mehr hassen als jetzt schon, konnte mich Edy nicht mehr.

Ich drückte die Salbe auf meinen Zeigefinger. Über Edys Gesicht zu fahren, erinnerte mich an meine perverse Aktion auf der Felsplatte, mit der ich mich für ihre Spinnennummer gerächt hatte.

»Tut mir leid«, flüsterte ich.

Edy stöhnte leise.

Ich zuckte zurück. »Edy?«, fragte ich.

Sie reagierte nicht. Trotzdem traute ich mich nicht, nach dem Gesicht die Haut beim Ausschnitt einzucremen. Auch wenn Edy mich sowieso hasste.

Ich starrte über das Buschland ins Nichts und dachte darüber nach, wie eine Narbe am Handgelenk zu einer Person passte, die durch Flüsse watete und gegen Wespen und durchgeknallte Monster wie mich kämpfte. Ich wollte aufstehen, gleich, nur noch eine Minute, und mit den

T-Shirts zum Fluss gehen, aber ich packte es nicht mehr. Mein Kopf fühlte sich wattig an, mein Körper wurde schwer. Das Gefühl weckte Erinnerungen. Ich saß bei Jakes Lady und trank Bier. Bier, das Jake mir gegeben hatte. Danach war es dunkel geworden. Wie dicker Sirup flossen die Fragen durch die Watte in meinem Kopf. War Jake weggegangen? Hatte seine Lady mir K.-o.-Tropfen verabreicht, um mich doch noch ins Bett zu bekommen? Ziemlich abwegig und schräg, fand ich, trotz Sirup. Blieb Jake. Nur, das ergab noch weniger Sinn als K.-o.-Tropfen von Jakes Lady. Außer Jake hätte seine Frau umbringen wollen und jemanden gebraucht, dem er den Mord in die Schuhe schieben konnte. Dieser Gedanke schien mir noch abwegiger und schräger als der mit den K.-o.-Tropfen. Wenn man seine Frau loswerden wollte, dann verließ man sie oder reichte die Scheidung ein oder beides. So viel war trotz Sirup und Watte klar. Blieb nur ich übrig. Das Monster. Als ich endlich einschlief, glitt ich an einem Schatten hinter einem Fenster vorbei zu den Träumen, die schon auf mich warteten.

17

philosophin @philosophin

Ich will keine Angst haben vor dem, was ich fühle. Ich will keine Angst haben vor dem, was ich bin. Ich will die Wahrheit. Ich will das Leben.

Ich träumte von Haaren, die mein Gesicht kitzelten, von Lippen an meinem Ohr.

»Wach auf!«

Die Stimme kam von außerhalb meines Traums und sie hatte nichts Zärtliches. Ich blinzelte. Meine Wange klebte auf rauem Sand. Schräg über mir, weit oben an einem dunklen Himmel, hing eine halbe Sonne und leuchtete kalt. Neben ihr tanzten helle Punkte. Sterne. Die Sonne war nicht die Sonne, sondern der Mond, und ich hatte ein Problem. Meine Hände steckten auf meinem Rücken fest. Zusammengebunden.

Etwas riss an meiner Schulter und drückte mich auf den Boden. Ich schrie auf.

»Tut ziemlich weh, nicht wahr?«

Ich schenkte mir die offensichtliche Antwort und blinzelte erneut. Diesmal nicht, um den Himmel zu betrachten, sondern um die Tränen aus den Augen zu kneifen.

Edy beugte sich über mich. »Woher hast du Mams T-Shirt? Und warum ist es voller Blut?«

»Was?«, krächzte ich.

»Hörst du mich?«, fragte sie kalt.

Klar hörte ich sie, ich war ja nicht taub, aber ich kapierte nicht, was passiert war. Sie hatte doch eben noch neben mir gelegen, zitternd, zerstochen und geschwollen. Und sie hatte geschlafen.

»Wirst du mir antworten?«

Ich rollte mich zurück auf die Seite. In einer schnellen Bewegung drehte sie mich wieder auf den Rücken. Diesmal drückte sie mich noch härter auf den Boden. Die tanzenden Punkte hatten ein Höllentempo drauf und verwischten sich zu unscharfen Linien. Ich schaffte es nicht mehr, meine Tränen wegzublinzeln. Sie liefen über mein Gesicht.

»Deine Entscheidung«, erinnerte mich Edy an ihre Frage.

»Ja.« Himmel, tat das weh. »Antworten.«

Edy zog mich in die Seitenlage.

»Woher hast du ihr T-Shirt?«

»Weiß nicht«, krächzte ich. »Jemand … Jemand muss es mir untergeschoben haben.«

»Na klar.« Sie lachte bitter. »Warum hast du meine Mutter umgebracht?«

»Hab … ich … nicht.«

»Das klang auf deiner Flucht ganz anders! Bei deinem Kumpel warst du noch nicht sicher.«

Sie war bei Bewusstsein gewesen, im Kofferraum, unten beim Holzlager! Ich versuchte mich zu erinnern, was Smiley und ich geredet hatten, aber in meinem Gedächtnis klaffte eine Lücke in der Größe des Grand Canyon. In meinem Verstand auch. Sonst wäre ich nicht auf die Idee gekommen, mich von Edy wegrollen zu wollen.

Ein heftiger Tritt gegen mein Bein stoppte mich. Ich krümmte mich zusammen wie ein Embryo. Mir war schlecht. Mit geschlossenen Augen atmete ich stoßweise gegen die Schmerzen an. Blut sickerte in den Verband an meinem Bein. Etwas in der Wunde musste gerissen oder geplatzt sein. Ich hätte es wissen müssen! Edy hatte beim Kämpfen nur einen Trick drauf – den mit dem Kick gegen mein kaputtes Bein. Mehr brauchte sie auch nicht, denn ich fiel jedes Mal darauf herein. Idiot, dachte ich und öffnete meine Augen.

Edy saß neben mir, beinahe so wie auf dem Sprungbrett, die Beine an den Körper gezogen, die Arme eng um sie geschlungen, das Kinn auf den Knien. Und sie trug meine Klamotten. Vielleicht täuschte ich mich. Das bisschen Mond gab nicht gerade viel Licht her. Ich blinzelte. Edy steckte immer noch in meinen Sachen. Nachdem ich eine Weile dagelegen hatte, wusste ich auch, warum. Es war beschissen kalt. Sinn machte die Sache trotzdem nicht. Edy hätte längst abhauen können. Den Mut, den Fluss zu durchqueren, hatte sie. Was also tat sie hier noch?

»Ich habe gehört, was ihr geredet habt, du und dein Kumpel«, sagte sie. »Hast du mich wirklich als Geisel genommen, damit die Polizei einen anderen Mörder sucht als dich?«

Und wenn schon. Es war eine blöde Idee gewesen. Ich hätte ohne sie abhauen sollen.

»Warum glaubst du, dass du meine Mutter nicht umgebracht hast?«

Sie klang, als ob sie es wirklich wissen wollte. War sie deshalb noch hier? Vorsichtig manövrierte ich meine Beine aus ihrer Reichweite, sicherheitshalber, falls ihr meine Antwort nicht gefiel.

»Ich kann nicht freiwillig mit ihr ins Zimmer gegangen sein.« Das Reden fiel mir schwer. Es fühlte sich an, als hätte ich Reißnägel in meinem Rachen. »Ich … Ich wollte nämlich weg. Nur weg.«

»Ach ja?«, fragte sie höhnisch.

»Ja«, antwortete ich heiser.

»Sie lag nackt auf dem Bett. Vielleicht hast du dich entschieden, dir noch ein bisschen Cash für die Reise zu verdienen. Das tun Typen wie du doch, oder?«

Ja, das taten Typen wie ich. Vielleicht hatte ich es sogar an jenem Abend getan und war mit Jakes Lady aufs Zimmer gegangen. Ich konnte es nicht ausschließen.

»Ich wollte nicht mit ihr schlafen.« Die Wörter kamen schmirgelnd aus meinem trockenen Mund.

Edy lachte bitter. »Ich habe euch beobachtet. Für mich sah das nicht so aus.«

»Sie wollte es. Ich nicht.«

»Warum nicht?«

Ich entschied mich für die Wahrheit. »Ihr wart mir zu krank, alle drei.«

»Krank?«, fragte Edy. »Das sagst ausgerechnet du? Ich kann Latein. Fegefeuer. Hölle. Kränker, als sich solche Dinge in den Körper zu ritzen, geht gar nicht.«

Purgatorium. Meine Mutter hatte mich hineingestoßen, als ich sieben Jahre alt gewesen war. Mich und meine kleine Schwester.

»Wer hat dich so zugerichtet?«, fragte Edy. »Ich rede von den Narben. Nicht von den Tätowierungen.«

Wenn du jemandem davon erzählst, verschlingt dich das Feuer.

Ich presste meine Lippen zusammen und versuchte, den schwarzen Mann aus meiner Erinnerung zu drängen. Es gelang mir nicht. *Bete!*, befahl er. »Ich muss mal«, sagte ich. Oder war es der Junge von damals?

»Das musste ich im Kofferraum auch.«

»Frauen müssen doch andauernd«, hatte Smiley gesagt. Und kleine Jungs machen sich den Schlafanzug nass.

Ich zerrte an meinen Fesseln. »Kannst du mich …«

»Mach's selber. Ich hab's auch selber hinbekommen.«

Edy stand auf und ging. Einfach so. War das eines ihrer Spiele? Ein Test? Die Rache für den Kofferraum? Oder eine falsche Antwort?

Du betest zu wenig, sagte der schwarze Mann. Vielleicht. Vielleicht hatte ich auch einfach zu wenig daran geglaubt, dass es nützen könnte.

Ich kämpfte mich auf die Knie. Weiter hoch kam ich nicht. Mein Bein ließ mich im Stich. Zitternd legte ich mich wieder hin. Mir war kalt und mit jeder Minute wurde mir kälter. Der Druck auf meine Blase stieg und wurde unerträglich.

Gerade als ich darüber nachdachte, es einfach laufen zu lassen, weil der schwarze Mann tot und Edy weg war, kam sie zurück. Schweigend stellte sie meine Tasche und das Erste-Hilfe-Set neben mich und öffnete den Schnürsenkel um meine Handgelenke. Ich rappelte mich hoch, klammerte mich mit einer Hand an die Äste eines Busches und zerrte mit den beinahe tauben Fingern der anderen am Reißverschluss. Verpiss dich, sagte ich in Gedanken zum schwarzen Mann. Ein Lachen drängte an den Reißnägeln in meinem Hals vorbei. Es tat weh und es tat gut.

Nachdem ich meine Hose wieder zu hatte, war Edy immer noch da. Eine dunkle Gestalt, deren zerstochenes Gesicht im Mondlicht gespenstisch aussah. Sie drückte mir Smileys Flasche in die Hand. Gierig trank ich den ganzen Rest, der noch drin war.

»Wenn du meine Mam nicht umgebracht hast, wer war es dann?«, fragte sie.

»Bist du deshalb noch hier?« Das Reden ging jetzt einfacher. Smileys Spezialtrank hatte die Reißnägel weggeschwemmt.

»Wer hat sie umgebracht?«

»Ein Einbrecher?«, sagte ich, ohne wirklich daran zu glauben.

Ihr verächtliches Schnauben zeigte mir, dass sie noch weniger daran glaubte als ich. »Etwas Besseres hast du nicht auf Lager?«

Ich zögerte, bevor ich antwortete. »Jake?«

»Vergiss es!« Die Antwort kam einen Bruchteil zu spät. Edy hatte gezögert, genau wie ich. Kaum merklich, aber da war eine kleine Pause gewesen.

»Ich wollte gehen. Hatte alles gepackt und war auf dem Weg nach draußen. Aber dann hielt mich deine Mam auf und Jake bestand darauf, dass ich zum Essen bleibe. Er füllte mich und deine Mam ab. Wahrscheinlich war in den Getränken was drin, das uns ausgeknockt hat.«

Aus Angst, sie würde mich unterbrechen oder weggehen, bevor ich fertig war, redete ich viel zu schnell, aber Edy unterbrach mich nicht, sie ging auch nicht, sondern setzte sich wieder hin, zog die Beine an und schwieg. Ich suchte in meiner Tasche nach dem zweiten Pullover. Er war noch etwas feucht. Trotzdem streifte ich ihn über und legte mich auf den Rücken, zog die Tasche unter meinen Kopf und schaute zu den Sternen hoch. Sie schaukelten nur noch leicht.

Irgendwann, viel später, sagte Edy leise: »Ja, ich habe es richtig gemacht. Dabei wusste ich nicht einmal, dass ich so was kann. Schon gar nicht, wie man es richtig macht. Muss ein Naturtalent sein. Hab's nämlich besoffen geschafft. So besoffen, dass ich mich danach nicht daran erinnern konnte. Weißt du, was das Irre daran ist? Ich trinke gar nicht.«

Hatte sie mir eben zu verstehen gegeben, sie hätte sich ihre Handgelenke gar nicht aufschlitzen wollen? Smiley kannte dafür bestimmt einen Fachausdruck, irgendein tolles Wort für Verdrängen und Nicht-Wahrhaben-wollen und den ganzen Rest. Ich wusste nicht, was ich sagen sollte, und suchte nach Worten. Ich fand keine.

»Und du?«, fragte Edy. »Was für eine Ausrede hast du?«

Ich fuhr mit meinem Finger über die Narbe an meinem Handgelenk. Meine Hände waren frei. Ich konnte gehen, wohin ich wollte. Eigentlich. Das Problem war: Es war Nacht, zwischen mir und dem Weg in die Freiheit lag ein Fluss, ich konnte nicht schwimmen und ich war völlig kaputt. Also blieb ich neben Edy liegen, verdrängte ihre Frage und wartete auf die volle Wirkung von Smileys Spezialtrank, doch diesmal brachte sie nichts Beruhigendes. Die Dunkelheit um mich herum ängstigte mich mit tausend Geräuschen, die ich nicht zuordnen konnte. Hellwach, mit bis zum Anschlag angespannten Nerven lag ich da und dachte nach. Über Edy mit ihren giftigen Worten, ihrer Verachtung für Typen wie mich und über die weißen Linien an unseren Handgelenken. Edy war zwei Personen in einer. Die eine brachte mich dazu, schreckliche Dinge zu sagen und zu tun. Die andere ging mir auf eine Art unter die Haut, die mir Angst machte.

»Es kann nicht Jake gewesen sein«, flüsterte Edy.

Darüber wollte ich nicht nachdenken. Denn wenn es nicht Jake gewesen war, blieb wieder nur noch ich übrig. Ich fror mich durch die Nacht, bis die Müdigkeit stärker wurde als der Hunger, die Kälte und die Angst und ich einschlief.

18

Bund für eine tatkräftige Nation @BtN
Die wachsende Jugendkriminalität ist ein Fakt. Genauso Fakt ist, dass diese Kriminellen immer brutaler werden.

Am nächsten Morgen war Edy weg und ich wusste nicht, ob ich all das irre Zeug nur geträumt hatte. Ein Blick auf meine Handgelenke gab mir die Antwort. Sie waren aufgescheuert und dort, wo ich normalerweise mein Lederband trug, war nichts mehr. Ich blieb an den Buchstaben über der Narbe hängen. *I'm in hell.* Meine erste Tätowierung. Selber gemacht. Eingeritzt in meine Haut. Sie hatte nichts Cooles, nichts Schönes. Sie war so hässlich wie der Grund, weshalb sie dort war.

Keine Ausrede. Ich war voll da gewesen, als ich es getan hatte. Aber nicht einmal das hatte ich hinbekommen, denn ich wusste damals noch nicht, wie es ging. Ich hatte quer geschnitten.

Meine Tasche war verschwunden, genau wie das Erste-Hilfe-Set. In meinem rechten Stiefel fehlte der Schnürsenkel. Ich fand ihn ein paar Meter von der Stelle, an der ich aufgewacht war, und fädelte ihn ein. Die ganze Zeit klebte die Angst wie ein klammer Waschlappen an meinem Nacken. Diesmal nicht wegen der Geräusche, die bei Tageslicht viel weniger beunruhigend waren, sondern wegen

Edy. Selbst wenn sie letzte Nacht noch hier gewesen war, war sie längst über alle Berge. Nicht mehr lange, und Jakes Männer oder die Bullen tauchten hier auf.

Meine Fluchtmöglichkeiten waren begrenzt. Auf der einen Seite der Fluss, den ich nicht durchqueren konnte, auf der anderen Seite dichter Wald. Hinten in der Schlucht unüberwindbare Felsen. Ich entschied mich für den Wald, die einzige Möglichkeit, an der ich nicht von vornherein scheiterte.

Das Aufstehen und die ersten Schritte fielen mir schwer. Ziemlich orientierungslos wankte ich durch die Büsche. In meinem Kopf hörte ich Stimmen. Vertraute Stimmen.

»Schlechte Nacht gehabt?«, rief Smiley kriminell fröhlich. Nicht in meinem Kopf, sondern vom Flussufer herüber. Was ich sah, konnte einfach nicht sein! Er und Edy saßen auf einem angeschwemmten Baumstamm und breiteten Esswaren aus. Was glaubten die beiden? Dass dies hier ein verdammter Picknickplatz war, eine kuschelig wohlige Sicherheitszone, in die das Böse nicht eindringen konnte?

»Mick!« Jetzt winkte Smiley auch noch. Wie ein Tourist in einer Ferienkulisse. »Edy und ich machen Frühstück. Willst du auch?« Er stand auf und kam mit ausgestreckten Armen auf mich zu. Er meinte es gut, so, wie er es immer gut meinte, aber ich war total fertig, ich hatte Schmerzen und ich hatte eine Riesenangst. In mir drin tickte nichts mehr richtig. Vielleicht tickte auch gar nichts mehr. Ich wich zurück und geriet ins Taumeln. Smiley packte mich an den Schultern.

»Du musst dringend was essen«, sagte er.

»Was tut Edy noch hier?«, krächzte ich.

»Mir beim Frühstückmachen Gesellschaft leisten. Wir sind fast fertig und hätten dich gleich geweckt.«

»Das ist kein verdammter Urlaub und Edy leistet dir nicht einfach so Gesellschaft«, fauchte ich ihn an. »Sie wartet auf Jakes Männer.«

»Auf wen?«

»Frag sie nach Jakes Männern!« Ich klang wie ein paranoider Irrer. »Frag sie!«

»Wann hast du das letzte Mal etwas getrunken?«, fragte Smiley. »Oder gegessen?«

Ich wollte weder trinken noch essen! Ich wollte Smiley warnen. »Sie werden uns umbringen.«

»Edy!«, rief Smiley. »Bring das Wasser! Schnell!«

»Nein«, flehte ich. Es gab etwas, das ich Smiley sagen musste. Etwas, das er mir mit auf den Weg gegeben hatte, und wenn ich mich daran gehalten hätte, wären wir jetzt nicht hier. Das Dumme war nur, dass es mir nicht einfiel. Erst als Edy mit verquollenem Gesicht neben Smiley stand, erinnerte ich mich wieder. »Pass auf!« Ich bewegte die Lippen, aber ich hörte mich nicht.

»Pass auf!«, sagte Edy zu Smiley.

Meine Worte. Ich kippte um. Smiley fing mich auf. Edy hielt mir die Flasche an den Mund. Ich presste die Lippen zusammen. Smiley knallte mir eine. Mein Mund öffnete sich. Die Flüssigkeit rann meine Kehle hinunter.

Wasser. Es war nur Wasser. Keine Ahnung, was ich in meinem Zustand erwartet hatte.

»Besser?«, fragte Smiley.

Ich nickte. Er ließ mich trotzdem nicht los.

»Was hat sie dir erzählt?«, wollte ich wissen.

»Nicht viel. Bin ja gerade erst gekommen.«

Ich packte ihn an den Schultern und schüttelte ihn. »Was hat sie dir erzählt?«

»Dass du ihre Mutter nicht umgebracht hast. Beruhigt dich das jetzt endlich?«

»Nein! Das ist ein Trick.«

»Mick! Sie war gerade erst aufgewacht und kühlte ihr Gesicht mit Wasser, als ich kam. Sie hat kein Telefon, sie konnte niemanden anrufen. Es gibt keine Männer, die uns umbringen werden.« Smiley redete mit mir wie mit einem schwer gestörten Patienten. »Was ist dein Problem?«, fragte er.

Was das Problem war? Smiley kannte die Tusse nicht. Er wusste nicht, dass sie eine Spinne sein konnte, giftig und hinterlistig. Sie schleimte sich bei ihm ein. Brachte ihn auf ihre Seite. Ich brauchte ihn aber auf meiner. Er war der Einzige, der mir helfen konnte. Die Bullen waren hinter mir her. Ich steckte am Arsch der Welt fest. Irgendwo gab es diese Männer, die mich umbringen würden. In meinem Kopf war Chaos. Ich hatte Schiss, total Schiss. *Das* war das Problem. Ich ließ Smiley los und drehte mich um.

Er hielt mich zurück. »Was ist dein Problem, Mick?«, wiederholte er seine Frage.

»Lies die Zeitung. Den Teil mit den Unglücksfällen und Verbrechen. Dann weißt du es.«

»Ich habe die Zeitung schon gelesen«, antwortete er ruhig. »Und du solltest das besser auch tun.« Er zog ein zusammengefaltetes Stück Papier aus seiner Hosentasche und streckte es mir hin. »Wenn du Hunger hast, weißt du, wo du uns findest.«

Smiley sah mich an wie einen Fremden. Das war das Schlimmste. Nicht das fehlende Grinsen. Sondern dieser Blick.

Ich griff nach dem Papier, wandte mich von Smiley ab und ging los. Irgendwo im Buschland, weit genug weg von den beiden entfernt, ließ ich mich in den Sand fallen. Mit zitternden Fingern faltete ich das Papier auseinander und las den Artikel.

Brutaler Mord an der Erbin der Glaracore AG – Täter weiterhin mit Geisel auf der Flucht

Vom jugendlichen Tatverdächtigen im äußerst kaltblütigen und brutalen Mord an Isabella Linder fehlt nach wie vor jede Spur. Derweil fordern Politiker schärfere Maßnahmen im Kampf gegen die Kriminalität.

Der Mord an Isabella Linder und die Geiselnahme ihrer Tochter sind der traurige Höhepunkt einer Gewaltserie, wie sie das Land noch nie gesehen hat, alle Taten begangen von jugendlichen Außenseitern. Verschiedene Politiker bürgerlicher Parteien und Gruppierungen, allen voran der *Bund für eine tatkräftige Nation*, BtN, fordern die Prüfung eines neuen Gesetzesartikels, ähnlich des *Stand-your-ground*-Gesetzes, wie es die US-Amerikaner in mehreren Staaten kennen. Das *Stand-your-ground*-Gesetz erlaubt, dass man sich gegen Angriffe verteidigen kann und darf, wenn man sich bedroht fühlt, notfalls mit Waffengewalt.

»Diese Gewalt von jugendlichen Außenseitern ist ein neues Phänomen«, erklärt Klaus Peter Niedermeier, Sprecher des BtN. »So, wie es aussieht, müssen wir mit weiteren Verbrechen rechnen. Wir setzen uns für eine härtere Gangart gegenüber Kriminellen ein und sind für die Prüfung neuer Möglichkeiten, um dieser Wahnsinnsgewalt ein Ende zu setzen.« Im links-grünen Lager wehrt man sich gegen zu radikale Forderungen und ruft zur Besonnenheit auf.

Während die Emotionen hochgehen, fleht Jakob Linder, der zweite Ehemann von Isabella Linder, den Entführer seiner Stieftochter an, ihr nichts zu tun. »Sie hat genug durchgemacht«, sagt er in seinem Appell an den Entführer.
Editha Linder hatte vor drei Jahren den Verlust ihres Vaters zu betrauern. Kurz danach kam ihr Freund bei einem Unfall ums Leben. Jakob Linder fürchtet, dass der Tod ihrer Mutter und die Gefangenschaft in der Hand eines skrupellosen Verbrechers Editha zerbrechen könnten. »Ich mache mir Vorwürfe«, sagt ein sichtbar erschütterter Jakob Linder, der nur wenige Stunden vor der Tat zu einer Geschäftsreise aufgebrochen war. »Ich habe diesen jungen Mann zu uns ins Haus gebracht, nachdem er mir vor den Wagen gelaufen ist. Hätte ich das bloß nicht getan und wäre ich nur an jenem Abend nicht weggegangen.«
Der mutmaßliche Täter Mick S. handelte äußerst skrupellos. Die Polizei äußert sich weder zu den genaueren Tatumständen, noch zum Stand der aktuellen Ermittlungen. Bekannt ist jedoch, dass Mick S. einen Nachbarn, der zu Hilfe eilen wollte, mit einem Messer bedroht hat.
Die Polizei bittet die Bevölkerung um Ruhe und Besonnenheit und fordert sie auf, allfällige Beobachtungen, die über den Verbleib der Geisel und des Geiselnehmers Aufschluss geben könnten, unverzüglich zu melden.

19

Jasper Candinas @jacandinas

@BtN Nicht jeder, den ihr zum Kriminellen stempelt, ist einer.

#GfLeon

Die Zeitung hatte nicht an Bildern gespart. Es gab Fotos von Jake, Isabella und Edy. Jake, mit blitzenden Augen und vor Selbstsicherheit strotzend, der typische erfolgreiche Unternehmer mit einem Mir-gehört-die-Welt-Lächeln. An seiner Seite Isabella, puppenhaft schön, ein wenig wie ferngesteuert. Edy hatte ihr Tussengesicht auf. Leicht gelangweilt, arrogant, distanziert.

Von mir hatten sie ein Polizeifoto ausgegraben, auf dem ich ziemlich zerzaust aussah. Meine Haare standen in alle Richtungen und eine Schürfung auf der rechten Wange zeugte von einem Kampf mit den Bullen. Ich sah genauso aus wie einer, der all die schrecklichen Dinge tun würde, die sie über mich schrieben. *Böse, böse Dinge.* So hatte es Isabella gesagt.

Sie hatte noch etwas anderes gesagt. Etwas Wichtiges. Da war ich mir sicher. Es fiel mir nicht ein, nicht sofort. Also schaute ich auf das Gesicht in der Zeitung, bis ich Isabellas Stimme klar und deutlich in meinem Kopf hatte.

Er wollte das Geld und die Firma. Aber das bekommt er nicht. Das bekommt Edy.

Darum konnte sich Jake nicht einfach scheiden lassen! Er würde alles verlieren. An seine Stieftochter. Es war alles da. Direkt vor mir, in der Zeitung. Jake hatte nie vorgehabt, mich nach dem Essen irgendwohin zu fahren. Er hatte uns betäubt und Isabella umgebracht. Das Knarren, die Gestalt am Fenster, das war er gewesen. Er musste seinen Wagen irgendwo in der Nähe geparkt haben und kurz nach mir verschwunden sein, zu seinem Termin, der ihm das perfekte Alibi lieferte.

Ich sprang hoch und wäre beinahe wieder hingeknallt. Schwarze Flecken flimmerten vor meinen Augen. Ich wartete nicht, bis ich geradeaus gehen konnte. Wie ein Betrunkener torkelte ich zu Smiley und Edy zurück.

»Hunger?«, fragte Smiley.

»Ich war's nicht«, krächzte ich.

»Schon gut, ich glaube dir ja.« Smiley hatte den Tonfall eines Pflegers in der Klapse drauf.

»Die Firma gehörte dem richtigen Vater. Der richtige Vater ist tot. Die Mutter hat sie geerbt. Die Mutter ist tot. Edy bekommt alles. Weil sie noch nicht tot ist.«

Das war eine ziemlich wirre Ansage gewesen, aber besser bekam ich es in meiner Aufregung nicht hin. Smiley starrte mich mit großen Augen an. Aus Edys Gesicht wich die Farbe.

»Du hast nicht gewusst, wie man es richtig macht.« Meine Stimme überschlug sich. »Du trinkst nicht. Du hättest sterben können. Oder sterben sollen. Wer hat dich gefunden?«

Edy war kreidebleich. »Mam. Sie … Sie ist früher als geplant nach Hause gekommen. Ich wäre sonst …«

»Wovon redet ihr eigentlich?«, fragte Smiley ungeduldig.

»Versteht doch! Edy hat versucht, sich umzubringen, aber sie war es nicht. Eine wie sie bringt sich nicht um. Es war Jake.« Ich verhedderte mich in meinen Worten. »Jake hat sie betäubt. Wie mich. Und dann, dann hat er …«

Ich sah, wie Edy Smiley den Arm hinhielt, und hörte auf zu reden.

»Nach Yanniks Tod«, sagte sie leise.

»Wer ist Yannik?«

»Er war mein Freund.«

»Scheiße«, flüsterte Smiley. »Das tut mir leid.«

Seine Worte gingen mir direkt unter die Haut, dorthin, wo auch Edy war, egal, ob ich das wollte oder nicht. Vielleicht war ich auch unter ihrer Haut, aber nicht so, wie sie unter meiner, sondern auf eine schreckliche Art, die sie nie vergessen würde, eine, die ihr Träume bescherte, die man niemandem wünscht. Keine Entschuldigung dieser Welt würde diese Träume je ausradieren. Ich hätte trotzdem sagen sollen, dass es mir leidtat. Das mit Yannik. Alles. Ich tat es nicht. Meine Gedanken mussten aus meinem Kopf, bevor sie mir entglitten und wieder nichts mehr Sinn ergab. Rasend schnell und total ungeordnet sprudelten sie aus mir heraus.

»Jake hat beide umgebracht. Erst Edys Vater, dann ihre Mutter. Bei Edy hat er es auch versucht. Wenn alle tot sind, gehört alles Jake. Jake! Versteht ihr? Isabella hat gesagt, dass er das Geld und die Firma will. Aber er bekommt sie nicht. Du bekommst sie, Edy. Isabella hat es mir ver…«

»Moment mal«, fiel mir Smiley ins Wort. »Du glaubst also, dass Jake ein Killer ist?«

»Es wäre doch möglich«, sagte ich verzweifelt. »Es wäre doch möglich, oder nicht?«

Edy zerfetzte alles, was ich gesagt hatte. Sie brauchte dazu viel weniger Wörter als ich. »Vergiss es! Jake bringt niemanden um.«

»Auf jeden Fall nicht Isabella.« Smiley sah mich entschuldigend an. »Er war geschäftlich unterwegs. Das steht in der Zeitung.«

»Nicht alles, was in der Zeitung steht, stimmt! Das weißt du!«, versuchte ich, Smiley zu überzeugen. »Jake hat mir versprochen, er würde mich nach dem Essen fahren, wohin ich will. Warum sollte er das tun, wenn er es gar nicht vorhatte?«, fragte ich. »Er hat gelogen. Und du …« Ich suchte Edys Blick. »Du hast gezögert. Das hast du doch! Letzte Nacht, als ich dir sagte, es könnte Jake gewesen sein. Du warst nicht sicher. Es hat geknarrt im Haus. Erinnerst du dich?«

Edys Augen waren auf mich gerichtet, aber ihr Blick ging durch mich hindurch. »Ich erinnere mich. Deshalb bin ich ja nach unten gegangen. Ich war spät nach Hause gekommen und hörte seltsame Geräusche. Aber da war niemand. Nur du.«

Nur ich.

Ich wollte kein Mörder sein!

»Warum war Mams T-Shirt in deiner Tasche?«, fragte sie.

»Ich weiß es nicht!« Meine Stimme kippte. Ich sah das T-Shirt aus der Tasche vor mir und plötzlich roch ich es, fühlte ich es. Nicht hier, nicht jetzt, sondern in einer anderen Zeit, an einem anderen Ort. »Jake hat es mir nach dem Unfall an die Wunde am Kopf gedrückt«, flüsterte ich.

»Er hat dir ein T-Shirt von Edys Mutter an den Kopf gedrückt?«, fragte Smiley. »Warum?«

Ich hatte keine Ahnung. Mein Schädel war ein leer gefegter Spielplatz, auf dem sich der Irrsinn austobte. Ausgelaugt und stumm wartete ich darauf, von Edy erledigt zu werden. Sie blieb still, genauso still wie Smiley. Eine ganze Weile lang hörte ich nur das Rauschen des Wassers und fragte mich, ob es nicht besser gewesen wäre, wenn mich der Fluss nicht in die Mündung gespült hätte. Dann wäre es jetzt vorbei.

Es war Edy, die die Antwort auf Smileys Frage fand. »Wenn Mick die Wahrheit sagt, dann hat Jake das so geplant. Alles. Von Anfang an. Den Unfall. Den Mord, samt Beweisen. Wie das blutige Messer und das T-Shirt in seiner Tasche.« Ihre Stimme war so leer wie ihr Blick. Als hätte sie eine Tür zu einem Raum geöffnet, in den sie nicht schauen wollte, weil zu schreckliche Dinge darin verborgen waren.

»Oh, Mann«, krächzte Smiley.

»Aber es war nicht Jake.« Langsam gewann Edy die Kontrolle über ihre Stimme zurück. »Jake macht sich die Hände nicht schmutzig. Dafür hat er seine Männer. Er muss längst weg gewesen sein, als ich Mick und Mam gefunden habe.«

»Seine Männer?«, fragte Smiley verwirrt. »Habe ich etwas verpasst? Sind das jetzt die Bösen, die ins Spiel kommen?«

Jakes Männer. Edy hatte mir mit ihnen gedroht. Für mich waren sie immer die Bösen gewesen. Und für Edy?

»Jake hat Männer für alles.« Edy zog die Ärmel des Pullovers über ihre Hände. »Sie sind da, wenn er sie braucht, vor allem für die Firma. Sicherheitsleute, Fahrer, aber auch Leute, die Jake sonst irgendwie nützlich sein können. Solche wie Walter, der Doktor, der Mick verarztet hat. Ein paar von diesen Männern haben auf mich und Mam aufgepasst.« Durch ihren Körper ging ein Zittern. »Wenn … Wenn sie zu viel getrunken hatte, brachten sie sie diskret nach Hause.«

»Aufgepasst?«, fragte Smiley. »So richtig? Wie Bodyguards?«

»Manchmal.«

Ich stellte mir vor, wie Edy mit einem Typen wegging und dabei die ganze Zeit einen Bodyguard an der Backe hatte. Nicht gerade das, was man sich unter Freiheit vorstellt.

»Und wo waren diese Männer, als du …« Smiley geriet ins Schleudern. »Ich meine, als du versucht hast … Warum haben sie es nicht verhindert?«

Edy starrte auf ihre Hände, von denen nur die zerkratzten Fingerspitzen mit den abgebrochenen Nägeln aus dem Ärmel des Pullovers herausschauten. »Weil sie es vielleicht getan haben?«, fragte sie tonlos.

Smiley sah aus wie vom Blitz getroffen. »Das hat Mick vorhin gemeint? Dein Selbstmordversuch war gar keiner?«

»Ich habe es nie verstanden. Weil ich nie daran gedacht hatte, mich umzubringen. Selbst wenn ich es gewollt hätte, hätte ich nicht gewusst, wie man es macht. Ich meine, wie man es richtig macht.« Sie hob den Kopf und sah mich an. »Du hast mich zum Nachdenken gebracht. Was, wenn ich es wirklich nicht selbst getan habe?«

Es musste die Hölle sein für sie. Zu ahnen, dass die Männer, die für ihre Sicherheit sorgen sollten, vielleicht ihre größten Feinde waren. Edys ganze Welt lag in Trümmern vor ihr. Sie tat mir unendlich leid. Allerdings nicht für lange, denn ihr Blick wurde hart und kalt. In mir zog sich alles zusammen. Gleich würde irgendein Gewitter über mich hereinbrechen. »Eigentlich bleibt nur noch eine offene Frage«, sagte sie mit der gleichen Kälte in der Stimme wie in den Augen. »Bist du einer von Jakes Männern und lügst dich gerade sehr geschickt aus der Sache raus, oder bist du wirklich unschuldig?«

Ihre Frage bohrte sich durch mich hindurch und spießte mich auf. Wahrscheinlich kippte ich nur deshalb nicht um.

»Hä?«, krächzte Smiley. »Wovon sprichst du?«

Ich verdammter, verdammter, verdammter Idiot hatte vergessen, wer sie war. Eine Spinne, die ihren Opfern zusah, wie sie sich in ihrem Netz verheddern.

»Sie spricht davon, dass ich ein irrer Killer sein könnte, der mit ihrem Jakey-Daddy unter einer Decke steckt.« Ich wollte Edy jedes einzelne Wort heimzahlen. »Weißt du, was ich denke?«, fragte ich genauso kalt wie sie. »Jakes Männer haben dir nichts getan. Du willst nur, dass es so ist, denn wenn es nicht so ist und niemand dir das Handgelenk aufgeschnitten hat, sondern du, du ganz alleine, dann bist du genau so ein beschissener, kaputter Freak wie ich.«

Meine Worte schienen an ihr abzuprallen. Erbarmungslos drückte sie den Spieß noch etwas tiefer in mich hinein. »War der Unfall wirklich ein Unfall oder ein abgekartetes Spiel? Eine Show für Mam und mich, um dich bei uns einzuschleusen? Wie viel hat Jake dir dafür bezahlt?«

»Ein Spiel.« Es gelang mir, mich zu beherrschen, obwohl es in mir drin brodelte. »Es war ein Spiel. Weil ich gerne durch die Luft segle und dann aus dem Kopf blute wie ein Schwein. Weil ich mich gerne von einer verwöhnten Tusse als Müll beschimpfen lasse. Weil es nichts Schöneres gibt, als das einzige Bild seiner Schwester in Fetzen auf dem glitzernden Wasser eines Pools zu sehen. Macht alles jede Menge Spaß.«

»Hört auf!«, flehte Smiley. »Das ist nicht lustig.«

»Nein«, sagte Edy, »das ist es nicht.«

Ich sagte nichts mehr. Auf dem Spielplatz in meinem Schädel standen plötzlich riesige Dominosteine, die der Irrsinn einen nach dem anderen umkippte, jeder Stein mit einem Zeichen versehen, bis der letzte umfiel und alles klar war.

Ich warf mich auf Smiley, schlang meine Hände um seinen Hals und drückte zu. Dieser Scheißkerl. Noch nie war ich so nahe dran gewesen, jemandem zu vertrauen wie ihm. Und ausgerechnet er hatte mich verraten. Ich rastete völlig aus.

Edy knallte mir ein Stück Holz auf den Rücken. Sie schlug so lange zu, bis ich von Smiley abließ.

»Bist du jetzt total verrückt geworden?«, schrie sie mich an.

Ich wusste es nicht. Ich wusste gar nichts mehr. Ich wusste nur, dass schon lange nichts mehr so wehgetan hatte wie das hier.

»Was ist los mit dir?«, fragte Edy. »Was um Himmels willen ist los mit dir?«

»Frag doch Smiley, woher Jake wusste, wann und wo

ich unterwegs war!«, brüllte ich sie an. »Und dann frag ihn gleich auch noch, wann Jakes Männer kommen und wie lange wir noch leben werden.«

»Was soll das, Mick?«

»Du hast auf den Falschen getippt. Ich bin nur der durchgeknallte Loser, der den Kopf hinhalten muss.« Ich zeigte auf Smiley. »Das da ist Jakes Mann. Nicht ich. Und falls du es noch nicht kapiert hast: Wir sitzen in der Falle.«

Sie warf das Stück Holz weg, mit dem sie auf mich eingeschlagen hatte, so als ob ich nicht mit einer Waffe, sondern nur mit einer Zwangsjacke im Zaum gehalten werden konnte. »Du bist wirklich völlig irre.« Sie trat einen Schritt auf mich zu.

Ich wunderte mich, wie sie mich schütteln konnte, ohne mich zu berühren. Es dauerte eine Weile, bis ich merkte, dass mein ganzer Körper von alleine bebte.

»Er ist nicht irre.« Smileys Stimme war ein röchelnder Motor, kurz bevor er den Geist aufgab. »Er ist einfach nur total fertig.«

Ich rappelte mich hoch und rannte los. Irgendwo, zwischen ein paar Büschen, ließ ich mich fallen. Über mir war der Himmel. Und Vögel. Kreisende, kreischende Vögel.

20

steff gurin @guitarman_steff
Best of Songzitate: Maybe you're crazy in the head. **#R.E.M.**

Zwischen mich und den Himmel schob sich ein Gesicht. Es war weit oben. Achtzehn Meter oder so. Zumindest kam es mir so vor.

»Bringst du mich jetzt um?«, fragte ich.

Smileys Gesicht verschwand aus meinem Blickfeld. Nicht, weil er sich wieder verzog, sondern weil er sich neben mich setzte.

»Du fragst dich die ganze Zeit, was Traum ist und was Wirklichkeit«, sagte er ruhig. »Dein Schädel fühlt sich an wie kurz vor der Explosion. Bilder spuken durch deinen Kopf. In deinem Hirn spielen die Gedanken verrückt. Du hast glasklare Momente und solche, in denen du nicht einmal weißt, wo oben und unten ist. Wie zum Beispiel gerade vorhin.«

Nette Zusammenfassung meines Zustandes, dachte ich bitter. Wer bist du? Doc Walters Zauberlehrling? Was erzählst du mir als Nächstes?

»Ich habe dich nicht gelinkt und ich werde dich nicht umbringen«, redete er weiter. »Ich knall dir nicht mal eine, obwohl du es verdient hättest.«

»Weil du all das Jakes Männer machen lässt?«

Er schüttelte den Kopf. »Edy sagt, Doc Walter hat dir eine ganze Menge Medikamente gegeben.«

Edy. Edy. Edy. Es ging hier nicht um Edy. Es ging um ihn. Um die Dominosteine. Mit jämmerlich krächzender Stimme stellte ich die Dinger für ihn wieder auf, einen nach dem anderen, so, wie sie vorhin in meinem Kopf gefallen waren. »Du hast gewusst, dass ich wieder unterwegs war.« Dominostein Nummer eins. »Du bist mir nachgegangen und hast Jake darüber informiert, wo ich war.« Dominostein Nummer zwei. »Du hast uns an diesen Ort geschickt, durch einen Fluss, in dem ich stecken bleiben musste, zu einem Haus, das nicht wirklich eines ist.« Dominostein Nummer drei. »In der Zeitung stand nichts von einem anonymen Anruf über mich und meine Geisel.« Dominostein Nummer vier. »Du tauchst hier auf und spielst den Unschuldigen, aber das bist du nicht. Du allein hast gewusst, wo ich bin, und hast es Jake verraten. Und jetzt hetzt du mir Jakes Truppe auf den Hals. Wann wird sie hier sein? Denn das wird sie doch, oder?« Dominostein Nummer fünf. Falle zu. Erledigt.

»Oh, Mann«, seufzte Smiley. »Die haben dir die Birne wirklich ganz schön unter Strom gesetzt. Kein Wunder, dass es da ab und zu gehörig funkt.«

Der mit der kaputten Birne war er. Nicht ich. Ich starrte in den Himmel und schwieg. Es gab nichts mehr zu sagen. Smiley schien da entschieden anderer Meinung zu sein.

»Wenn du jetzt zum Fluss gehst, wirst du problemlos durchkommen«, sagte er. »Es muss ein Gewitter runtergegangen sein in der Nacht, bevor du unterwegs gewesen bist. Deshalb führte der Fluss mehr Wasser als sonst.

Das Haus hat ein Dach und in einigen Räumen kann man es aushalten. Diese beiden Dinge kannst du nachprüfen. Den Anruf, von dem nichts in der Zeitung steht, habe ich gemacht. Das kann ich dir nicht beweisen, aber wenn du mich nur ein bisschen kennengelernt hast die letzten paar Wochen, weißt du, dass ich zu dir halte. Und nun zu dem, was wirklich wehtut. Du bist mein Freund. Selbst wenn ich genau gewusst hätte, welche Straßen du nimmst, hätte ich das niemandem erzählt. Ich verrate keinen meiner Freunde. Nie. Auch jene nicht, die mir nicht trauen. Denk mal darüber nach. Falls du das in deinem Zustand überhaupt kannst.« Er holte tief Luft. »Jake und der Doc müssen dir irgendwelche bewusstseinsverändernden Medikamente gegeben haben. Kein normaler Mensch hätte sonst getan, was du getan hast. Und kein normaler Mensch würde einem Freund das zutrauen, was du mir zutraust.«

Das war eine lange Rede gewesen, selbst für einen, der gerne laberte, und eine ziemlich klare, für einen mit einem kaputten Kopf. Ich schaute immer noch in den Himmel. In einem hatte Smiley recht: Ich war kein normaler Mensch. So viel wusste ich auch in meinem durchgeknallten Zustand. Smiley glaubte, es liege an Medikamenten. Aber Medikamente erklärten nicht alles. Auch wenn Smiley ein wirklich tolles Wort dafür kannte. *Bewusstseinsverändernd.* Möglich, dass die Medikamente, die Doc Walter mir gegeben hatte, mein Bewusstsein beeinflusst hatten und es immer noch taten, doch Tatsache war: Normale Leute hatten irgendwo einen Punkt, an dem sie stoppten. Ich hatte das Stoppschild längst überfahren. Bei mir war mehr als nur die Birne kaputt. Ich hatte ein Loch in der Seele. Was ich getan hatte, entschuldigten keine Medikamente dieser Erde. Alleine dafür gehörte ich für Jahre in den Knast. Und wer weiß, vielleicht hatte ich sogar Jakes Lady auf dem Gewissen und verdrängte das einfach. Es war wie auf einer Achterbahn. Alles ging viel zu schnell. Ich raste mit Vollgas durch einen Albtraum. Irgendwo auf diesem schwindelerregenden Ritt, bei dem es einen jederzeit aus der Bahn hauen konnte, lag die Wahrheit. Ich sah sie nicht. Jedes Mal, wenn ich den Punkt erreichte, an dem ich zu wissen glaubte, was abging, katapultierte es mich in eine neue Tiefe.

Ich starrte auf das Tattoo, das ich mir damals geritzt hatte, als ich am Ende gewesen war. *I'm in hell.* Da war ich immer noch und ich sah keinen einzigen Weg hinaus. Ein höllischer Schmerz fraß mich von innen her auf. Ich hatte lebenslänglich. Mit mir.

»Und wenn ich es doch war?«, fragte ich. »Ich alleine? Wenn Jakes Männer einfach nur Sicherheitsleute, Fahrer und Bodyguards sind, und keine bösen Killer?«

Smiley schüttelte den Kopf. »Du hast zwar wirklich eine Menge gewaltigen Mist gebaut, aber der Typ, der mit mir unten am Fluss gelebt hat, ist kein Mörder.«

Mir schossen Tränen in die Augen.

»Das findet übrigens auch Edy. Das mit dem Mörder.«

»Findet sie.«

»Ja, findet sie.«

Entweder hatte Smiley einen Filter im Ohr, oder die Leitung zu seinem Gehirn war mal wieder falsch verknotet.

»Das klang für mich ganz anders«, sagte ich.

»Hör ihr doch einfach mal zu.«

Ich hatte Edy zugehört. Im Gegensatz zu Smiley hatte ich jedes Wort verstanden, das sie mir gesagt hatte.

»Guck mich nicht so an.« Er klopfte gegen seinen Schädel. »Der funktioniert ganz ordentlich. Zumindest nicht schlechter als sonst. Edy hat es mir gesagt. Das mit dem Mörder, nicht das mit dem Schädel. Sie möchte mir dir …«

»Hat sie?«, fiel ich ihm in sein Gelaber. »Weil sie mich so nett findet, oder was?«

Smiley seufzte. »Nein. Sie mag den Typen nicht, der du geworden bist. Den anderen hat sie nie kennengelernt und du tust wirklich alles, ihn sehr gut vor ihr zu verstecken.«

Der andere ist weg, wollte ich sagen. Den gibt es nicht mehr. Wahrscheinlich hat es den gar nie gegeben. »Du hättest Therapeut werden sollen«, sagte ich stattdessen.

»Bin ich ja«, kam postwendend Smileys Antwort. »Nur bezahlt niemand meine Rechnungen.« Er schien darauf zu warten, dass ich lachte. Da konnte er lange warten.

»Bring sie weg. Das ist das Sicherste, was du für sie tun kannst. Glaub mir.«

»Ich würde dir ja gerne glauben.« Smiley kratzte sich am Kopf. »Aber Edy ist sicher, dass Jakes Männer hinter der Sache stecken.«

»Es gibt da einen Haken.« Ich fühlte mich wie ausgespuckt und klang auch so. »Wenn Jakes Männer hinter dieser Sache stecken würden, hätten sie Edy schon in der Villa umgebracht. Und mich hätten sie als Täter präsentiert. Oder sie wären längst hier. Sind sie aber nicht. Außer uns ist da niemand.«

Auf Smileys Gesicht legte sich ein Ausdruck, der mir überhaupt nicht gefiel.

»Was ist?«, fragte ich.

»Deswegen bin ich gekommen. Um dich zu warnen. Wir werden nicht mehr lange allein hier sein. Die Bullen haben bei mir herumgeschnüffelt und eine Menge Fragen gestellt. Die kommen wieder. Und dann finden sie uns.«

»Nett, dass du mir das auch irgendwann noch gesagt hast«, schnauzte ich ihn an. »Vielen Dank.«

Smiley öffnete den Mund. Ich gab ihm keine Chance, etwas zu sagen. »Beobachten die dich?«, schrie ich. »Sind sie dir gefolgt?«

»Nein.« Er ließ seinen Blick über den Eingang zur Schlucht schweifen. »Aber sie werden kommen.«

»Ich haue ab«, sagte ich. »Du bleibst hier, mit Edy. Erzähl den Bullen, du hast sie gefunden und gerettet.«

»So einfach ist das nicht.«

Erschrocken fuhr ich herum. Ich hatte Edy nicht kommen gehört.

»Halt dich da raus!«, schrie ich sie an.

»Kann ich nicht«, antwortete sie. »Ich stecke mit dir in der Sache drin.«

»Tust du nicht. Verschwinde. Oder warte auf die Bullen. Du bist nicht mehr meine Geisel.«

»Darum geht es nicht.«

»Worum dann? Um Jakes Männer? Immer noch? Haben wir das nicht geklärt?« Ich breitete meine Arme aus und drehte mich im Kreis. Beinahe hätte es mich umgehauen, weil mein Bein unter mir nachgab. »Ich bin hier!«, rief ich. »Ich bin Jakes Mann! Das glaubst du doch.«

Edy packte mich am Arm. »Du verstehst überhaupt nichts«, sagte sie.

»Da hast du recht.«

»Könnten wir das später klären? Ich denke nämlich, wir sollten langsam abhauen. Da drüben …«

»Eine Minute«, unterbrach ich Smiley. »So viel Zeit muss sein. Ich habe eine Frage an Edy.«

»Das ist gut. Sie wollte sowieso mit dir spre…«

»Hast du wirklich geglaubt, ich sei einer von Jakes Männern?«, fragte ich Edy.

»Nein.« Sie ließ mich los und schaute mir direkt in die Augen. »Aber ich wollte ganz sicher sein. Es war ein Test.«

»Ein Test?« Meine Stimme schlug Purzelbäume. »Ein beschissener Test?«

»Es gab andere Typen. Solche wie dich. Manchmal brachte Mam sie nach Hause, manchmal Jake. Sie schliefen mit ihr, nahmen ihr Geld und brachen ihr Herz. Das war einer der Gründe, weshalb sie trank. Woher sollte ich wissen, was deine Absicht war? Woher sollte ich wissen, ob nicht Jake das alles eingefädelt hatte? Woher, Mick?«

Meine Nervenenden sprühten Funken. »Und, bist du es?«, fragte ich. »Ich meine, bist du jetzt sicher? Habe ich deinen verdammten Test bestanden?«

»Ja, hast du. Was denkst du, warum ich noch hier bin? War's das?«

Mein Gesicht glühte so heiß wie meine Nerven. Ich konnte Edys Blick nicht standhalten. »Das war's«, antwortete ich heiser.

»Dann habe ich auch eine Frage, Mick. Bevor ich sie stelle, solltest du ein paar Dinge über Jake wissen. Er ist skrupellos, er liebt das Risiko, das Geld und die Macht.«

Damit erzählte sie mir nichts Neues, doch was danach

kam, fühlte sich an, wie ungebremst auf eine Mauer zuzurasen.

»Jakes Männer gehorchen ihm bedingungslos. Sie tun genau das, was er ihnen aufträgt. Ich glaube, sein Befehl lautete, Mam umzubringen. Du warst als Täter vorgesehen, ich als Zeugin. Jake muss gegrinst haben wie der Joker in Batman, als er von der Geiselnahme erfuhr. Du hast ihm direkt in die Hände gespielt. Besser konnte es für ihn gar nicht laufen.«

Deshalb waren Jakes Männer nicht hier. Es war gar nicht nötig. Während ich das Ding gegen die Wand fuhr, konnte sich Jake zurücklehnen, den Bullen beim Suchen zuschauen und genüsslich mitverfolgen, wie ich wegen Mord und Entführung drankam.

»Und jetzt zu meiner Frage«, platzte Edy mitten in meine Gedankentrümmer. »Kann ich dir vertrauen, Mick?«

Smiley atmete hörbar ein. »Das mit dem Vertrauen ist bei ihm so eine Sache. Könnten wir das bitte später klären?«

»Nein. Jetzt«, drängte Edy. »Ich muss es wissen. Kann ich dir vertrauen, Mick?«

»Was soll das?«, fragte ich. »Ist das noch so ein Test?«

»Nein. Es geht um mein Leben. Jake muss damit rechnen, dass wir hinter seine Absichten kommen. Er wird mich beseitigen, bevor die Polizei uns findet. Den Mord wird er dir anhängen. Ein Ausraster auf der Flucht, ein Unfall, eine Verzweiflungstat, was auch immer. Viel Zeit bleibt Jake nicht mehr. Er muss vor der Polizei zuschlagen, also schon ziemlich bald. Ich bin genauso geliefert wie du, Mick. Wir kommen nur gemeinsam aus dieser Sache heraus und dazu muss ich mich auf dich verlassen und dir vertrauen können. Kann ich das? Kann ich dir vertrauen?«

Konnte man jemandem vertrauen, der niemandem vertraute, jemandem, der seine Schwester im Stich gelassen und beinahe den einzigen Freund, den er je hatte, umgebracht hatte? »Ich weiß es nicht«, antwortete ich.

Edy schüttelte den Kopf. »Das reicht mir nicht.«

»Wie gesagt, das mit dem Vertrauen …«, versuchte es Smiley noch einmal.

»Ja«, sagte ich schnell. »Ja, du kannst mir vertrauen.« Es war ein Versprechen. Ich würde es halten müssen.

»Klar«, bekräftigte Smiley, als hätte er nichts anderes erwartet. »Und jetzt sollten wir endlich los.« Er zeigte mit dem Finger auf den Ausgang der Schlucht. »Sie werden nämlich bald hier sein.«

»Wer?«, fragten Edy und ich gleichzeitig.

»Keine Ahnung.« Smiley sah aus wie ein Kind, das sich verlaufen hat. »Ich dachte, die Bullen, aber nach allem, was Edy da gerade gesagt hat, können es auch Jakes Männer sein.«

Für mich machte das keinen Unterschied. Ich war so oder so erledigt. »Vielleicht sind es die Bullen«, sagte ich zu Edy. »Dann wärst du in Sicherheit.«

»Vielleicht«, antwortete sie. »Vielleicht auch nicht. Dieses Risiko gehe ich nicht ein. Wie kommen wir hier raus?«

Überhaupt nicht. Der Gedanke schlug in mir ein wie ein Blitz. Wir saßen am Ende der Welt, in einem Kessel, in den genau ein Weg hineinführte, und auf diesem Weg kam uns der Feind entgegen. Ich sah uns eingebunkert und umzingelt von schwer bewaffneten Männern, in dem baufälligen

Haus, umschwirrt von sirrenden Wespen, ohne jegliche Chance.

»Es gibt da einen Pfad«, sagte Smiley. »Einen Weg, den nur ganz wenige Leute kennen. Er führt durch die Felsen direkt zu einer Straße, oben auf den Hügeln.«

»Klingt doch gut«, meinte Edy. »Eine Art Hinterausgang.«

»Der Pfad … Er ist ziemlich steil und an einigen Stellen etwas gefährlich«, murmelte Smiley.

Das war's dann wohl. »Geh und nimm Edy mit«, sagte ich zu ihm. »Mein Bein schafft so was nicht.«

»Nein!« Der Protest kam nicht von Smiley, sondern von Edy.

»Haut schon ab!«, fuhr ich sie an.

»Nicht ohne dich.«

»Was?«, flüsterte ich. Unter meiner Haut begann etwas zu pochen.

»Du würdest es schaffen, dich umbringen zu lassen.«

»Na und? Kann dir doch egal sein!«

»Nicht, wenn Jake hinter dieser Sache steckt. Dann brauche ich dich. Als Mitkämpfer und Zeugen.«

Natürlich. Reiner Selbstschutz. Nichts Persönliches. Was hatte ich Idiot denn gedacht?

»Ich erkläre euch, wo ihr durchmüsst, und geh dann voran«, meinte Smiley. »Einen Wagen organisieren. Wir machen einen Treffpunkt aus. Dort hole ich euch ab, so schnell ich kann. Ihr folgt mir. Ohne euch zu fetzen. Klar?«

21

Levi Xander @LeviTheVoice

Kostbare Dinge, die man nicht kaufen kann: Mut **#kostbareDinge**

Die Fluchtroute, die Smiley uns beschrieben hatte, führte am alten Haus vorbei, weil das Ufergebüsch seiner Meinung nach viel zu dicht war. »Nehmt den Pfad zum Haus und geht von dort aus in die Schlucht, einfach immer dem Geräusch des Wassers nach«, hatte er uns geraten.

»Was hast du eigentlich da drin gemacht?«, fragte ich Edy, als wir das düstere Gebäude erreichten, ohne wirklich eine Antwort zu erwarten.

»Die Fesseln aufgescheuert.«

Was immer sie dazu benutzt hatte, sie hatte damit ein ganzes Wespenvolk gegen sich aufgehetzt. Das war ziemlich mutig gewesen. Oder ziemlich dumm.

Ich stolperte hinter ihr her in den Wald und entschied mich für *ziemlich mutig*. Eigentlich hatte sie nur mutige Dinge getan, seit sie aus dem Kofferraum geflohen war. Nichts davon passte zu einer dummen Tusse. Ich versuchte aufzuhören, darüber nachzudenken. Weil ich viel zu viel über Edy nachdachte. Das war nicht gut. Also konzentrierte ich mich auf den unwegsamen Boden vor mir und passte auf, dass ich nicht über Wurzeln stolperte oder auf Steinen ausrutschte.

Wir gingen dem Rauschen des Wassers nach, so wie Smiley es uns gesagt hatte. Es sollte uns automatisch zum Eingang der Schlucht führen, aus der das Wasser in wilden Stromschnellen zwischen unüberwindbaren Felswänden herausschoss. »Ihr müsst die Wand auf der rechten Seite nehmen«, hatte Smiley uns eingebläut, ohne Rücksicht darauf, dass man etwas Unüberwindbares nicht überwinden kann. »Irgendwo bei den großen Felsbrocken, dicht am Wasser, geht ein Pfad weg.«

Felsbrocken gab es jede Menge. Als hätte sie ein Riese vor Jahrhunderten in den Wald geworfen, lagen sie zwischen den Bäumen, die kleineren moosbewachsen, die größeren dunkel und schroff. Aber das waren nicht die, von denen Smiley gesprochen hatte. Dazu waren sie zu weit vom Fluss entfernt.

Mein Fuß rutschte weg und blieb zwischen zwei Steinen stecken. Ich verlor das Gleichgewicht und fiel hin.

»Weiter«, drängte Edy. »Du kannst später schlappmachen.«

Ich hinkte ihr hinterher, doch schon nach kurzer Zeit fiel ich zurück. Statt zu rufen und Edy zu bitten, langsamer zu gehen, entschied ich, mich allein durchzuschlagen. Ich blieb stehen, mitten drin in einer Landschaft wie in einem Märchen. Vielleicht hätte ich sie schön gefunden, wären nicht die Bullen oder Jakes Männer hinter mir her gewesen, und hätte mir nicht die Frau des schwarzen Mannes mit jeder Geschichte, die sie mir und meiner Schwester vorgelesen hatte, die Angst vor solchen Wäldern tiefer in die Seele gebrannt.

Ich schaute nach vorn. Edy war aus meinem Blickfeld

verschwunden. Einen Pfad konnte ich nicht erkennen. Das Rauschen des Wassers war meine einzige Orientierungshilfe. Mit zusammengepressten Lippen stolperte ich vorwärts, dorthin, wo ich durch die Bäume dunklen Fels zu erkennen glaubte.

Zwischen diesen Bäumen tauchte plötzlich Edy auf. Sie kam auf mich zu, nicht wie eine gütige, rettende Waldfee, sondern wie eine zu allem entschlossene Kriegerin, packte mich am Arm und zerrte mich neben sich her. Ihr Griff war hart und schmerzhaft, doch er hielt mich auf den Beinen.

Das Tosen wurde lauter. Nur ein dichter Gebüschstreifen trennte uns noch vom Fluss. Es hätte keinen Sinn gemacht, uns durch das Dickicht zu schlagen. Deshalb gingen wir parallel dazu weiter. Ein paarmal mussten wir ziemlich große Gesteinsbrocken umgehen, doch bei keinem von ihnen fanden wir auch nur die kleinsten Anzeichen eines Pfads. Gerade als ich dachte, dass wir unmöglich noch weiter in die Schlucht vordringen konnten, blieb Edy stehen und zeigte auf einen Durchgang zwischen zwei Felsblöcken.

»Er ist zu schmal für uns beide«, sagte sie. »Du gehst voraus.«

Die Wände lagen dicht beieinander. Meine Schultern streiften den feuchten Fels. Mit angehaltenem Atem und eingezogenem Kopf zwängte ich mich durch den engen Korridor. Gleich nach dem Durchgang stieg der Pfad ein paar Meter steil über eine Geröllhalde an, danach wand er sich über dem Fluss am Fels entlang hoch und endete an einer Abbruchstelle. Der Anblick trug nichts dazu bei, das beklemmende Gefühl in meinem Brustkasten zu lösen.

»Was ist?«, fragte Edy. »Warum gehst du nicht weiter?«

Ich machte ihr Platz und ließ sie die Antwort selber herausfinden. Sie legte den Kopf in den Nacken und schaute hoch. Es war keine Pose, wie die auf dem Sprungbrett am Pool. Was ich sah, war die echte Edy. Nichts Aufgesetztes, nichts Arrogantes, nur das, was sie wirklich ausmachte. Es klingt bestimmt total bescheuert, aber sie war wunderschön, trotz der roten Flecken im Gesicht, trotz der strähnigen Haare, trotz meines alten, viel zu weiten Kapuzenpullovers, den sie immer noch trug. Ich war so in ihren Anblick versunken, dass ich erschrak, als sie sich bewegte und mir ihren Kopf zuwandte. Sie schien es nicht zu bemerken oder sie war für ein Mal so nett, sich einen beißenden Kommentar zu verkneifen.

»Es ist machbar«, meinte sie. »Wir gehen hoch.«

Ich wollte widersprechen. Ihr erklären, wie verrückt das war. Ich tat es nicht. Nicht, weil es sinnlos gewesen wäre, sondern weil laute Rufe zu uns drangen. Jemand hatte unser Versteck gefunden. Wenn wir es nicht ganz schnell schafften, den Fels vor uns hochzukommen, würden sie uns kriegen.

22

philosophin @philosophin

Selbst wenn die Zeit alle Wunden heilt, bleiben Narben.

Ich klammerte mich an wildes Gestrüpp und zog mich Meter um Meter vorwärts. Schau einfach nicht nach unten, befahl ich mir. Ich schaute auch nicht nach oben, sondern konzentrierte mich nur auf den nächsten Schritt.

Eins nach dem anderen, sagte Smiley. Unter mir tobte der Fluss. In mir die Angst. Je weiter ich hochkletterte, desto weniger Büsche gab es. Es blieben scharfe Felskanten, an denen ich mir die Haut aufriss, und lockeres Geröll, auf dem meine Füße immer wieder ausrutschten. Als ich endlich völlig erschöpft vor der Abbruchstelle stand, wusste ich, dass ich keine Chance hatte, sie zu überwinden. Und ich war allein. Edy war weg.

Sie konnte dieses fast senkrechte Nichts unmöglich passiert haben. War sie abgestürzt? Ich traute mich nicht, nach unten zu schauen. Bebend klebte ich am Fels und stand kurz davor, wie ein Baby loszuflennen.

»Es ist nicht so schlimm, wie es aussieht.« Edy klang wie eine Krankenschwester, die dem Patienten sagt, es werde alles gut. »Es gibt genügend Stellen, an denen du Halt finden kannst.«

Für mich sah das anders aus. An den Fels gepresst,

kämpfte ich gegen Bilder an, in denen ich abglitt und in die Tiefe fiel.

»Rechte Hand zwanzig Zentimeter nach rechts. Auf gleicher Höhe«, wies mich Edy an. »Rechter Fuß etwas nach oben.«

Ihre Stimme rettete mich. Sie war so ruhig. So sicher. Ich löste mich aus meiner Starre, tastete nach dem Griff und hielt mich daran fest. Mein Fuß folgte und fand Halt. Um ihn so wenig wie möglich zu belasten, hängte ich fast mein ganzes Gewicht in meine Arme.

»Gut so«, hörte ich Edy sagen, und schon folgte die nächste Anweisung.

Ich schaffte es. Mein T-Shirt klebte nass an meinem Rücken, meine Hände zitterten wie irr und mir war kotzübel. Völlig erledigt lehnte ich mich gegen den Fels und wartete darauf, dass mein System herunterfuhr, nicht auf den Normalzustand, das war unmöglich, aber auf einen, der es mir erlaubte, den nächsten Abschnitt in Angriff zu nehmen.

Weitere Rufe von unten trieben uns vorwärts. Der Pfad wurde breiter und wand sich im Zickzack nach oben. Nach dem höchsten Punkt flachte er ab und verlief sich in dürrem, von Büschen durchzogenem Grasland.

Smiley hatte ein paar markante Punkte erwähnt, an denen wir uns orientieren konnten. Eine Tanne, höher als alle anderen, war der erste. Nach der Tanne ging es weiter zu einem Hochsitz, dann zu einer nadelförmigen Felsspitze und schließlich gelangten wir an einem Bach entlang zu einer Jagdhütte auf einer kleinen Lichtung.

Es war kein wirklich gutes Versteck. Von Smiley wussten

wir, dass die Hütte nur ein paar Dutzend Meter entfernt von der Straße lag. Jeden Moment konnten Jäger auftauchen. Oder Leute auf der Suche nach einem Picknickplatz. Aber die Hütte war in einem weit besseren Zustand als das Haus unten in der Schlucht und wir planten ja nicht, ewig dort zu bleiben, sondern nur, bis Smiley einen Wagen aufgetrieben hatte.

Tür und Fensterläden waren verschlossen. Wenn Smiley recht hatte, lag der Schlüssel in einem Hohlraum im oberen Türrahmen. Ich tastete danach, stieß mit den Fingern gegen Metall und zog den Schlüssel aus seinem Versteck. Er passte.

Knarrend ging die Tür auf. Licht fiel ins Innere der Hütte, in der es genauso aussah, wie ich mir eine Jagdhütte vorgestellt hatte: ein unebener alter Holzdielenboden, Holzwände, Holzdecken, eine Eckbank mit einem hölzernen Tisch, über dem eine angerußte Petroleumlampe hing. Einer dieser Kochherde, die man mit Holz einheizen muss. Eine Spüle ohne Wasserhahn. Zwischen Herd und Spüle ein Brett als Arbeitsfläche. Auf dem Brett ein Messerblock, aus dem riesige Griffe ragten, unter dem Brett Gasflaschen. In der Ecke ein orangefarbener Schrank, der überhaupt nicht zum Rest der Einrichtung passte. Ein winzig kleines Nebenzimmer, in dem ein Bett stand, das fast den ganzen Raum ausfüllte.

Plötzlich fühlte ich mich furchtbar müde und erschöpft. So müde, dass ich nicht einmal reagierte, als ich Schritte hinter mir hörte.

»Ich bin's«, sagte Edy. »Falls du mal musst: Das Plumpsklo ist draußen.«

»Hier hat's ein Bett.«

»Hast du nur das Bett gesucht oder auch die Streichhölzer für die Lampe? Oder wolltest du etwa die Läden öffnen?«

Mein Gesicht brannte. Zum Glück entdeckte ich genau in dem Moment die Streichholzschachtel. »Auf dem Regal«, antwortete ich, als hätte ich die Dinger längst gesehen. »Wollte gerade die Lampe anzünden.«

Wenigstens das konnte ich, denn mit solchen Lampen kannte ich mich aus. Kaum flackerte die Flamme auf, drückte Edy die Tür hinter sich zu und verriegelte sie.

»Wie geht's deinem Bein?«, fragte sie.

»Ist in Ordnung.«

»Lass sehen.«

»Es ist in Ordnung«, wiederholte ich. »Hab's am Fluss unten neu verbunden.« Bevor Edy dagegengetreten hatte und etwas gerissen war.

»Lass sehen!«

Smiley wollte nicht, dass wir uns zofften. Also streifte ich meine Hose hoch. Der Verband sah übel aus. Schnell zog ich die Hose wieder nach unten.

»Davon wird es nicht besser«, meinte sie.

Das war mein Problem. Nicht ihres. Sie wollte mein Bein sehen, sie hatte es gesehen. Ich ging zur Eckbank und versuchte, nicht zu hinken, was unmöglich war, denn nach der Kletterpartie und dem langen Fußmarsch fühlte sich die Wunde an, als stünde sie in Flammen. »Ich nehme die Bank«, sagte ich. »Du kannst das Bett haben.«

»Smiley behauptet, du bist gar nicht so ein Scheißkerl.«

Was erwartete sie von mir? Dass ich Ja sagte? Oder

Nein? Dass ich mich entschuldigte? Mich bedankte? War das eins ihrer Spiele? Noch ein Test?

Ich antwortete nicht. Weil ich zu müde war. Aber das war nur die halbe Wahrheit. Die ganze Wahrheit ist, dass sie mich verwirrte. Meinen Kopf durcheinanderbrachte. Unter meiner Haut steckte. Und ich eine Riesenangst vor all dem hatte.

»Nimm das Bett und lass mich in Ruhe!«

Sie zuckte mit den Schultern und verzog sich ins Nebenzimmer. Ich dachte, sie würde die Tür hinter sich zumachen, doch sie ließ sie offen.

Völlig erledigt setzte ich mich auf die Längsseite der Eckbank, lehnte mich mit dem Rücken gegen die Wand und streckte die Beine aus. Ich brauchte einen Doc. Ziemlich bald. Bevor sich alles noch mehr entzündete. Die Tabletten lagen unten in der Schlucht. Smileys Spezialtrank auch. Ich musste mich irgendwie von den Schmerzen ablenken. Weil ich nicht an Edy denken wollte, dachte ich an Smiley.

Ich hätte bei ihm bleiben sollen. Es war gut gewesen bei ihm. So gut wie schon lange nichts mehr. Aber er war mir zu nahe gekommen. Oder ich ihm. Ich mochte diesen verrückten Kerl und war drauf und dran gewesen, ihm zu vertrauen. Das packte ich nicht. Ich brauchte niemanden, wollte niemanden brauchen und schon gar nicht jemandem vertrauen. Weil sie dich früher oder später doch verraten. Unabhängig bleiben, sich nur auf sich selbst zu verlassen, darum ging es. Nur für mich verantwortlich sein. Mehr konnte ich auch nicht. Das hatte ich bewiesen. Denn noch schlimmer als verraten zu werden, war es, jemanden zu verraten.

Ich hatte meine Schwester verraten.

Never forget. Das war mein erstes richtiges Tattoo gewesen, kein selbst gestochenes. Ich hatte die Schrift sorgfältig ausgewählt und mir den Text auf mein rechtes Handgelenk tätowieren lassen. Damit ich nie vergessen würde, was geschehen war. Es gab kein Vergessen, kein Verzeihen, kein Vertrauen.

Und jetzt saß ich hier und wartete auf einen, der sich meinen Freund nannte, ohne von mir zu verlangen, ihn auch so zu sehen. Weil es ihm reichte, meiner zu sein. So zumindest brachte er es rüber. Ich hatte keine Ahnung, wie es war, einen richtigen Freund zu haben, aber ich verließ mich darauf, dass Smiley kommen und uns abholen würde, bevor die Bullen oder Jakes Männer uns fanden.

Die Bullen. Wenn sie Hunde dabeihatten, würde es nicht lange dauern, bis sie hier waren! Trotz meiner Angst fielen mir die Augen zu. Ich glitt in den Bereich zwischen Wachsein und Schlafen, dort, wo man seine Träume steuern kann, und träumte mir eine Edy, die neben mir in der Sonne lag und in den gleichen Himmel schaute wie ich. Meine Hand war dicht neben ihrer, so dicht, dass ich sie berühren könnte, wenn ich meine Finger nach ihr ausstreckte.

»Warum kannst du das alles? Warum kannst du durch wilde Flüsse waten, dich wie ein Indianer im Wald bewegen und Felswände hochklettern?«

Meine Stimme zerriss den Traum. Der Himmel verschwand. Über mir flackerte die Petroleumlampe und warf zitternde Schatten in den Raum. Ich hatte laut geredet! Ich Idiot! Ich bescheuerter Vollidiot!

Angespannt wartete ich auf eine spöttische Antwort aus dem Nebenzimmer. Es kam keine. Schlief Edy? Ich riskierte einen Blick. Das Bett war leer, zumindest die Hälfte, die ich sehen konnte. Mein Herz schlug schneller. War sie gegangen, während ich in meiner Traumwelt versunken gewesen war?

Ich schoss viel zu schnell hoch. Eine Million Nadeln stachen in mein Bein, in meinem Kopf wirbelte alles durcheinander und einen Augenblick lang wurde es schwarz vor meinen Augen. Meine Hände fanden Halt am Tisch. Meine Gedanken schleuderten unkontrolliert im Kreis, bis einer hängen blieb, an den ich mich klammern konnte: Geh erst mal nachschauen.

Vorsichtig löste ich mich vom Tisch und schlich zur Tür. Falls Edy noch da war und schlief, wollte ich sie nicht aufwecken. In meiner Erinnerung brannte ein verächtliches *Fickst du mich oder bringst du mich um?*. Die Vorstellung, diese Worte noch einmal ins Gesicht geschleudert zu bekommen, ertrug ich nicht.

Ich schaffte es, beinahe geräuschlos zur Tür zu gelangen. Das Licht der Lampe reichte nur schwach ins Nebenzimmer. Deshalb sah ich Edy erst, als ich schon dachte, sie wäre wirklich weg. Den Kopf auf den Knien ihrer angezogenen Beine, saß sie auf dem Bett, ganz in der Ecke. Das Schlimmste war der bebende Oberkörper. Ich musste ihr Gesicht nicht sehen, um zu wissen, dass sie weinte.

Sie hatte nicht ein einziges Mal geweint bis jetzt. Es machte mich fertig. Total fertig. Wäre ich ein ganz normaler Typ gewesen, so ein netter Kerl mit einem richtigen Leben, dann hätte ich mich neben sie setzen, sie in den Arm nehmen und trösten können. Aber ich war kein normaler, netter Kerl. Ich war der Scheißkerl, der schuld daran war, dass sie in dieser Hütte hockte und weinte.

Wacklig und zittrig vor Elend zog ich mich auf die Bank zurück, ohne eine Ahnung zu haben, was ich tun sollte. Vielleicht wäre es das Beste, einfach zu verschwinden. Smiley oder die Bullen würden Edy finden und sie in Sicherheit bringen.

»Ich kann das, weil mein Vater all diese Dinge mit mir gemacht hat. Wir …« Edys Stimme versagte. Sie versuchte, das Schluchzen zu unterdrücken. Es gelang ihr nicht. Das Weinen brach aus ihr heraus wie heiße Lava. Es kam von tief innen, von dort, wo man Dinge einschließt, die man für immer wegschließen will, weil sie zu wehtun.

»Nicht weinen«, flüsterte ich die Worte, die ich meiner Schwester zugeflüstert hatte, wenn sie traurig gewesen war. »Nicht weinen, es wird alles wieder gut.«

Was für ein sinnlos leeres Versprechen. Es war nicht gut geworden, weder für mich noch für meine Schwester. Es würde auch für Edy nicht gut werden. Ihr Vater und ihre Mutter waren tot. Wie sollte da je wieder irgendetwas gut werden?

Edy konnte mich nicht hören. Sie weinte die ganze Lava aus sich raus und ich saß auf der Bank und drückte meine Faust gegen die Wunde am Bein, weil ich nicht wusste, wie ich das Weinen sonst aushalten sollte.

»Es war ein Test«, sagte Edy heiser, nachdem das Weinen aufgehört hatte. »Das mit dem Foto deiner Schwester war ein Test.«

»Nicht«, flüsterte ich. Das Tor zu meinem Inneren war

weit offen. Wenn Edy jetzt weiterredete, würde sie in dieses Innere eindringen und es gab nichts, was mich davor schützen konnte. »Nicht«, bat ich sie, diesmal laut genug. »Ich will es nicht wissen.«

In der Hütte wurde es still, in mir drin extrem laut. Test!, schrie es. Test, Test, Test! Ich versuchte, meine Gedanken zurück zu Smiley zu lenken. Es ging nicht, denn Edy erklärte es mir, ob ich wollte oder nicht.

»Es war schon lange nichts mehr echt in meinem Leben. Nicht einmal ich war mehr echt. Alles gespielt, alles eine große Lüge, alles ein So-tun-als-ob. Das Leben geht weiter, die Zeit heilt alle Wunden, man muss vorwärts schauen, der ganze Mist, den dir die Leute erzählen, wenn jemand stirbt, den du liebst. Aber man erwartet von dir, dass du darüber hinwegkommst, irgendwann geht den Menschen um dich herum die Geduld aus. Sei doch wieder fröhlich, dein Vater hätte das auch gewollt, lächle, für ihn. Also habe ich gelächelt, aber innerlich war ich tot. Mam hat auch gelächelt. Für mich. Für Jake. Für alle anderen. Das Leben ging weiter. Ich spielte eine Edy, die ich nicht war, und ich verlor das Gefühl für das Echte. Als Jake dich nach Hause brachte, traute ich dir nicht. Du warst für mich einer mehr, der Mam wehtun würde. Ich habe deine Sachen durchwühlt und dabei das Foto gefunden. Ein abgegriffenes Stück Papier, das aussah, als würdest du es regelmäßig aus der Schachtel nehmen und dir anschauen. Oder es irgendwelchen Frauen zeigen, die deine Mutter sein konnten, um dich in ihr Herz zu schleimen. Ich wollte wissen, warum du das Foto aus der Schachtel nimmst. Ob du echt bist oder nicht.«

Deswegen hatte sie sich über mich gebeugt. Sie hatte die Tränen sehen wollen.

»Du bist echt«, sagte Edy. »Ich wusste es schon, bevor ich am Fluss unten all die gemeinen Sachen zu dir sagte. Es tut mir leid. Ich glaube, ich bin ein ziemliches Ekel.«

Nein, wollte ich sagen, das Ekel bin ich, und du bist echt, ich habe die echte Edy gesehen, lange nach Smiley, der immer alles Echte sofort erkennt, weil Menschen wie er das fühlen, aber ich konnte nicht. Mein Körper wurde von einem Erdbeben der Stärke 8,0 erfasst. Das Epizentrum lag ganz tief in mir drin und erschütterte mich, wie damals, an meinem ersten Abend im Heim, nachdem ich von meiner Schwester getrennt worden war.

Eine Flutwelle rollte auf mich zu. Mindestens achtzehn Meter hoch. Sie brach über mir zusammen und begrub mich unter sich. Genau in dem Moment kamen sie.

23

steff gurin @guitarman_steff

Best of Songzitate: Feels like I'm knocking on Heaven's door.

#Dylan #Guns N'Roses

Der Wagen hielt oben an der Straße. Mir war sofort klar, dass es nicht Smiley war, denn Smiley hatte gesagt, er würde über den Waldweg bis zur Hütte fahren. Ich war voll da. Als stünde ich unter Strom. Sogar mein Kopf funktionierte.

Es konnten Jäger sein.

Es konnten die Bullen sein.

Es konnten Jakes Männer sein.

Sie würden nicht länger als eine bis höchstens zwei Minuten brauchen, bis sie bei der Hütte waren. Ich hatte mit meinem Bein keine Chance. Edy schon.

Noch bevor ich all das zu Ende gedacht hatte, stürmte ich ins Nebenzimmer. Edy schreckte hoch.

»Sie kommen«, sagte ich. »Du musst raus hier.«

Die ganze Zeit hatte ich Angst vor diesem Moment gehabt, aber jetzt, wo ich in der Falle saß, war ich hellwach und total konzentriert.

»Und du?«, fragte Edy.

»Ich halte sie auf. Vielleicht sind es Jäger oder Bullen. Dann geht's nur um mich und du bist in Sicherheit.«

»Nein.« Edy war genauso voll da wie ich. »Wenn es Jakes Männer sind, komme ich da draußen keine hundert Meter weit.«

Sie hatte recht. Ich schnappte mir einen Stuhl und blockierte die Türklinke. Edy zog den Tisch durch den Raum. Wir rückten ihn so dicht wie möglich vor die Tür.

»Keine Jäger«, flüsterte Edy. »Die würden reden.«

Es waren auch keine Bullen. Die hätten die Hütte umstellt und mir dann zugerufen, dass ich rauskommen und mich ergeben solle. Das ganze Bullenprogramm eben.

Es waren Jakes Männer und sie kamen direkt zur Sache. »Gib uns das Mädchen!«

»Sie ist nicht hier!«, rief ich. »Ist mir abgehauen!«

Die Eingangstür erzitterte unter einem harten Schlag.

»Geh nach nebenan!«, befahl ich Edy leise. »Versteck dich unterm Bett. Ich lenk sie ab.«

Edy zog ein Messer aus dem Messerblock und verschwand im Nebenzimmer. Weitere Schläge erschütterten die Tür. Lange würde sie nicht mehr standhalten! Ich schnappte mir den Messerblock und brachte mich beim Regal in Stellung.

Beim nächsten Schlag gab die Tür nach. Holzsplitter flogen durch den Raum, Stuhl und Tisch rutschten über den Boden. Schwarz gekleidete, vermummte Typen drängten in den Raum. Ich warf ihnen entgegen, was ich in die Finger bekommen konnte. Das bremste sie, genauso wie der Tisch, der zwischen mir und ihnen lag, aber all das änderte nichts daran, dass drei von ihnen wie Bulldozer auf mich zukamen, während der vierte im Nebenzimmer verschwand. Ich zerrte zwei Messer aus dem Messerblock und stürzte mich den Angreifern entgegen. Dabei schrie ich wie ein Irrer und schlug wild um mich. Eins der Messer traf auf Widerstand, blieb jedoch nicht stecken, sondern glitt ab. Bevor ich erneut ausholen konnte, erwischte mich ein Fuß an der rechten Hand. Das Messer flog durch die Luft und landete unter der Eckbank. Ein Schlag in die Kniekehle riss mich von den Beinen. Harte, schwere Körper warfen sich auf mich. Ein Stiefel quetschte mein linkes Handgelenk auf die Dielen, bis ich keine Kraft mehr hatte und das zweite Messer losließ.

Schreie gellten durch den Raum. Diesmal nicht meine, sondern die von Edy. Zwei der Typen zerrten mich hoch. Wehrlos hing ich in ihrem Griff und musste zusehen, wie die anderen beiden Edy in den Raum schleppten. Eine Klinge blitzte auf.

»Edy«, flüsterte ich.

Sie hörte auf zu schreien. Ich schloss die Augen und wartete auf den Stich und den Schmerz. Ein Stoß schleuderte mich zu Boden. Ich wartete immer noch auf den Schmerz. Da war ein Messer gewesen! Es musste irgendwo in mir stecken und in meinem Schockzustand konnte ich es nicht spüren.

»Raus hier!«, brüllte eine Stimme. »Da kommt jemand!«

Draußen röhrte ein Motor. Eine Autohupe ging los. Stiefel polterten über die Dielen. Einer der Typen beugte sich über mich und drückte mir etwas Glitschiges in die Hand. Wagentüren knallten. Dann wurde es still. Keine Stiefel mehr, keine Hupe, nur mein Atem und mein Herzschlag.

»Mick!«, rief eine vertraute Stimme. »Edy!«

Smiley? Er war hier! Er hatte sein Versprechen gehalten.

Ich hob den Kopf und suchte nach Edy. Sie lag zusammengekrümmt auf dem Boden. Smiley kauerte sich neben sie und starrte sie an.

»Sag ihr, sie kann aufstehen«, keuchte ich. »Sie sind weg.«

Smiley drehte sich zu mir um. Sein Gesicht war leichenblass. »Ich glaube, sie ist tot.«

Nein! Sie konnte nicht tot sein! Sie durfte nicht tot sein! Ich musste etwas tun. Die Zeit zurückdrehen! Nur für zwei Minuten. Oder wenigstens für neunzig Sekunden. Dann konnte ich alles anders machen. Ich brauchte neunzig Sekunden. Nur neunzig Sekunden. Verdammte, beschissene, lausige neunzig Sekunden, um alles anders zu machen. Gott, gib mir diese neunzig Sekunden! Du schuldest sie mir. Für all die Stunden, in denen ich auf den Knien zu dir beten musste.

Gott verhandelt nicht über die Zeit. Er lässt sie weiterlaufen. Wenn du deine Schwester loslässt. Wenn jemand stirbt, der unter deiner Haut ist. All das geht ihn einen Scheiß an. Neunzig Sekunden, flehte ich. Es war sinnlos. Gott kennt kein Erbarmen. Niemand wusste das besser als ich.

»Ich kümmere mich um sie«, sagte eine Stimme. »Sorg dafür, dass dieser Kerl da das Messer aus der Hand legt.«

Eine Frau in einer grünen Fleecejacke, schmutzigen blauen Arbeitshosen und Bergschuhen kniete sich neben Edy. Smiley taumelte auf mich zu.

»Lass das Messer los«, krächzte er.

Ich verstand nicht, wovon er redete. Ich hatte keine Messer mehr.

»Lass los.« Smiley legte seine Hand auf meine.

Erst durch seine Berührung konnte ich meine Hand fühlen. Sie krampfte sich um etwas Klebriges. Ich ließ los. Es klirrte.

»Er war es nicht«, sagte Smiley zu der Frau.

»Ach, Smiley.« Sie seufzte. »Die Menschen sind nicht immer gut.«

»Der hier schon.« Er zögerte. »Was … Was ist mit Edy?«

»Sie lebt noch.«

Bevor die Bedeutung dieser Worte in mich einsinken konnte, gab die Frau Befehle durch. »Smiley, im Auto liegt mein Handy. Alarmier den Notruf. Und bring das Erste-Hilfe-Zeug. Unterm Beifahrersitz.«

Smiley warf einen verzweifelten Blick auf Edy, sprang hoch und raste davon.

Ich kroch zu Edy rüber. Sie lag da, als ob sie schlafen würde. Aber sie schlief nicht. Denn da war Blut, ganz viel Blut.

»Hast du ihr das angetan?« Die Frau schaute mich an. Ihr Blick drang in mich ein und ich hatte das Gefühl, sie könne bis auf den Grund meiner Seele sehen. Ich konnte nicht sprechen. Nicht einmal meinen Kopf schütteln.

»Du warst es nicht«, sagte sie. Ruhig und bestimmt, ohne jeden Zweifel.

Edy stöhnte.

»Halt ihre Hand!«

Fass mich nicht an!

Ich zögerte.

»Willst du, dass sie am Leben bleibt?«

Diesmal schaffte ich ein Nicken.

»Dann halt ihre Hand. Sprich mit ihr.«

Vorsichtig griff ich nach Edys Fingern.

Smiley kam zurück. »Eine halbe Stunde«, sagte er.

Eine halbe Stunde! Das war viel zu lang. Ich begann zu zittern. Die Frau legte mir ihre Hand auf die Schulter und mahnte mich, mit Edy zu sprechen.

Ich glaubte nicht, dass ich jemals wieder etwas sagen konnte, doch ich versuchte es. Für Edy. Am Anfang bewegten sich nur meine Lippen, dann krächzte es und schließlich redete ich. Ich redete und redete und redete um Edys Leben. So viel wie noch nie zuvor. Ich erzählte eine ganze Menge Dinge, an die ich mich kaum erinnern kann, aber ich weiß, dass ich Edy von Sina erzählte und ihr versprach, sie nicht loszulassen. Während ich redete, kümmerten sich die Frau und Smiley um Edy. Ich schaute nicht hin. Weil ich dann nicht hätte reden können.

Irgendwann sagte die Frau: »Ihr müsst jetzt gehen.«

Ich hatte keine Ahnung, was sie meinte. Edy konnte nicht gehen.

»Du und Smiley«, erklärte die Frau. »Ihr dürft nicht hier sein, wenn die Ambulanz und die Polizei eintreffen.«

Ich konnte nicht gehen! Ich durfte Edy nicht loslassen! Ich hatte es ihr versprochen.

Smiley nahm mich am Arm. »Komm!«, sagte er.

Ich schüttelte ihn ab.

Edys Augenlider flatterten.

»Nicht sterben«, flehte ich.

Ich glaubte zu spüren, wie ihre Finger gegen meine drückten.

»Komm jetzt«, drängte Smiley.

Ich ließ Edy los. Und wollte gleich wieder nach ihrer Hand greifen. Ich konnte nicht weg.

»Ich passe auf sie auf«, sagte die Frau.

Sie hatte in meine Seele gesehen. Sie vertraute mir. Wenn sie das konnte, dann musste ich das auch können. Smiley zog mich hoch und zerrte mich nach draußen.

Vor der Hütte parkte eine Schrottlaube von Auto.

»Du musst fahren«, sagte Smiley. »Ich kann das nicht.«

Ich riss die Autotür auf und setzte mich auf den Fahrersitz. Ein paar Sekunden später saß Smiley neben mir.

»Bereit?«, fragte er.

»Ich habe sie losgelassen.«

»Sie wird nicht sterben.«

An meiner Hand klebte Blut. Alles an mir zitterte und schlotterte. Irgendwie gelang es mir trotzdem, den Zündschlüssel zu drehen und den Motor zu starten. Ich legte den Rückwärtsgang ein und drückte aufs Gas. Es gab einen Ruck, die Räder drehten durch und dann schlingerte der Wagen über den Waldweg, zur Straße hoch.

»Links«, sagte Smiley.

Ich bog ab und raste los.

Wir hörten die Sirenen von Weitem, aber es gab keine andere Straße, auf die wir ausweichen konnten. Auf einer langen Geraden kam uns die Ambulanz entgegen. Keiner von uns bremste ab. Als wir aneinander vorbeischrammten, verabschiedete sich der Seitenspiegel mit einem lauten Knall von uns und der Wagen geriet ins Schleudern. Smiley sagte kein Wort. Ich riskierte einen kurzen Blick zu ihm und sah seine weit aufgerissenen Augen.

»Vertrau mir«, sagte ich.

Er lachte nervös. »Versuch ich ja. Aber ich merke gerade, wie schwierig das ist.«

Hinweisschilder warnten vor einer engen Kurve. Obwohl ich auf die Bremse trat, trug es uns beinahe über den Straßenrand hinaus. Bäume rasten bedrohlich nah an uns vorbei. Smiley gab röchelnde Laute von sich, ich umklammerte das Steuerrad und versuchte, nicht von der Spur zu kommen.

Ein paar Haarnadelkurven später führte die Straße aus dem Wald und schlängelte sich talabwärts. Ich sah den Fluss und Smileys Brücke.

»Soll ich dich zu Hause abladen oder möchtest du mitfahren?« Es war ein ziemlich missglückter Scherz.

»Mitfahren«, antwortete Smiley ernst.

»Dein Risiko.«

Erneut heulten Sirenen. Die Streifenwagen waren noch außer Sichtweite, aber sie würden jeden Moment um den Fuß des Hügels geschossen kommen. Wir hatten keine Chance, vor ihnen unten auf der Talstraße zu sein.

»Das schaffen wir nicht!«, schrie ich.

»Abkürzung«, japste Smiley. »Dort vorn. Nach dem Stall.«

»Dort ist nichts!«

»Doch! Ein Feldweg.«

Kurz bevor ich das Steuer herumriss, sah ich die Streifenwagen. Sie bogen von der Talstraße ab und kamen uns entgegen. Wir schlingerten über einen staubigen Kiesplatz in einen Weg, der mehr Feld als Weg war, und bretterten in der Falllinie den Hügel hinunter. Der Wagen hörte sich an, als würde er jeden Moment auseinanderbrechen.

»Gutes Timing«, brüllte Smiley über den Lärm hinweg.

»Bis die Bullen wenden können, sind wir längst unten auf der Hauptstraße.«

»Und dann?«

»Fährst du in Richtung Brücke.«

Der Wagen hielt durch. Die Bremsen auch. Wir trafen auf die Hauptstraße. Beim Abbiegen brach das Heck aus und wir rutschten den Leitplanken entgegen. Ich konnte das Gefährt abfangen und wieder auf Kurs bringen.

»Oh, nein!«, stöhnte Smiley.

»Was?«

»Da vorne, bei der Brücke.«

Blinkende Lichter. Über die ganze Straßenbreite verteilt. Eine Blockade. Ich schaute in den Rückspiegel. Dort blinkte es auch. Die Streifenwagen, die uns entgegengerast waren, hatten einen Platz zum Wenden gefunden und waren hinter uns.

Ich verlangsamte das Tempo. Die Lichter im Rückspiegel kamen näher. Vor uns standen die Wagen quer auf der Straße. Es hatte keinen Sinn mehr. Ich bremste. Mitten auf der Brücke blieben wir stehen.

Hier hatten wir uns kennengelernt. Smiley grinste. Wie damals. »Bei drei öffnen wir die Tür, rennen zum Geländer und springen.«

Achtzehn Meter.

»Nein«, antwortete ich. »Es ist vorbei.«

Smiley legte seine Hand auf den Türgriff. »Füße voraus, gerade runter. Vertrau mir.«

Er begann zu zählen.

»Eins.«

Die Bullen kamen auf uns zu.

»Zwei.«

Hinter uns hielten die Wagen an. Die Lichter blinkten immer noch.

»Drei.«

Ich riss die Tür auf und rannte los. Achtzehn Meter. Ohne zu zögern schwang ich mich auf das Geländer und sprang.

Drama im Fall Linder – Spektakuläre Flucht vor der Polizei

Eine schwer verletzte Geisel und zwei vermisste jugendliche Tatverdächtige sind die tragische Bilanz im Mord- und Entführungsfall Linder.

Die dramatische Wende im Fall Linder wurde gestern Abend durch einen Anruf bei der Notzentrale eingeleitet. Ein offensichtlich aufgewühlter Jugendlicher meldete eine schwer verletzte Person in einer Jagdhütte. Den ausgerückten Rettungssanitätern fiel ein Wagen auf, der ihnen in überhöhtem Tempo entgegenkam. Sofort verständigten sie die Polizei, die in der Folge auf einer Brücke eine Sperre errichtete. Der Wagen der flüchtenden Personen konnte gestellt werden, doch statt sich zu ergeben, stürzten sich die zwei jugendlichen Insassen vor den Augen der Polizeibeamten in den Fluss. »Wir konnten nichts tun«, erklärte der Polizeisprecher Moritz Indermauer an der kurzfristig einberufenen Pressekonferenz. »Sie sprangen, bevor wir mit ihnen Kontakt aufnehmen konnten.«

Seither fehlt von den beiden Jugendlichen jede Spur. Die Suche musste gestern Abend abgebrochen werden, soll aber heute weitergehen.

In der abgelegenen Hütte bot sich den Rettungskräften ein erschütternder Anblick. Editha Linder lag bewusstlos auf dem Boden. Hätte die zufällig vorbeigekommene Wanderin Verena P. sie nicht gefunden und sofort Erste Hilfe geleistet, wäre sie jetzt wohl tot. Alles deutet auf einen heftigen Kampf hin, in dessen Verlauf Editha Lin-

der durch einen Messerstich verletzt wurde. »Ein paar Millimeter weiter oben und wir hätten nichts mehr für sie tun können«, sagte Rettungssanitäter Reto F. »Sie hatte riesiges Glück im Unglück.«
Editha Linder wurde sofort in ein Krankenhaus gebracht. Es wird voraussichtlich mehrere Tage dauern, bis sie Aussagen zu ihrer Entführung machen kann. Die Polizei muss sich ein paar kritische Fragen gefallen lassen. Hätte der Fall eine andere Wende genommen, wenn es ihr früher gelungen wäre, den Aufenthaltsort der Entführten aufzuspüren? Wie konnte es passieren, dass der Entführer samt Geisel aus der Wildbodenschlucht entkam? Warum wurden sie in ihrem Versteck nicht schneller gefunden? Fragen, auf die die Polizei die Antwort bisher schuldig geblieben ist.
Etwas mehr Klarheit herrscht mittlerweile in Bezug auf die beiden vermissten Jugendlichen. Einer der beiden ist mit ziemlicher Sicherheit Mick S., der mutmaßliche Mörder von Isabella Linder und Entführer ihrer Tochter Editha. Der siebzehnjährige Jugendliche wurde im Alter von sieben Jahren zusammen mit seiner Schwester in die Obhut einer Pflegefamilie übergeben. Nach einem tragischen Unglücksfall war er für die Familie nicht mehr tragbar und kam in ein Heim, aus dem er mit fünfzehn ausriss. Seither lebt er ohne festen Wohnsitz. Mehrere Male wurde er von der Polizei aufgegriffen und in Heimen untergebracht, aus denen er jedoch nach jeweils kurzer Zeit wieder verschwand. Die Identität der zweiten Person steht noch nicht fest. Recherchen haben ergeben, dass es sich um Kurt W. handeln könnte, einen jugendlichen Einzelgänger und Sonderling, der in einer Hütte am Fluss wohnt, ganz in der Nähe der Brücke, von der die beiden gesprungen sind.
Die ebenso dramatische wie brutale Wende im Fall Linder ruft Politiker und besorgte Bürger auf den Plan. Es scheint, als ob sich unsere Gesellschaft an einem Abgrund befinde. Begonnen hat es mit Protesten und kleineren Ausschreitungen jugendlicher Außenseiter. Es folgten mehrere gezielte, brutale Übergriffe aus diesem Lager. Die Tötung von Isabella Linder und die Entführung ihrer Tochter sind weitere traurige Höhepunkte einer Entwicklung, die besorgniserregende Ausmaße annimmt.
Politiker fordern härtere Maßnahmen, um weitere Verbrechen zu verhindern. In vereinzelten Städten haben sich erste Bürgerwehren

gebildet. Ein jugendlicher Drogensüchtiger in Aarau wurde von aufgebrachten Menschen krankenhausreif geprügelt, nachdem er negativ aufgefallen war. Auseinandersetzungen zwischen Polizei und Jugendlichen nehmen zu. Eine ganze Nation fragt sich, was schiefgelaufen ist und wie diese Gewalt gestoppt werden kann.

TEIL 2.

Johanna Candinas @JoJoCan

Hatten die beiden Brückenspringer überhaupt eine Chance? Oder wurden sie in den Tod getrieben? **#GfLeon #no_way_out**

Ich hatte nicht wirklich eine Ahnung, wo ich war. In irgendeinem Lagerschuppen am Rande irgendeiner Kleinstadt. Allein. Mehr wusste ich nicht. Smiley hatte mich gut versteckt zurückgelassen und mir befohlen, mich nicht vom Fleck zu rühren. Obwohl ich glühte, wusste ich nicht, ob mir eiskalt oder siedend heiß war. Meine Oberfläche brannte, doch in mir drin hatte sich ein eisiger Kern gebildet, der in unregelmäßigen Abständen ein Beben auslöste, das meinen ganzen Körper durchschüttelte. Dass ich überhaupt noch lebte, verdankte ich Smiley.

An den Aufprall auf dem Wasser erinnere ich mich nicht. Eine mir gnädig gesinnte Schaltzentrale in meinem Hirn knipste vorher alles aus. Ich weiß nur noch, dass ich nicht flog, sondern in die Tiefe fiel wie ein Stein. Und dass ich keine schönen Filme oder überwältigenden Bilder sah, von denen man immer wieder hört, sondern einfach nur Schiss hatte. Erst unter Wasser sprang die Sicherung wieder an. Die freigeschalteten Nerven sprühten Funken. Ich ruderte wie wild mit den Armen, presste die Lippen aufeinander und fühlte einen überwältigenden Schmerz in den Lungen. Ich versuchte zu atmen. Aus den Funken wurde ein helles Licht. Und dann kamen die Bilder. Ich sah Sina, wie sie mir entgegenrannte, fühlte, wie sie sich an mich schmiegte und nach meiner Hand griff. Edy schwamm auf uns zu. Unverletzt und wunderschön wie eine Meerjungfrau. Sie lächelte und ich wusste, dass ich jetzt sterben musste. In jenem Moment war mir das egal.

Smiley aber nicht. Er war nach mir getaucht und fand mich, kurz bevor ich endgültig im Licht verschwand. Seine Hände krallten sich in mich, er zog mich hoch an die Wasseroberfläche. Dort kam der Schmerz zurück. Und die Panik. Ich sah nichts und dachte, ich wäre blind.

Smiley leierte sinnloses Zeug herunter, alles im Tonfall eines Buddhas, und ganz langsam begann ich zu begreifen, dass ich nicht blind war. Es war nur ziemlich düster, weil wir uns in einer ausgeschwemmten Felskuhle befanden. Wir trieben auch nicht mehr im Wasser, sondern klammerten uns an ein Stück Schwemmholz, das aus einem Spalt im Gestein ragte. Smiley versuchte, mich dazu zu bringen, das Holz loszulassen und mir von ihm auf einen Vorsprung im Fels hochhelfen zu lassen. »Nein.« Meine Zähne schlugen aufeinander.

»Du kannst im Wasser erfrieren oder dich von mir hochziehen lassen.« Smiley klang nicht mehr wie ein Buddha, sondern wie ein Bulle, der mich zwischen Todesstrafe und Lebenslänglich wählen ließ. Ich wählte den Felsvorsprung.

»Ich klettere voraus. Wenn ich *Jetzt* sage, greifst du nach meiner Hand. Alles klar?«, fragte er mich.

Alles klar. Wenn ich seine Hand verpasste, soff ich ab.

»Solltest bei Gelegenheit mal schwimmen lernen«, meinte Smiley. »Ist gar nicht so schwer.«

Bevor ich ihn anschreien konnte, war er weg. Ich hing an dem festgekeilten Schwemmholz und fühlte, wie die Strömung an mir zerrte und die letzte Kraft aus meinen Armen schwand.

»Jetzt!«, rief Smiley.

Ich sah etwas fuchteln, ließ das Holz los und griff nach dem Arm. Smiley packte mich und zog mich hoch. Meine Füße gewannen Halt, meine freie Hand ertastete einen kleinen Vorsprung. Schwimmen konnte ich nicht, aber das mit dem Klettern bekam ich hin. Von Edy gelernt, dachte ich und fühlte einen Stich im Herz.

Ein letzter Ruck, und der Schwung trug mich auf die Felsplatte über dem Wasser. Es klickte. Ein schwaches Licht leuchtete einen Teil der Höhle aus, in der wir uns befanden. »Spezialtaschenlampe«, murmelte Smiley. »Miniausgabe. Hatte so ein Gefühl, dass wir sie brauchen würden.«

»Wo hast du denn die her?«, krächzte ich.

»Gehört den Jägern«, sagte er. »Ich bring sie zurück, wenn wir sie nicht mehr brauchen.«

Ich wusste, dass er das tun würde. Smiley klaute nicht. Nie.

Wir hörten die Suchtrupps mit ihren Hunden und ich

begriff, weshalb mich Smiley nicht ans Ufer gebracht hatte. Die Hunde hätten unsere Spur aufgenommen und uns in kurzer Zeit gefunden.

»Das kann dauern.« Smiley lehnte sich an den Fels und streckte die Beine aus. »Erzähl mir von Sina.«

»Woher weißt du von ihr?«, fragte ich verwirrt.

Mehr als vier Wochen war ich bei ihm gewesen und hatte nie über meine Schwester gesprochen. Wenn ich richtig darüber nachdachte, hatte ich noch nie mit jemandem über sie gesprochen. Außer mit Edy.

»Ich war auch in der Hütte«, erinnerte mich Smiley.

Ich erzählte ihm von Sinas dunklen Wuschelhaaren, durch die ich so gerne mit meinen Händen gefahren war. Von ihren riesigen Kohleaugen, in denen ich versinken konnte. Von ihrer Narbe am Kinn, die sie sich bei einem Sturz von der Schaukel geholt hatte, an dem Mutter mir die Schuld gegeben hatte. Von Sinas Teddybär, ohne den sie nie schlafen ging. Von ihren neugierigen Fragen, die ich nicht beantworten konnte, weil ich nicht wusste, warum der Himmel blau war und warum zu anderen Kindern der Weihnachtsmann kam, aber zu uns nicht. Wie ich eine Antwort auf die Weihnachtsmannfrage erfunden hatte. Davon, wie sie manchmal zu mir ins Bett kroch, als wir noch bei Mutter wohnten, und sich an mich kuschelte, weil Mutter im Wohnzimmer mal wieder einen Typen anschrie, den wir nicht kannten. Ich erinnerte mich, wie sie roch, und dass ich mich gefragt hatte, ob alle kleinen Kinder so rochen und ob ich auch so gerochen hatte. Ich laberte und laberte und laberte wie Smiley an einem guten Tag.

Schwieriger wurde es, als Smiley mich nach dem schwarzen Mann fragte. »Wer war er eigentlich?«, wollte er wissen.

»Unser Pflegevater. Pfarrer. Immer in Schwarz. Hat mir Gott ausgetrieben.«

»Gab es auch eine schwarze Frau?«

»So ähnlich. Sie war sein Schatten.«

Und genauso kalt wie ein Schatten. Es gab keine Liebe, wo sie war. Nur Pflicht, Gehorsam und den Gott, den sie mit ihrem Mann teilte.

»Was ist mit euren Eltern?«

»Zwei Väter, eine Mutter. Meinen Vater habe ich nicht gekannt, den meiner Schwester wahrscheinlich schon, aber ich weiß nicht, welcher der Typen es war.«

Ich hatte eine Vermutung. Der sanfte nette Kerl, der versucht hatte, das Gute in unserer Mutter zu sehen. Er wäre der gewesen, den ich mir für Sina gewünscht hätte, aber er war weg, lange bevor sie auf die Welt kam, denn in unserer Mutter war das Gute sehr tief vergraben. So tief, dass der Kerl irgendwann aufgab, es zu suchen, und weiterzog.

Alle denken immer, Mütter haben einen Mutterinstinkt, der sie ihre Kinder lieben lässt. Das stimmt nicht. Es gibt Mütter, denen sind ihre Kinder genauso egal wie den Vätern, die sich aus dem Staub machen und nie wieder zurückschauen. Wir hatten so eine Mutter. Wahrscheinlich hatten wir einfach Pech. Der schwarze Mann sah das anders. Für ihn war das eine Prüfung Gottes.

»Warum denkst du, dass du Sina losgelassen hast?«, wollte Smiley wissen.

»Weil ich sie losgelassen habe«, fuhr ich ihn an. »Ich denke das nicht, ich habe es getan.«

»Wie?«

Nicht. Nicht diese Frage. Nicht dieser Abgrund. Ich presste die Lippen zusammen und schüttelte den Kopf. Mein Kinn zitterte.

»Schon gut«, sagte Smiley leise. »Ist sie noch dort?«

Wo? Dort unten, in der Tiefe?

»Nein.«

»Wo dann?«

Erst jetzt begriff ich, dass Smiley nicht die Tiefe meinte, sondern den schwarzen Mann.

»Weiß nicht. Ich kam ins Heim, nachdem ich sie losgelassen hatte. Da war ich elf. Sie sagten, ich dürfe keinen Kontakt mehr zu ihr haben.«

»Hast du sie gesucht?«

»Nein.«

»Warum nicht?«

Smiley, der Therapeut. Ich hätte ihm vom Unfall erzählen sollen, von den Schuldgefühlen, die mich fertigmachten, davon, dass ich meine Schwester nicht nur losgelassen, sondern auch allein beim schwarzen Mann zurückgelassen hatte. Aber ich schaffte es nicht. Es ging einfach nicht.

Smileys Sensoren funktionierten. Er fragte nicht weiter nach, sondern wollte wissen, was in der Hütte passiert war. Alles brachte ich nicht mehr auf die Reihe. Dazu war es viel zu schnell gegangen. Ich wusste noch, dass ich gekämpft hatte und dass ich gedacht hatte, es hätte mich getroffen und nicht Edy. Und ich erinnerte mich an das viele Blut. Edys Blut.

»Warum hattest du ein Messer in der Hand, als ich in die Hütte kam?«, fragte er.

»Hab mich gewehrt.«

»Aber dir war doch das Messer aus der Hand geschlagen worden, oder nicht?«

»Ich … Ich hatte zwei. Messer, meine ich.«

»Mick! Die haben sich auf dich gestürzt und dich auf den Boden gedrückt. Die hätten dir das zweite Messer auch weggenommen.«

Eine Erinnerung kam zurück. Einer der Typen war auf mein Handgelenk getreten. Bis meine Finger nicht mehr konnten und ich das Messer losließ. Warum hatte ich dann eins in der Hand gehabt, als Smiley und die Frau kamen?

»Etwas Glitschiges«, stieß ich hervor. »Einer hat mir etwas in die Hand gedrückt.«

»Das Messer«, flüsterte Smiley. »Das Messer, mit dem er auf Edy eingestochen hat. Oh, Mann. Da sind jetzt deine Fingerabdrücke drauf.«

Es gibt diese Träume, in denen man den Boden unter den Füßen verliert und abstürzt. Der nächste Boden bremst einen ab, aber er fängt einen nicht auf, sondern gibt nach, und so fällt man von einem Boden zum nächsten, immer tiefer. Ich war mittlerweile so tief unten, dass jeder Boden der letzte sein konnte. Der endgültige. Jener, auf dem man zerschellt. Nur war es kein Traum.

Smiley versuchte, mir Mut zu machen.

»Verena hat Edy nicht sterben lassen. Und vielleicht hat sie das Messer versteckt. Die ist ziemlich clever, die Verena.«

Ich wollte daran glauben. Daran, dass Edy nicht sterben würde. Und dass diese Verena das Messer versteckt hatte.

»Edy ist eine Kämpferin«, sagte ich.

»Ja, das ist sie.« Smiley klang andächtig, als sei Edy schon tot, und mir zitterte wieder das Kinn.

»Erzählst du mir jetzt was?«, bat ich. Bitte, füll mir den Kopf, dachte ich, füll ihn mir, bis ganz oben, bis er so voll ist, dass für die Angst kein Platz bleibt.

Smiley erhörte mein stummes Flehen und legte los. Er erzählte mir von Verena, einer ziemlich schrägen Biobäuerin, von ihrem genialen Apfelkuchen, ihrem Holundersirup, von ihren Heilkräften. Von seinem Großvater, dem verrückten Erfinder, der in einer Hütte am Fluss gelebt hatte, der Hütte, in der Smiley jetzt lebte. Von seiner Mutter, der Träumerin, die in die Welt gezogen war, um zu singen und zu tanzen, von den Postkarten, die sie ihm geschickt hatte, bis hin zu dem Tag, an dem ein übermüdeter Vertreter für Pumpsysteme sie übersehen und überfahren hatte.

»Woher weißt du, dass es ein Vertreter für Pumpsysteme war?«, fragte ich.

»Weil er mir jedes Jahr zu ihrem Todestag einen Brief schreibt. Und weil er für mich ein Bankkonto angelegt hat. Gar kein so übler Kerl.«

Smiley legte den Finger auf den Mund. Bis auf das Rauschen des Flusses wurde es ruhig in der Höhle.

»Man hört schon lange keine Hunde mehr. Könnte bedeuten, dass die Suchtrupps weg sind.« Ich fühlte seine Hand auf meinem Arm. »Ich lass dich jetzt allein. Aber keine Bange. Ich komme zurück. Kann allerdings eine Weile dauern. Lauf mir in der Zwischenzeit bloß nicht weg.«

Irgendwann musste ich ihm erklären, dass seine Witze manchmal einfach nicht witzig waren.

Nachdem er gegangen war, rollte ich mich zusammen und versuchte, meine Augen offen zu halten, obwohl ich in der Dunkelheit sowieso nichts sehen konnte. Mein Kopf leerte sich und es hatte wieder jede Menge Platz für Angst und Bilder. Sie folterten mich, bis Smiley zurückkam.

»Hab ein Boot mitgebracht«, sagte er.

Mich überfiel die schiere Panik. »Kein Boot!«

»Wieso? Willst du schwimmen?«

»Das ist verdammt noch mal nicht lustig!«, brüllte ich ihn an.

»Und ich hab gedacht, ich mach dir mit dem Boot eine Freude.«

Ich tickte völlig aus. »Lass deinen Scheißhumor!«

Smiley richtete seine Lampe auf mich. Geblendet schloss ich die Augen und drehte meinen Kopf zur Seite.

»Ich bleibe hier.«

»Du kannst nicht hierbleiben.« Smiley nahm den Lichtstrahl von mir. »Du hast Angst vor Booten, richtig?«

Ich presste meine Zähne aufeinander und nickte.

»Gut. Hör mir zu! Ich manövriere das Boot direkt unter uns. Du lässt dich einfach hineingleiten und ich mache den Rest. Hast du mich verstanden?«

Ich brachte die Zähne nicht mehr auseinander. Also nickte ich wieder.

»Ich geh voran. Du kommst nach.« Es klang nach einem Befehl, der keinen Widerspruch duldete.

»Und wenn ich es verfehle?«, fragte ich mit zusammengebissenen Zähnen. Smiley verstand mich trotzdem.

»Wirst du nicht. Du hast vorhin auch meinen Arm erwischt und der ist viel kleiner als so ein Boot. Gehört übrigens dem irren Kluser. War das einzige, für das ich nicht an Land gehen musste.«

Er redete, weil er mich beruhigen wollte. Es half nicht. Meine Zähne klebten aneinander fest. Ich bebte.

Als Smiley bereit war, glitt ich vom Felsvorsprung, ohne nach unten zu sehen, landete auf Holz, sackte zusammen und wartete darauf, dass der Boden durchbrach. Er hielt. Ich bebte immer noch. In meinem Kopf kippte das Boot. Sina schrie um Hilfe. Über mir schlug das Wasser zusammen. Ich bekam Sinas Hand zu fassen und strampelte wie wild mit den Beinen. Ich hatte Angst, solche Angst. Und ich hatte keine Luft mehr, denn da war überall nur dunkle nasse Tiefe, die mich zusammendrückte. Mein Mund öffnete sich. Wasser drang ein und mit ihm zusammen die Panik. Ich ließ Sinas Hand los.

Smileys ruhige Stimme holte mich aus meinem Albtraum. »Mick, es ist gut. Alles ist gut. Das Boot wird nicht untergehen.«

Mein Kiefer schmerzte vor Anspannung. Ich zwang meine Zähne auseinander.

»Das Ding wird absaufen.«

»Wird es«, antwortete Smiley. »Irgendwann. Aber nicht heute Nacht. Das verspreche ich dir.«

Ich war weit davon weg, keine Angst mehr zu haben, doch dank Smiley bekam ich sie in den Griff.

Auf dem Fluss war es nicht ganz so dunkel wie unter dem Fels. Der blasse Halbmond gab genügend Licht, um wenigstens die Umrisse der Landschaft sehen zu können.

»Denkst du, die suchen noch nach uns?«, fragte ich.

»Abgebrochen für heute«, antwortete Smiley.

»Woher weißt du das?«

»Ich weiß es nicht. Ich hoffe es einfach. Sonst haben wir nämlich ein Problem.«

Ein Problem? Wir hatten Millionen davon! Ich entschied, nicht darüber nachzudenken. Es brachte nichts. Smiley kannte den Fluss wie kein zweiter. Er wusste, was er tat.

Nach einer Weile zuckte ich nicht mehr bei jeder Bewegung des Bootes zusammen. Ich schaute Smiley zu, wie er uns in Ufernähe flussabwärts steuerte, dicht an riesigen Steinbrocken vorbei, unter Ästen, die weit über das Wasser ragten. Irgendwann muss ich eingeschlafen sein, denn ein Ruck ließ mich hochschrecken.

»Endstation«, sagte Smiley. »Wir gehen an Land.«

Als ich endlich wieder festen Boden unter den Füßen hatte, versagten mir erst einmal die Beine. Smiley schob das Boot zurück in den Fluss. »Wünsch uns, dass es so weit wie möglich treibt und nicht schon ganz in der Nähe hängen bleibt.«

Ich tat ihm den Gefallen, obwohl Wünsche und ich eine ziemlich erfolglose Kombination waren. Smiley half mir hoch und zerrte mich unerbittlich neben sich her. Er schien genau zu wissen, wohin wir gingen. Ich wankte an zerfallenden Gebäuden vorbei bis zu einer abgelegenen Lagerhalle.

»Kennst du eigentlich auch zivilisierte Orte?«, fragte ich.

»Willst du dich beschweren?«

Ich schüttelte den Kopf.

»Na, dann komm«, sagte er.

Das Tor war verriegelt, was mir ziemlich sinnlos vorkam, weil im Fenster neben dem Tor die Scheibe fehlte. Smiley half mir durch die Öffnung. Ich ließ mich ins stockdunkle Innere gleiten. Kurz danach stand Smiley neben mir. »Alles in Ordnung?«, hörte ich ihn fragen und gleich darauf leuchtete ein Licht auf.

»Alles bestens«, sagte ich und klappte zusammen.

Ein paar Minuten später lag ich zwischen Lagerkisten auf einer uralten Matratze. Smiley wickelte mich in eine Decke, als wäre die Halle der Stall von Bethlehem und ich Jesus höchstpersönlich. Das Bild des schwarzen Mannes tauchte vor mir auf, aber nur kurz und verschwommen. Die Dunkelheit verschlang es, bevor ich mich fürchten konnte.

Als ich erwachte, schien die Sonne durch große Fenster. Staub tanzte in den hellen Strahlen. Ich konnte mich kaum bewegen. Mein ganzer Körper schmerzte. Vom Aufprall aufs Wasser, von Smileys harten Griffen, vom unbequemen Lager. Mein Kopf fühlte sich heiß an. Ich glaubte, Stimmen zu hören. In der Ferne bellte ein Hund. Rotorengeräusche eines Helikopters füllten die Luft und dröhnten in meinem Kopf als Echo weiter. Sie mussten die Suche nach uns wieder aufgenommen haben.

»Smiley? Bist du da?«

Es kam keine Antwort. Angst nagte sich durch mich hindurch wie eine gefräßige Maus durch ein Stück Käse. Das Schlimmste war nicht der Gedanke, was mir alles passieren konnte. Gut, das war schlimm, denn obwohl mein Leben nicht wirklich ein Leben war, hatte ich immer noch Schiss vor dem Tod. Viel schlimmer war die Angst um Edy. Die Vorstellung, dass sie gestorben war oder sterben würde, presste meinen Brustkorb zusammen. Jeder Atemzug schmerzte wie die Hölle. Genau dort würde ich hinkommen, wenn ich starb. In die Hölle.

Kurz bevor ich sicher war, in einer sonnendurchfluteten Lagerhalle an Schuldgefühlen und Angst draufzugehen, kam Smiley zurück. »Oh, Scheiße«, flüsterte er. »Du brauchst wirklich Hilfe. Erschrick jetzt bloß nicht. Ich bin nicht allein. Ich habe jemanden mitgebracht.«

25

Klaus P. Niedermeier @KPNiedermeier

@JoJoCan Nun werde mal nicht dramatisch! Niemand hat diese Kriminellen gezwungen, von der Brücke zu springen. Sie hätten sich stellen können.

Das Erste, was ich sah, war eines dieser schreiend bunten Radleroutfits. Darin steckte eine Frau, die viel zu vornehm war für solch verboten grässliche Klamotten. »Ich bin Margot«, stellte sie sich vor.

Ihre Stimme klang wie eine erfrischende Brise. Dazu passten die kühlen Hände, die sich auf meine fiebrig heiße Stirn legten. Ganz anders ihre Augen. Die waren ein tiefes, warmes Braun. Ich muss total von der Rolle gewesen sein, denn ich erinnere mich, dass ich in diesen Augen Vergebung suchte, als ob das in ihrer Macht gestanden hätte.

»Du hast ziemliches Fieber.« Sie streifte ihren Rucksack ab, öffnete ihn und zog eine Flasche heraus. Obwohl ich beim Sprung von der Brücke mindestens eine Jahresration Wasser geschluckt hatte, wurde mir bewusst, wie viel Durst ich hatte. Gierig kippte ich die Flüssigkeit in mich hinein.

»Die Radlerkluft ist Tarnung«, erklärte Smiley. »Sie ist Ärztin.«

Ich setzte die Flasche ab. »Woher hast …«

»Keine Angst, sie ist keine der Doc-Walter-Sorte«, unterbrach mich Smiley. »Sie steht auf unserer Seite.«

Ich hatte nicht gewusst, dass wir eine Seite hatten. Bis jetzt hatte ich geglaubt, es wären Smiley und ich gegen den Rest der Welt.

»Unsere Seite?«, fragte ich.

»Das ist eine lange Geschichte«, antwortete Margot. »Ich denke, erst einmal sollst du wissen, dass Edy den Angriff überlebt hat. Sie wurde ins Krankenhaus am Ring gebracht. Die haben eine der besten …«

In mir öffnete sich eine Schleuse. Es fühlte sich an, als ob ein ganzer Schwall Angst abfloss. Vor lauter Erleichterung hörte ich nicht, was die getarnte Radlerärztin sonst noch sagte. Deshalb erschrak ich ziemlich heftig beim Anblick des komischen Gerätes, mit dem sie mir vor der Nase herumfuchtelte. Dann begann sie auch noch, meinen Körper damit abzuscannen. Um mir nicht anmerken zu lassen, wie viel Furcht mir das einjagte, versuchte ich es mit einem Scherz.

»Halten Sie mich für einen Außerirdischen?«, fragte ich. »Keine Bange, ich …«

»Pssst!«, zischte Smiley.

Ich hielt die Klappe und wartete, bis Margot meinen ganzen Körper gecheckt hatte.

»Sie haben ihn deaktiviert«, sagte sie.

»Wen?« Meine Stimme quietschte ziemlich jämmerlich.

»Den Chip.«

»Da ist nichts«, krächzte ich. »Ich habe keinen Chip in mir drin.«

»Leider doch«, antwortete Margot.

Was sollte das nun wieder bedeuten? Dass ich gleich explodieren würde? Dass ein Ufo landen und mich *nach Hause* zurücktransportieren würde? Es hatte doch gar nichts gepiepst oder sonst wie angeschlagen!

Hilfe suchend schaute ich Smiley an, doch der klebte wie gebannt mit seinen Augen an dem Außerirdischensuchgerät.

»Hast du an medizinischen Versuchen teilgenommen?«, fragte Margot.

Ich verstand nicht, worauf sie hinauswollte, und schwieg.

»In der Klinik Wiesenau?«

Woher wusste sie das? Das hatte ich niemandem erzählt, nicht mal Smiley, weil er mir dafür den Kopf abgebissen hätte. Geld schnorren, Klauen, für Kohle mit Frauen schlafen, das war für ihn zwar nicht okay, aber er legte das bei sich unter *Geht nicht anders* ab. Leute ausrauben oder mit Drogen dealen, um an Geld zu kommen, das ging zum Beispiel gar nicht. Hatte ich auch nie getan, weil das auch für mich nicht ging. »Und halt dich bloß von medizinischen Versuchen fern«, hatte mich Smiley so eindringlich gewarnt, dass ich es nicht gewagt hatte, ihm zu erzählen, dass er mit diesem Rat zu spät kam. Am liebsten hätte ich es auch Margot verschwiegen, weil Smiley neben ihr stand, aber es schien wirklich sehr wichtig zu sein.

»Ja«, antwortete ich und vermied es, Smiley anzusehen.

»Nein«, flüsterte er.

»Verdammt!«, brach es aus mir heraus. »Ich hatte kein Geld mehr und jemand erzählte mir, dass es in dieser Klinik welches gibt, wenn man sich als Versuchskaninchen meldet. Der Test hat nur ein paar Tage gedauert und war gut bezahlt.«

»Warum hast du mir nicht …«

»Das ist die falsche Zeit für Vorwürfe«, fiel Margot Smiley ins Wort. Dann redete sie Klartext mit mir. »Die haben dich belogen. Das waren nicht nur Tests. Die haben dir einen Chip eingesetzt. Dank diesem Chip wissen sie unter anderem, wo du bist. Aber so, wie es aussieht, haben sie ihn deaktiviert.«

An dieser Stelle entschied ich, dass ich es mit einer irren Verschwörungstheoretikerin zu tun hatte. »Das ist nicht möglich«, sagte ich matt.

Es war ein ganz einfacher Versuch gewesen, ein Medikament auf Nebenwirkungen testen, alles unter Aufsicht, bei netten Menschen, Essen und ein Dach zum Schlafen über dem Kopf inbegriffen, plus am Ende eine richtig gute Stange Geld.

»Doch!«, rief Smiley aufgeregt. »Mensch, Mick, das ist es! Deshalb wusste Jakob Linder, auf welcher Straße du unterwegs warst, und deshalb haben die euch in der Hütte gefunden.«

Die Vorstellung, einen Chip im Körper zu haben, mit dem man mich wie einen streunenden Hund orten konnte, war einfach zu verrückt. »Chips unter der Haut spürt man!«, sagte ich.

»Nicht alle«, antwortete Margot. »Es gibt neue, kleinere. Die muss man nicht einmal operativ einpflanzen. Man spritzt sie. Der Chip in deinem Körper existiert mit ziemlicher Sicherheit offiziell gar nicht. Dementsprechend wenig bis nichts weiß man über ihn. Außerdem sind sie praktisch unmöglich nachzuweisen, denn diese Leute deaktivieren die Chips immer, bevor sie euch der Polizei überlassen.«

Diese Leute? Immer? Der Polizei überlassen? Es war, als hätte mich jemand in die Zukunft gebeamt, in eine Welt, die erst noch erfunden werden musste. Für Margot war diese Welt Realität und sogar Smileys Kopf schien sich darin bestens zurechtzufinden. »Wenn der Chip jetzt deaktiviert ist, wissen die also nicht, wo wir sind?«, fragte er.

»Hoffen wir es«, antwortete Margot. »Das sind Profis. Wir sollten also besser so schnell wie möglich von hier verschwinden.«

In diesem Moment klingelte ein Wecker. Margot griff in ihren Rucksack, zog ein Uralthandy heraus und machte dem Klingeln ein Ende. Kein Wecker. Ich war nicht in einem Traum, nie gewesen.

»Wo bist du?«, fragte Margot. Während sie zuhörte, bedeutete sie Smiley, mir auf die Beine zu helfen. »Ja, ist sicher. Kannst kommen.« Sie beendete den Anruf und steckte das Handy zurück in den Rucksack. »Daniel ist in fünf Minuten hier. Ich warte draußen auf ihn.«

Smiley wollte ihr hinterher. Ich hielt ihn zurück. »Was läuft hier?«, fragte ich. »Wer sind die?«

»*Gerechtigkeit für Leon*«, antwortete er. »Verena hat mir Margots Telefonnummer gegeben.«

»*Gerechtigkeit für Leon?*«

»Ist eine Organisation, die Typen wie uns hilft, sagt Verena.«

»Und wie viel weißt du über diese Leute?«

Smiley knetete seine Hände und suchte nach Worten.

Auch wenn ich mich mit Zeichen nicht auskannte, kapierte ich, dass das ein schlechtes war.

»Nicht viel.«

»Wie viel?«

»Nichts.«

Noch ein Boden, der unter mir einbrach.

»Aber Verena weiß eine ganze Menge. Sie hat Internet. Sie kennt sich aus.« Smiley fuchtelte verzweifelt mit den Händen, als könne das etwas erklären. »Mann, du sagst, wir können nicht zu den Bullen. Wir können nirgendwohin. Du bist verletzt. Was hätte ich denn tun sollen? Wir haben doch zu zweit keine Chance.«

Ich begriff, was er alles auf sich genommen hatte und wie viel Kraft ihn das gekostet haben musste. Er hatte mich gerettet. Mehr als einmal. Und ich machte ihm Vorwürfe! Ich schämte mich unendlich.

»Es tut mir leid«, sagte ich.

»Schon gut«, murmelte er verlegen.

Wir hätten beide beinahe geheult. Zum Glück fuhr in diesem Augenblick ein Wagen vor.

26

Levi Xander @LeviTheVoice

Kostbare Dinge, die man nicht kaufen kann: Vertrauen

#kostbareDinge

Margot kam mit einem Typen zurück, der aussah, als hätte er sich zu viele Hip-Hop-Videoclips reingezogen. »Das ist Daniel«, stellte sie ihn vor.

Smiley zog den Kopf ein wie eine Schildkröte. Ich war zu erschlagen für irgendeine Reaktion.

»Alle reden von eurem Sprung«, sagte er in einem Tonfall, der nicht verriet, was er davon hielt, und drückte Smiley und mir eine Tüte in die Hand. »Eure Klamotten.«

Margot warf einen Blick auf ihre Uhr. »Sobald ihr euch umgezogen habt, fährt euch Daniel zu mir in die Praxis.«

»Kommst du nicht mit uns?«, fragte Smiley.

»Das wäre zu gefährlich. Wir fahren immer getrennt.« In einer vertraulichen Geste legte sie Daniel die Hand auf die Schulter. »Pass mir gut auf die beiden auf, ja?«

Er nickte einmal kurz und wandte sich dann uns zu. »Dann wollen wir mal.«

Ich wollte gar nichts. Außer abhauen. Aber dafür war es zu spät.

»Was ist?«, fragte Daniel.

»Nichts.« Ich kippte die Klamotten aus der Tüte auf die

Kiste. Schwarze Trainingshosen mit weißen Streifen, ein giftgrünes T-Shirt mit irgendeinem Labelaufdruck, grellbunte Markenturnschuhe und eine Baseballmütze. »Das zieh ich nicht an.«

Daniel zeigte keine Regung. »Ein Bild von dir samt genauer Beschreibung deiner Kleidung war in jeder Zeitung abgedruckt. Wenn du nicht willst, dass man dich erkennt, ziehst du das Zeug an und setzt dir die Mütze auf, am besten tief ins Gesicht gezogen.«

Ich kapitulierte.

Smiley, dem es sonst egal schien, was er trug, stöhnte leise vor sich hin. »Hopper-Klamotten. Ausgerechnet.«

Ich stopfte meine Sachen samt Springern in die Tüte. »Die nehm ich mit.«

»Wie du willst.« Daniel zuckte mit den Schultern.

Auch Smiley packte seine Kleider ein.

»Können wir?«, fragte Daniel.

Smiley und ich gingen hinter ihm her wie zwei Verurteilte. Wortlos stiegen wir hinten in den Wagen und auch während der Fahrt redete keiner, nicht einmal Smiley. Das machte mir echt Angst. Es musste eine Million Witze über Hopper geben, aber Smiley blieb stumm.

»Sag was«, bat ich.

»Achtzehn Meter«, krächzte er. »Wir hätten draufgehen können. Dann würden wir nun irgendwo da oben mit ein paar abgefahrenen Engeln Poker spielen statt hoppermäßig durch die Landschaft zu karren.«

Ihm zuliebe verzog ich meinen Mund zu so was wie einem Lächeln. Den Rest der Fahrt schwiegen wir. Ich schaute aus dem Fenster und sah Industriebauten an mir vorbeiziehen. Die Straßen wurden breiter, der Verkehr dichter, Wohnblocks lösten die Industriebauten ab und irgendwann fuhren wir in das Zentrum einer Stadt. Sie kam mir bekannt vor, doch ich hätte nicht sagen können, welche es war.

Daniel machte die Musik an. Ein fetter Beat brachte meine Magenwände zum Vibrieren. Ein Typ rappte etwas über *dirty bitches*, den melodiösen Refrain sang eine Frau, wahrscheinlich die *dirty bitch.*

Ich versuchte, nicht hinzuhören, und beobachtete Daniel von der Seite. Er wirkte angespannt, aber nicht nervös. Seine Bewegungen waren ruhig und überlegt. Einer, der wusste, was er tat und warum er es tat. Die Hopper, die ich getroffen hatte, hatten alle diese leicht fahrigen Bewegungen drauf, so ein nervöses Dauergetue. Es passte nicht. Irgendetwas stimmte nicht mit Daniel. Vielleicht war es der Blickwinkel auf ihn, schräg von hinten nach vorn, genauso wie in den Bullenautos, in denen ich gesessen hatte, der mich einen Moment lang an einen Bullen denken ließ. Schnell schüttelte ich den Gedanken ab. Der Typ riskierte gerade eine ganze Menge, indem er uns durch die Gegend fuhr.

Am Rand der Altstadt bog Daniel in eine Einfahrt mit einem hohen, schmiedeeisernen Tor, das sich wie von Geisterhand öffnete, als wir darauf zufuhren. Ich erhaschte einen Blick auf ein Messingschild. *Arztpraxis* stand drauf, plus ein Name, für den die Zeit zum Lesen fehlte.

Daniel parkte den Wagen direkt vor der Tür. Von meinem Rücksitz aus konnte ich nicht das ganze Gebäude sehen, aber es war genug, um zu erkennen, dass es seit mindestens dreihundert Jahren an diesem Ort stand und jede Menge Würde und Stil hatte. Ein Haus für Reiche. Das letzte Mal, als mich ein Doc in so einem Haus verarztet hatte, war danach die Hölle über mich hereingebrochen.

Schwerfällig wuchtete ich mich aus dem Wagen. Sofort nahm mich Daniel am Arm. Sein Griff war fest und bestimmt. Instinktiv versuchte ich, mich ihm zu entziehen. »Alles okay, Kumpel«, beruhigte er mich, und so, wie er es sagte, klang es nach der Wahrheit. Ich wurde nicht schlau aus ihm und beschloss, auf der Hut zu bleiben.

»Ich mach das«, erklärte Smiley entschieden. »Du kannst ihn loslassen.«

Auch Smileys Griff war fest, aber auf eine andere Art. Ich brauchte eine Weile, bis ich begriff, woran es lag: Ich vertraute ihm.

Kurz bevor wir das Haus erreichten, öffnete Margot die Tür. Sie hatte den Radlerdress durch eine elegante Hose und eine Bluse ersetzt. Die Kleider passten perfekt zu ihr und dem Haus: edel, aber nicht protzig.

»Kommt herein.« Sie trat beiseite.

Smiley manövrierte mich an ihr vorbei.

»Wow«, flüsterte er ehrfurchtsvoll.

Der mit sichtbar teuren Teppichen belegte Dielenboden sah frisch poliert aus und roch auch so. Auf antiken Kommoden und Tischen standen Blumenvasen und an den Wänden hingen gemalte Porträts irgendwelcher Leute, wahrscheinlich Margots Ahnengalerie, alles beleuchtet von hellem Sonnenlicht, das durch große Fenster hereinflutete.

Wir folgten Margot zu einer schlichten Tür am Ende des

Ganges und betraten eine Praxis, wie ich sie noch nie gesehen hatte. Nicht kühl und abweisend, sondern irgendwie warm. Ich wusste nicht, wie man so etwas hinbekam, hätte auch nicht genau sagen können, woran es lag, aber ich konnte mir vorstellen, dass Margots Patienten gerne zu ihr kamen.

Smiley deponierte mich in einem alten Ledersessel und steuerte direkt auf das Skelett in der Ecke zu. Margot wechselte leise ein paar Worte mit Daniel. Mein Blick blieb an einem Schwarz-Weiß-Foto hängen, das nicht zu den Porträts im Gang passte, auch nicht zu der Wärme in dem Haus. Es war das Bild eines Typen, ungefähr in meinem Alter. Auf den ersten Blick sah er aus wie ein Student, nette Kleidung, nette Frisur, nettes Lächeln. Aber die Augen waren die eines Menschen, der auf der Kante stand und in einen furchterregenden Schlund blickte. Ich fragte mich, wie es in diesem Schlund aussah. Welche Monster darin wohnten. Margots Stimme holte mich aus den Augen des Typen zurück in ihr Praxiszimmer.

»Das ist Leon. Alles in Ordnung mit dir?«

Ich nickte.

Sie zeigte auf eine Kabine mit einem weinroten Vorhang und befahl mir, Hose und T-Shirt auszuziehen.

»Nicht nötig«, sagte ich schnell. »Es reicht, wenn Sie sich das Bein ansehen.«

»Tu, was sie sagt«, meldete sich Smiley, der dabei war, das Skelett in seine Bestandteile zu zerlegen, wobei er die einzelnen Teile sorgfältig auf der freien Fläche eines riesigen Arbeitstisches anordnete. »Die Klamotten stehen dir sowieso nicht.«

Ich zögerte.

»Er ist mein Sohn«, sagte Margot.

Ein paar wirre Sekunden lang dachte ich, sie spreche von Smiley, doch dann wurde mir klar, dass sie den Jungen auf dem Foto meinte.

Gerechtigkeit für Leon, hörte ich Smiley in meinem Kopf sagen. Ich begann zu ahnen, warum diese Frau ihren Ruf und ihre berufliche Existenz riskierte, um zwei kriminellen Ausreißern den Arsch zu retten, und zum ersten Mal begann ich, so etwas wie Vertrauen in sie zu fassen.

27

Walter T. @Eidgenoss

@JoJoCan Haltet endlich die Klappe, ihr Sozialromantiker. Zwei Kriminelle weniger. Gut so.

Ich zog mich aus und stellte fest, dass nicht nur mein Bein einen Arzt brauchte. Zu den Wunden, die ich mir beim Zusammenstoß mit Jakes Jaguar geholt hatte, waren die Spuren des Kampfes mit Jakes Männern und vom Sprung von der Brücke hinzugekommen. Ziemlich wacklig trat ich aus der Kabine und legte mich mithilfe von Margot auf die Liege. Während ich mich ausgezogen hatte, war sie in einen Arztkittel geschlüpft und hatte sich Handschuhe übergezogen. Im Gegensatz zu Jake und Doc Walter schockte sie der Anblick meines Körpers sichtlich.

»*Purgatorium*«, las sie. »Du kannst Latein?«

»Dieses eine Wort«, sagte ich. »Und noch ein paar unwichtige, die ich aus *Asterix und Obelix* kenne, aber ich hatte keine Lust auf ein AVE auf meinem Oberarm.«

Margot grinste etwas schief. »Ich fange dann mal an.« Vorsichtig untersuchte sie die Schürfungen, Prellungen und Quetschungen an meinem Oberkörper. Als sie bei meinen Armen anlangte, entdeckte sie das *I'm in hell* über der Narbe an meinem Handgelenk. »Bist du da irgendwann wieder rausgekommen?«, fragte sie leise. »Aus der Hölle?«

»Denke schon.« Ich starrte auf die verblichenen Buchstaben. »Aber seit ein paar Tagen stecke ich wieder mittendrin.«

Sie nickte. »Und du verstehst nicht, warum.«

»Weil ich ein ziemlich kaputter Typ bin?«

Plötzlich wirkte sie furchtbar traurig. »Wie kaputt du bist, weiß ich nicht. Wir sind ja alle auf irgendeine Art kaputt.«

In ihren Augen standen Tränen. Mir wurde klar, dass sie von ihrem Sohn sprach. Keine Ahnung, wieso einer kaputt war, der in so einem Haus wohnte, bei so einer Frau.

»Du bist mittendrin, weil jemand entschieden hat, dass du da drin sein sollst.«

»Kommen Sie mir jetzt nicht mit Gott«, bat ich sie. »Und dass Sie mich retten wollen und der ganze Scheiß. Das hat schon mal einer gesagt.«

Dieser Eine war der Grund, weshalb ich das lateinische Wort für Fegefeuer kannte. Beim Versuch, den Teufel aus mir hinauszuprügeln, hatte er das Wort immer und immer und immer wieder von sich gegeben. Und jetzt schmorte er hoffentlich darin. Für alle Zeiten.

»Nein, Gott hat damit nichts zu tun.«

Immerhin. Nach all dem Verschwörungskram in der Lagerhalle hätte so eine Gott-bestraft-dich-Kiste mir den Rest gegeben.

»Wer dann?«, fragte ich.

»Schon mal was vom *Bund für eine tatkräftige Nation* gehört?«, fragte Margot. »Dem BtN?«

Ich schüttelte den Kopf. Mit Bünden und tatkräftigen Nationen hatte ich nichts am Hut.

Margot begann, den Verband von meinem Bein zu lösen. »Die Mitglieder sind einflussreiche Vertreter aus Politik und Wirtschaft. Sie plädieren für mehr Leistung, mehr Eigenverantwortung und weniger Staat.«

»Das tun doch heute fast alle«, rief Smiley aus seiner Ecke.

»Ja, das tun viele, aber zurzeit niemand so intensiv wie der BtN.«

»Sind ziemlich krank, diese Leute, findet ihr nicht?«, fragte Smiley. »Wollen mehr Gesetze für andere und keine für sich.«

»Leider denken die meisten nicht wie du.« Margot seufzte. »Manche scheinen überhaupt nicht zu denken.«

Sie schaute sich meine Wunde an und unterbrach ihre Behandlung, um ein beeindruckendes Arsenal an Verarztungsmaterial zu holen. Ich entschied, nicht hinzugucken, als sie sich an die Wunde an meinem Bein machte, sondern konzentrierte mich auf das, was sie sagte, um den Schmerz wenigstens teilweise auszublenden.

»Seit knapp zwei Jahren läuft eine unglaubliche Hetzjagd gegen jugendliche Alternative, Außenseiter und Obdachlose oder, anders gesagt, gegen alles, was nicht der Norm entspricht.«

Willkommen in meiner Welt, dachte ich, hielt jedoch meinen Mund. Ich hatte das Foto ihres Sohnes gesehen, den Schmerz in ihren Augen. Vielleicht wusste sie mehr über diese Welt, als ich auch nur ahnen konnte.

»Diese Jagd wird ganz geschickt orchestriert. Unter anderem von Mitgliedern vom BtN.«

»Diesem komischen Bund?«

»Ja. Ihr Sprecher Klaus Peter Niedermeier fährt eine sehr aggressive Medienkampagne.«

»Warum tun sie das?«, fragte Smiley.

»Damit schüren sie die Vorurteile gegenüber einer Bevölkerungsgruppe, die sogenannten rechtschaffenen Bürgern ein Dorn im Auge ist. So lange, bis die Situation eskaliert. In dieser aufgeladenen Stimmung fallen dann Rufe nach Repression, strengeren Gesetzen und härteren Maßnahmen auf einen fruchtbaren Boden. Das ist ganz im Sinne dieses Bundes, genau das, was er anstrebt.«

Ich dachte an die verschärften Kontrollen, daran, wie man mich und andere aus unserer Szene von öffentlichen Plätzen verwiesen hatte, zuerst von Bahnhöfen, dann aus Fußgängerzonen, aus Parks, bis wir uns am Ende fragten, wo wir uns überhaupt noch aufhalten konnten. Ich erinnerte mich daran, wie ich angepöbelt, angerempelt und angespuckt worden war. Von Menschen, die glaubten, sie hätten ein Recht dazu, weil wir für sie schmarotzender Abfall waren. »Das ist alles nichts Neues«, sagte ich zu Margot.

»Nein, neu ist es nicht, aber das Ganze hat an Intensität gewonnen.«

Ein höllischer Schmerz fuhr durch mein Bein. Ich stöhnte laut. Margot hörte sofort auf. »Ich gebe dir besser etwas gegen die Schmerzen, bevor ich weitermache.«

Smiley kam aus seiner Ecke, schaute sich mein Bein an und wurde ziemlich blass um die Nase.

Margot schob ihn sachte beiseite. »Ich wäre froh, wenn du mein Skelett wieder zusammensetzen würdest.«

Sie hielt eine Spritze in die Höhe und klopfte dagegen.

Ohne seinen Blick von dem Ding zu nehmen, trat Smiley den Rückzug an. Bevor Margot mir die Spritze setzte, wandte er schnell seinen Blick ab. Ich fühlte den Einstich und gleich danach die Flüssigkeit, die unter meine Haut drang.

»Dieser Bund macht also Stimmung gegen Leute wie mich«, sagte ich. »Von uns gibt es viele. Wie und warum bin ausgerechnet ich da mittendrin?«

»Du bist nicht alleine mittendrin. Es gibt noch andere, aber bevor ich dir von ihnen erzähle, möchte ich dir erklären, was du damit zu tun hast. Beim BtN gibt es einen Kern an Leuten, die Beziehungen zu extremen geheimen Gruppierungen unterhält. Du bist ihr neuster Trigger.«

Ich hatte beinahe vergessen, dass diese nette, elegante Ärztin, die mir gerade auf sanfteste Art einen neuen Verband ums Bein wickelte, einen Hang zu Verschwörungstheorien hatte.

»Ich bin was?«

»Ein Trigger.«

»Was ist das?«

»Ein Auslöser.«

Deaktivierte Chips, ein irrer Bund, geheime Gruppierungen, Trigger. Möglich, dass sie glaubte, was sie mir da erzählte. Ich wollte nicht mehr darüber wissen. Mein Leben war auch ohne all diesen Kram kompliziert genug. Ich setzte mich auf und schwang die Beine über die Kante der Liege.

»Hast du in letzter Zeit ab und zu Zeitung gelesen?«, fragte Margot.

Mal abgesehen von dem Artikel über die ganze Linder-Geschichte nicht. Ich schüttelte den Kopf. »Dein Fall macht Schlagzeilen. Er heizt die Stimmung im Land weiter an und ich fürchte, sie könnte explodieren.«

Nun sollte ich also auch noch an der Explosion eines ganzen Landes schuld sein? Nein! Was zu viel war, war zu viel! Ich setzte meine Füße auf dem Boden auf.

»Wenn ich du wäre, würde ich damit noch warten.«

Ich wartete nicht. Das war keine gute Idee. Meine Beine verweigerten ihren Dienst. Vorsichtig legte ich mich wieder hin. Damit war ich Margots Theorien hilflos ausgeliefert.

»Diese geheimen Gruppierungen wirken als Brandbeschleuniger, indem sie Ereignisse provozieren und manipulieren. Sie zetteln Auseinandersetzungen an und verursachen Schäden, für die man dann jugendliche Außenseiter verantwortlich macht.«

Wenn ich das richtig verstanden hatte, verwechselte Margot da etwas. »Dann sind diese Gruppierungen die Auslöser, nicht die jugendlichen Außenseiter oder ich!«, sagte ich.

»Im Grunde hast du recht«, stimmte Margot mir zu. »Nur erfährt das niemand, weil sie es so aussehen lassen, als hätten die anderen angefangen. Der BtN greift diese Ereignisse auf und fordert in den Medien eine härtere Gangart. Bei den Triggern, von denen ich spreche, geht es jedoch um etwas anderes, noch viel Schlimmeres.«

»Darf ich es erklären?«, meldete Smiley sich aufgeregt. »Ich glaube nämlich, ich hab's begriffen.«

»Da bin ich mal gespannt«, meinte Margot.

»Sie schieben Leuten wie uns Verbrechen unter. Sie lassen Unschuldige in den Knast wandern. Das ist es doch, oder?« Er wartete gar nicht ab, ob er recht hatte, so sicher war er. »Oh, Mann. Dann stimmt es wirklich, was man sich erzählt. All diese Geschichten über Leute, die gelinkt worden sind. Das sind Trigger!«

Man erzählt sich Dinge. Genau das hatte er mir gesagt. Ich hatte ihm nichts davon geglaubt. Für Margot waren diese Dinge Realität. »Ich fürchte, das stimmt. Es begann mit Diebstählen, ging dann über zu Sachbeschädigungen und Einbrüchen und am Ende kam Körperverletzung dazu, auch schwere. Immer blieb Beweismaterial zurück, das auf Leute am Rande der Gesellschaft schließen ließ. Sie wurden alle verhaftet, die meisten sitzen im Gefängnis. Wir nennen sie Trigger, weil jeder dieser Fälle eine riesige Welle der Entrüstung auslöste. Organisationen wie der BtN und politische Parteien aus dem rechtskonservativen Lager profitieren von der Empörung und nutzen sie für sich und ihre Ziele. Der Mord an Isabella Linder ist die neuste Eskalationsstufe.«

Ich kapierte zwar in etwa, wovon sie redete, in den Schädel wollte es mir trotzdem nicht. Es konnte doch kein Ziel sein, ein Land explodieren zu lassen! Das ergab nun wirklich keinen Sinn.

»Für mich klingt das wie eine Revolution der Anzugträger«, sagte ich. »Was hätten die denn davon?«

»Einfluss. Macht. Die Möglichkeit, den politischen Kurs eines Landes zu ändern.«

Margot und ihre Leute mussten sich da in etwas verrannt haben. Ich ahnte den Grund dafür. »War Leon auch ein Trigger?«, fragte ich.

Margot wusste, worauf die Frage hinauslief. Ich sah es ihr an. Sie wich ihr trotzdem nicht aus. »Ja, Leon war ein Trigger, einer der ersten.«

Darum ging es also. Margot war eine Mutter, die nicht damit klarkam, dass ihr Sohn über die Kante gegangen war. Aus was für Gründen auch immer. Und nun bastelte sie sich aus ein paar Verschwörungselementen eine Entschuldigung für ihn zusammen.

»Es ist nicht, wie du denkst«, sagte sie. »Ich weiß, warum Leon abgestürzt ist. Ich bin niemand, der beschönigt, und ich gehöre nicht zu den Müttern, die behaupten, ihr Kind würde nie etwas Schlechtes tun. Dazu kenne ich das Leben zu gut. Leon ist kein unschuldiger junger Mann, er war sogar am Tatort, aber das, was ihm die Polizei vorwirft, hat er nicht getan. Deshalb habe ich die Bewegung *Gerechtigkeit für Leon* gegründet. Wir sind dabei auf weitere Fälle wie seinen gestoßen und …«

Bevor sie mir nun auch noch alles über diese Leon-Gruppe erzählte, unterbrach ich sie.

»Ich bin also der neuste Trigger. Ich war am Tatort, weil jemand wollte, dass ich dort war. Habe ich das richtig verstanden?«

»Wir sind ziemlich sicher. Jakob Linder ist Mitglied beim BtN, er ist Verwaltungsratspräsident der Klinik Wiesenau, in der du an einem medizinischen Versuch teilgenommen hast, und er leitet die Firma des Exmannes seiner ermordeten Frau, eine Hightechfirma, in der unter anderem Chips hergestellt werden.«

»Diese Dinger, von denen Sie glauben, ich habe einen in mir?«

»Es passt alles zusammen. Sämtliche Beschuldigten, die unsere Bewegung für unschuldig hält, sind tatsächlich an den Tatorten gewesen. Das hat uns stutzig gemacht. Wir haben herausgefunden, dass jeder dieser Beschuldigten an medizinischen Versuchen der Klinik Wiesenau teilgenommen hat. Mit großer Wahrscheinlichkeit hat man ihnen dort Chips eingesetzt, mit denen sie jederzeit lokalisiert werden konnten, denn wer immer den Beschuldigten die Taten angehängt hat, wusste genau, wo sie sich aufhielten oder aufgehalten hatten.«

Auf eine total kranke Art passte alles zusammen. Ich war der perfekte Außenseiter. Jake hatte gewusst, wo er mich ohne Zeugen anfahren konnte. Ich war am Tatort gewesen. Es gab jede Menge Beweise gegen mich. Ich war unschuldig.

»Sie meinen wirklich, ein paar durchgeknallte Typen mit einem ziemlich schrägen Blickwinkel auf die Welt können ungestört Verbrechen begehen, für die man sie nie drankriegen wird?«, fragte ich fassungslos. »Bis hin zum Mord?«

»Ja.« Die Art, wie sie das sagte, ließ mich frieren. »In vielen Fällen geht es nicht nur um das Spiel mit dem Feuer, sondern es steckt handfestes Eigeninteresse dahinter.«

Das konnte sie laut sagen. Ich glaubte nicht, dass es Jake interessierte, ob das Land explodierte oder nicht. Er musste einfach ein paar Leute loswerden. Wie praktisch, wenn man da gleich eine geheime Truppe an der Hand hatte, die das erledigte. Jakes Männer! In mir stieg die Wut auf. Ich steckte in der Scheiße, weil da etwas lief, das man schon längst hätte bremsen müssen. »Sie hätten zur Polizei gehen sollen!«

»Was meinst du, was wir getan haben?« Margot packte die Schale mit all dem gruseligen Abfall, der nach meiner Behandlung zurückgeblieben war, und trug sie hinüber zu einer Ablagefläche. In einer müden Bewegung streifte sie ihre Handschuhe ab. »Die haben mir nicht geglaubt. Nicht ohne Beweise. Ich bin für die eine Mutter, die nicht akzeptieren kann, dass ihr Sohn ein Krimineller ist. Eine Spinnerin, die eine ganze Bewegung gründet und damit an die Öffentlichkeit geht. Für die Leute da draußen sind wir Verschwörungstheoretiker. Oder linke Sozialromantiker. Oder beides.«

Mit solchen Zuweisungen konnte man alles abwürgen. Solange eine Mehrheit diese Begriffe übernahm und daran glaubte, würde niemand hinschauen und niemand etwas untersuchen. So funktionierte die Welt. Die Leute wollten ihren Frieden. Ihre Ordnung. Alles andere störte. Das wusste ich aus Erfahrung. Aber ich war ein Freak. Margot war Ärztin. Wenn es ihr nicht gelang, andere zu überzeugen, sah es sehr schlecht für mich aus. Mir würde niemand glauben.

»Kann ich etwas zu trinken haben?«, fragte ich.

Margot brachte mir ein Glas Wasser.

»Du und Smiley, ihr könntet uns helfen.«

Sie musste mächtig verzweifelt sein, wenn sie ausgerechnet auf Smiley und mich setzen wollte.

Ich griff nach dem Glas und leerte es in einem Zug.

»Smiley sagt, Edy könnte für euch aussagen. Sie auf unserer Seite zu haben, würde uns einen entscheidenden Schritt weiterbringen.«

Für Edy gab es genau zwei Seiten. Das Leben oder den

Tod. Dort, wo sie jetzt war, existierte *unsere Seite* nicht. Und wenn alles stimmte, was Margot mir die letzten paar Minuten erzählt hatte, lagen ihre Überlebenschancen irgendwo in der Gegend von Null. Jakes Männer hatten Kontakte zu Leuten, die bestens in unser System integriert und über jeden Verdacht erhaben waren. Wie hatte Margot so schön gesagt? *Einflussreiche Vertreter aus Politik und Wirtschaft.* Damit konnte sich Jakes Privattruppe ganz leicht Zugang zu Edys Krankenzimmer verschaffen und …

Ich schwang mich so schnell von der Liege, dass mein Körper gar keine Zeit hatte, unter mir wegzubrechen. Er durfte einfach nicht! Ich musste ins Krankenhaus. Sofort. Margot fing mich ab.

»Sie ist im Krankenhaus nicht sicher!«, schrie ich.

»Beruhige dich! Einer unserer Leute ist dort und passt auf sie auf.« Margot drückte mich in den Ledersessel. Ich wollte sofort wieder aufstehen, aber bevor ich dazu kam, wurde die Tür aufgerissen und Daniel stürmte in die Praxis. »Wir bekommen Besuch.«

Er blieb nicht stehen, sondern lief direkt auf einen Schrank zu. »Nimm deinen Kumpel und dann verschwinde mit ihm hier rein!«, befahl er Smiley.

»Durch den Schrank«, sagte Margot. »Treppe runter. Der Schlüssel ist in der Vertiefung auf der linken Seite.«

Smiley schnappte sich meine Kleider und mich. Margot entsorgte die verräterischen Spuren meiner Behandlung. Daniel checkte, ob auch wirklich nichts mehr da war, das uns verraten hätte. Es war das totale Chaos. Und die ganze Zeit fragte ich mich, was es bringen sollte, wenn wir uns wie Kinder in einem Schrank versteckten.

28

Nuria @Nuria

Das haben sie nicht verdient. **#Brückenspringer #no_way_out**

Der Schrank war nicht einfach ein Schrank. Hinter der Rückwand befand sich ein geheimer Durchgang. So was kannte ich nur aus Filmen. Es in echt zu erleben, war total irr. Irgendwie unwirklich. Bevor wir erkennen konnten, wo wir waren, schob Daniel die Rückwand wieder vor die Öffnung. Es wurde dunkel.

»Nicht bewegen«, flüsterte Smiley.

Einen Augenblick später leuchtete das Licht seiner Minilampe auf. Wir standen in einem winzigen, fensterlosen Flur. Eine unebene steinerne Treppe führte nach unten zu einer alten Holztür.

»Ich glaub's nicht!« Smiley schüttelte den Kopf wie ein nasser Hund. »Das ist jetzt nicht wahr, oder?«

Wir waren zu zweit. Wir sahen dasselbe. Also musste es wahr sein.

Margot hatte etwas von einem Schlüssel in einer Nische gesagt. Smiley drückte mir die Lampe in die Hand und tastete sich an der Wand entlang nach unten.

»Hab ihn!«, sagte er leise.

Er öffnete die Tür und ließ den Lichtstrahl durch den Raum gleiten. Das war mehr als ein Versteck. Das war eine

Art Wohnung, mit allem, was man brauchte, um für eine Weile unterzutauchen.

Smiley legte den Finger auf den Mund und deutete auf eins der beiden Kajütenbetten. Ich nickte und legte mich ins untere Bett. Smiley schloss die Tür ab, kletterte ins obere Bett und machte die Lampe aus.

Über uns waren Schritte und ab und zu gedämpfte Stimmen zu hören. Einmal lachte jemand. Dann entfernten sich die Schritte und es wurde still.

»Glaubst du, dass sie weg sind?«, fragte Smiley.

»Keine Ahnung«, antwortete ich leise, »aber lass uns noch etwas warten.«

Es war ein anderes Warten als in der Felshöhle über dem Fluss. Dort war es zwar kalt, nass und unbequem gewesen, aber sicher. Hier konnten jederzeit die Bullen den Raum stürmen. Ich lag im Dunkeln, mit einer beinahe nicht auszuhaltenden Angst und einem Chaos an Wörtern, Bildern und Gerüchen in meinem Kopf. Ich roch den Tod im Zimmer von Jakes Lady, die Creme, die ich Edy vorsichtig auf ihre Stiche aufgetragen hatte, ihr Blut, als sie am Boden lag. Ich sah Jake, der wie ein Puppenspieler die Fäden zog und dabei laut lachte. An einem der Fäden hing ein Messer mit meinen Fingerabdrücken, an einem anderen ein Richter, der wie ein Wackelfigürchen mit dem Kopf nickte, und laut *Schuldig* sagte. Am kürzesten Faden baumelte Edy. Jake nahm eine Schere und durchschnitt den Strang. Aus seinem grinsenden Mund stieg in einer Sprechblase ein »Ups!«.

Es klopfte. Außerhalb meines Kopfs. An der Tür. In meinem Kopf explodierte das Land und ich war schuld.

»Ich bin's. Margot.«

Weder Smiley noch ich gaben einen Laut von uns.

»Es ist alles in Ordnung. Die Polizei war hier, ist aber wieder weg.«

»Soll ich aufmachen?«, flüsterte Smiley.

Woher sollte ich das wissen? Ich war achtzehn Millimeter vom Durchdrehen entfernt. Da fällte ich besser keine Entscheidungen.

»Mick!«

»Du bist doch der Experte im Vertrauen«, krächzte ich.

»Jungs?«, drang die Stimme durch die Tür.

»Scheiße!«, murmelte Smiley.

Er knipste seine Lampe an und ging zur Tür. Es dauerte eine Weile, bis er sie entriegelt hatte. Ich schloss die Augen wie damals als Kind. Natürlich hatte es nie funktioniert. Man wurde nicht unsichtbar, nur weil man die anderen nicht sehen konnte. Die Dinge geschahen, ob man sie sah oder nicht.

Ich konnte den schwarzen Mann fühlen, wie er ins Zimmer kam. Wie er das Licht anmachte. Wie die Adern an seinen Schläfen pulsierten, der Mund sich zu einem dunklen Schlund öffnete, aus dem der schwarze Mann Bibelzitate spuckte, bis sein Gesicht knallrot angelaufen war und aus den Mundwinkeln der Speichel lief. Nach dem letzten Zitat schloss sich der Schlund, knochige Finger griffen nach mir, sehnige Arme zerrten mich aus dem Bett, drückten mich auf die Knie. So musste ich verharren, den schwarzen Mann in meinem Rücken, und aus der Bibel lesen. Abend für Abend. Je nachdem, was ich in den Augen des schwarzen Mannes falsch gemacht hatte, dauerte dieses Lesen stundenlang. Manchmal konnte ich die Pisse nicht halten, und dann holte er mit dem Gürtel aus, schlug ihn hart auf meinen Rücken und ich musste noch länger lesen. Bis ich weder die nassen Schlafanzughosen noch die Knie spürte. Und nie kam Gott und half mir.

Ich war so sehr in der Vergangenheit und meiner Angst gefangen, dass ich schreiend hochschoss, als Smiley mich schüttelte. Erst der Schmerz in meinem Kopf, mit dem ich gegen das obere Kajütenbett knallte, holte mich zurück in die Gegenwart.

Margot schaute mich prüfend an. »Brauchst du ein Beruhigungsmittel?«

Ich schüttelte den Kopf. Ich hatte nie Drogen genommen, aber wenn ich weiterhin mit Medikamenten gefüllt wurde, hatte ich bald mehr Gift in mir als ein durchschnittlicher Junkie. Meinem Bein mochte das helfen, meinem Kopf tat es nicht unbedingt gut.

»Was war los?«, fragte Smiley.

»Ein anonymer Anruf«, erklärte Margot. »Jemand hat der Polizei verdächtige Gestalten gemeldet, die sich angeblich auf dem Gelände herumgetrieben hätten. Ich habe die Herren von der Polizei durch das ganze Haus geführt. Sie haben ein paar Fragen gestellt und sind wieder gegangen.«

»Denkst du, dass hinter dem Anruf Jakob Linders Männer stecken?«, fragte Smiley.

»Ich denke eher, dass diese Männer hier herumgeschnüffelt haben und dabei von Nachbarn gesehen wurden.«

Margot ging im Raum hin und her. Immer wieder

drückte sie ihre Hände gegen das Gesicht und atmete tief aus. Ich schaute Smiley an und wusste, was er dachte. *Das ist kein gutes Zeichen*.

Wir stellten keine Fragen, sondern warteten, bis Margot mit den schlechten Nachrichten herausrückte.

»Edy ist zu sich gekommen. Sie …«

»Ich wusste es!«, rief Smiley. »Sie ist eine Kämpferin.«

Ich sagte nichts, weil ich mich gerade auf einem Teilstück der Achterbahn befand, in dem es sich einfach nur gut anfühlte.

»Sie hat ausgesagt.« Margot zögerte. »Gegen euch.«

»Hat sie nicht«, antwortete Smiley.

»Es tut mir leid.« Margot hörte auf herumzutigern und setzte sich an den Tisch, der in der Ecke mit der Küchenzeile stand.

Ich raste ins Nichts.

»Was hat sie gesagt?«, fragte Smiley leise.

Margot schüttelte den Kopf. »Es tut mir leid«, entschuldigte sie sich noch einmal für etwas, für das sie nichts konnte. »Ich habe keine Ahnung, wie ich dir das schonend beibringen soll, Mick.«

»Dann sagen Sie's einfach direkt.«

Ich kannte eine Menge Arten zu fallen. Die durchbrochenen Traumböden, die Achterbahn, den Sprung in die Tiefe. Es war Zeit für den Aufprall.

»Sie behauptet, du hast ihre Mutter umgebracht, sie entführt und in der Hütte mit einem Messer angegriffen.«

Ich nickte. Wie das Wackelfigürchen an Jakes Faden. Es war ganz einfach. Edy hatte das getan, was sie tun musste. Sie hatte mich verraten. Ihr Leben gegen meins. Sie hatte sich für ihres entschieden. Sie schuldete mir nichts, gar nichts. Es war in Ordnung. Ich war ein Scheißkerl. Ich bekam, was ich verdiente. Es war in Ordnung. Sie hatte nur getan, was sie tun musste. Alles in Ordnung. Nichts Persönliches.

»Was tust du da?« Smiley packte mich am Arm.

Entsetzt starrte ich auf das Blut, das über mein Handgelenk lief. Ich hatte mir meine *I'm in hell*-Tätowierung aufgekratzt. Ohne es zu bemerken.

»Das bringt die Scheiße ziemlich genau auf den Punkt. Es ist die Hölle.« Smiley war so was von wütend. »Aber weißt du was? Ich steh nicht auf Hölle, lodernde Flammen und ewige Verdammnis, Kumpel. Mir reicht's.« Er knallte seine Hand gegen den Rahmen des oberen Bettes. »Und dir sollte es auch reichen.«

»Beruhigt euch«, sagte Margot. »Es nützt niemandem, wenn ihr jetzt etwas Unüberlegtes tut. Ich habe mich mit Daniel abgesprochen. Wenn das Haus wirklich beobachtet wurde, ist es hier zu gefährlich. Wir denken, es ist das Beste, wenn er euch heute Nacht in ein anderes Versteck fährt. Bis dahin müsst ihr hier ausharren. Ich habe noch ein paar Patienten. Danach bringe ich euch Kleider von Leon und etwas zu essen. Es tut mir wirklich leid. Ich hatte gehofft, sie würde für euch aussagen. Aber wir geben nicht auf. Wir werden einen anderen Weg finden, euch zu helfen.«

Auch Margot war eine Kämpferin. Aber ihre Stimme verriet sie. Diesen Kampf hatte sie verloren und sie wusste es.

29

philosophin @philosophin

Ein weiser Mann hat einmal gesagt: »Man sieht nur mit dem Herzen gut.« Wir sollten mehr mit unseren Herzen sehen.

»Wir könnten abhauen. In den Süden«, sagte ich zu Smiley, als Margot weg war.

»Ich mag den Süden nicht. Ist mir zu heiß.«

»Dann halt nach Norden. Hab gehört, es hat dort viele Seen und Flüsse und jede Menge Hütten.«

»Was ist nicht gut an meiner Hütte?«, fragte Smiley.

Es war alles gut an seiner Hütte. Außer dass er nicht dorthin zurückkonnte.

»Ich geh nicht in irgendein Versteck und verrotte dort«, sagte er trotzig. »Ich geh auch nicht in den Norden. Ich geh ins Krankenhaus.«

»Ins Krankenhaus?«

»Ja. Und es wäre nett, wenn du mitkämst.«

»Wieso willst du in ein Krankenhaus?«

»Nicht irgendein Krankenhaus. Ich geh in das, in dem Edy ist. Weil ich sie besuchen will.«

Es war ein schlechter Moment für einen Blackout in Smileys Kopf. Ich entschied mich, ihm ohne Rücksicht auf seinen Zustand die Wahrheit einfach ins Gesicht zu sagen. Schließlich hatte er das am Fluss auch getan. »Du bist verrückt. Das geht nicht. Die Bullen werden uns schnappen, bevor wir auch nur richtig durch die Tür sind.«

»Nicht, wenn wir einen Plan haben.«

Alles in mir kribbelte. Am liebsten hätte ich Smiley angebrüllt. Ich nahm mich zusammen. »Und du hast einen?«

Er sah mich erstaunt an. »Nein? Wieso? Ich bin für das Vertrauen zuständig. Du für das Denken. Also denk dir was aus.«

»Vergiss es!«, sagte ich. »Edy hat gelogen, um sich zu retten. Das ist okay. Sie schuldet mir nichts. Sie ist raus. Jake denkt, sie weiß von nichts. Er wird ihr nichts antun, nicht nach all dem Rummel, den wir gerade veranstalten. Das kann er sich gar nicht leisten. Er muss sie leben lassen. Und wenn wir abhauen, sind wir auch raus.«

»Du weißt, dass du totale Scheiße erzählst. Sogar meinem kaputten Kopf ist klar, dass Edy nicht zu diesem Wahnsinnigen zurück darf.« Smiley packte mein Handgelenk, nicht das mit der Hölle, sondern das andere.

»*Never forget*«, las er mir vor. »Ich erinnere dich jetzt an etwas. Du hast Edy versprochen, sie nicht loszulassen! Komm mir jetzt also nicht mit irgendwelchen Scheißschulden, die sie hat oder nicht hat. Du weißt genau, dass wir Jake stoppen müssen. Das hat nichts mit Schulden zu tun, sondern mit dem hier.« Er klopfte mit der Faust gegen sein Herz. Seine Augen funkelten. »Komm schon, Mick! Du springst ohne zu zögern von einer verdammt hohen Brücke, aber du hast nicht den Mut, dich mit dem Typen anzulegen, der dir einen Mord in die Schuhe schieben will? Du rennst lieber weg. Vor deiner Schwester. Vor Edy. Vor dem Leben. Einfach, damit das mal gesagt ist: Dem Leben entkommt man nur tot. Und du willst doch nicht sterben, oder?« Sein Gesicht glühte.

»Manchmal kann man nicht gewinnen«, sagte ich leise.

Smiley stand auf, ging zu dem uralten Küchenschrank an der Wand gegenüber den beiden Betten und zog Schublade um Schublade heraus. »Darum geht es nicht, Mann, und auch das weißt du ganz genau.« Endlich schien er gefunden zu haben, was er suchte. Er nahm eine Schere aus der Schublade, die er zuletzt geöffnet hatte, und hielt sie in die Höhe. »Manchmal geht es einfach nur darum, es zu versuchen.«

Ich deutete auf die Schere. »Willst du mich damit zwingen, mit dir ins Krankenhaus zu gehen?«

»Arsch.« Er kam auf mich zu. »Wie kurz darf es denn sein?« In der schnoddrigen Frage lag eine Menge Angst vor meiner Antwort.

Dem Leben entkommt man nur tot. Ich musste es machen wie auf der Brücke. Einfach springen. »Nicht zu kurz«, antwortete ich.

»Siehst sowieso aus wie ein gerupftes Huhn, da muss der Rest auch nicht perfekt sein.« Smiley fuhr mir mit dem Finger über die Stelle, an der mir Jake ein Büschel Haare weggeschnitten hatte, und schnipselte los.

»Du hast zwar vorhin die Rede deines Lebens geschwungen, aber was willst du überhaupt im Krankenhaus?«, fragte ich ihn, als er nicht mehr bei jedem zweiten Schnitt ein »Gar nicht so schlecht« absonderte. »Willst du Edy entführen oder was?«

»Du bist der mit dem Hirn. Hab ich dir doch gesagt. Lass dir was einfallen. Aber etwas Gutes. Etwas, das nicht nur Edy, sondern auch dir und mir den Arsch rettet. Etwas, mit dem wir Jake festnageln können. Ich will nämlich zurück in meine Hütte.«

Genauso gut hätte er von mir verlangen können, mir zu überlegen, wie man den Weltfrieden hinbekommt. Es gab Dinge, die einfach unmöglich waren.

Er wollte das Geld und die Firma. Aber das bekommt er nicht.

»Vielleicht wollte Isabella sich scheiden lassen«, sagte ich.

»Dann hätten wir schon mal einen Grund, warum er sie umgebracht hat.« Smiley kratzte sich mit der Schere an der Nase. »Aber damit können wir uns nicht wirklich was kaufen.«

Er hatte recht. Wir mussten es beweisen können.

Böse, böse Dinge über böse, böse Jungs.

Ich ruckelte etwas zu aufgeregt auf dem Stuhl herum. Die Schere streifte mein Ohr.

»Stillhalten!«, befahl Smiley.

Die muss ich verstecken.

»Isabella hat Sachen über Jake und seine Männer aufgeschrieben. Keine Ahnung, was für Sachen oder wo sie die aufgeschrieben hat. Diese Sachen hat sie versteckt.«

»Wo?«

»Das weiß ich doch nicht! Ich weiß nicht mal, was es ist. Tagebücher. Irgendwelche Zettel. Briefe. Ich habe wirklich keine Ahnung.«

»Du nicht, aber Edy.« Smiley beugte seinen Kopf zu mir herunter und grinste mich an. »Siehst du, deshalb müssen wir ins Krankenhaus. Wir müssen Edy Fragen stellen. Die richtigen Fragen. Und dann gehen wir zu Jake und holen uns die Beweise.«

Reglos saß ich da und schaute zu, wie meine Haare auf den Boden fielen. Wir hatten so was wie einen Plan: Edy fragen, wo die Beweise waren, zu Jake gehen und sie ihm klauen, sie zur Polizei bringen. Über die riesigen Löcher in diesem Plan dachte ich besser nicht nach. Es war so, wie Smiley gesagt hatte: Dem Leben entkam man nur tot. Ich wollte ihm nicht entkommen. Ich wollte leben. Meinen Arsch retten, Smileys Arsch retten. Und dafür sorgen, dass Edy nie mehr Angst haben musste.

Smiley legte die Schere weg. Fachmännisch begutachtete er seine Arbeit. Bestimmt sah ich aus wie eine rasierte Katze.

»Siehst klasse aus«, sagte er stolz. »Ich meine, für einen Kerl. Als Frau würde ich voll auf dich abfahren. Keine Ahnung, weshalb sich Edy nicht in dich verknallt hat.«

Seine Worte überrumpelten mich. Mir schossen Tränen in die Augen.

»Oh, Mann, das ist jetzt nicht dein Ernst«, entfuhr es Smiley.

»Halt die Klappe, ja?«

Natürlich hielt er sie nicht, aber wenigstens hatte das, was er sagte, nichts mit Edy zu tun.

»Nimm die Nägel aus dem Gesicht.«

»Was?«

»Na, die Piercings. Besondere Kennzeichen nennt man das in der Fahndungssprache. Also, raus damit.«

Ich entfernte die drei Ringe über meiner rechten Augenbraue.

»Wusste ich es doch!«, rief Smiley. »Siehst viel besser aus ohne.«

»Die in den Ohren behalte ich aber.«

»Von mir aus.« Er zuckte mit den Schultern.

»Darf ich deine Haare auch schneiden?«, fragte ich.

Smiley schaute mich entgeistert an. »Da kann man höchstens was dranpappen. Außer du willst einen Skin aus mir machen.«

Auch wieder wahr.

»Wenn das hier vorbei ist, solltest du deine Schwester suchen«, sagte er.

Wenn das hier vorbei war, war ich tot oder im Knast, denn was wir vorhatten, würde nicht gut enden. Das war so sicher wie das Amen des schwarzen Mannes am Ende seiner abendlichen Erziehungsversuche.

»Versprochen«, antwortete ich. Obwohl ich wusste, dass dieses Versprechen nichts wert war, weil ich nie dazu kommen würde, es einzulösen, klopfte mein Herz wie blöd.

30

John_Gambler @der Spieler

Verliere nie die Nerven. Und wenn du sie trotzdem verlierst, lass dir nichts anmerken. **#Spielregeln**

Margot brachte uns Pizza, etwas zu trinken und einen Stapel Kleider.

»Perfekt«, meinte sie zu meinem neuen Erscheinungsbild. »Siehst gut aus ohne die Piercings.«

Smiley warf mir einen triumphierenden Blick zu und machte sich über das Essen her. »Iss!«, befahl er zwischen zwei Bissen.

Ich versuchte es, aber mein Magen rebellierte. Wenigstens das Trinken klappte.

»Es gibt eine kleine Planänderung«, erklärte Margot.

Smiley hörte auf zu kauen. »Warum?«, fragte er mit vollem Mund.

»Ihr seid die einzigen Zeugen, die wissen, was wirklich passiert ist. Das Haus wurde beobachtet und wird es wahrscheinlich immer noch. Es kann sein, dass sie versuchen werden, euch herauszuholen. Wir müssen euch so schnell wie möglich an einen sicheren Ort bringen.«

»Wie soll das gehen?«, fragte ich. »Sie haben doch gesagt, wir werden beobachtet.«

»Daniel und ich haben uns ein Täuschungsmanöver

ausgedacht. Es wird gleich laut und hektisch werden. Eine Gruppe Jugendlicher tut so, als bringe sie mir einen Verletzten. Sobald sie im Haus sind, kommt ihr in mein Praxiszimmer und verschwindet mit ihnen. Sie werden einen ziemlichen Trubel veranstalten beim Verlassen des Gebäudes.« Margot lächelte angespannt. »Manchmal muss man auffallen, um nicht aufzufallen.«

»Dann ziehen wir uns besser mal um«, meinte Smiley trocken.

Wir schlüpften in Leons Sachen, mit denen wir problemlos in jede Szenebar der Stadt reingekommen wären. Smiley stolzierte durch den Raum wie ein Gockel. Übungshalber, wie er sagte.

Wahrscheinlich hätte er noch eine ganze Weile weitergeübt, wenn draußen nicht ein fürchterlicher Lärm losgegangen wäre. Es klang nach einer ganzen Horde aufgebrachter Menschen. Kurz danach klingelte es Sturm. Margot verschwand nach oben.

Smiley schaute mich an. »Bist du bereit?«

So bereit, wie man sein konnte, wenn man sich gleich in etwas stürzt, aus dem es kein Entkommen gibt. »Bereit«, sagte ich.

In Margots Praxis drängten sich Menschen. Es mussten mindestens ein Dutzend Leute sein, Jungs und Mädchen durcheinander, alle etwa in unserem Alter und alle ähnlich angezogen wie wir. Im Getümmel verlor ich Smiley. Ein Typ setzte mir eine wollene Mütze auf und legte seinen Arm um meine Schultern, als seien wir beste Freunde. Ich sah, wie einer der Jungs sich auf Margots Liege setzte. Das schien ein Zeichen an die anderen zu sein. Wie auf

Kommando zogen sie sich in den Flur zurück. Mein neuer bester Freund schleppte mich mit. Irgendwo im Gewusel entdeckte ich Smiley, Hand in Hand mit einer schwarzhaarigen jungen Frau mit einer atemberaubenden Figur. Im Sog der Gruppe taumelte ich nach draußen.

»Danke, Doktor Petersen«, rief ein Mädchen.

»Danke«, grölten ein paar Jungs und wankten wie Betrunkene über die Einfahrt. Smiley und ich waren mittendrin.

»Wer seid ihr?«, fragte ich den Typen, an dessen Arm ich hing.

»*Gerechtigkeit für Leon*«, antwortete er aufgedreht.

In einem Nachbarhaus wurde ein Fenster aufgerissen. Eine Frau lehnte sich heraus und bombardierte uns mit wüsten Beschimpfungen.

»Immer schön cool bleiben!«, rief einer aus der Gruppe zu ihr hoch.

Ausgelassen drängten sich unsere Begleiter durch das Tor auf die Straße, zogen Smiley und mich mit und bogen nach ein paar Metern in eine Seitengasse ein. Ich bemerkte den Wagen erst, als sich die Tür öffnete und mich mein neuer bester Freund mit einem »Viel Glück!« hineinstieß. Bevor ich begriff, was das sollte, knallte Smiley von der anderen Seite her in mich rein. Die Türen wurden zugeschlagen und eine vertraute Stimme befahl uns, uns zu ducken.

»Was …«, begann Smiley.

»Klappe!«, befahl Daniel. »Macht euch unsichtbar.«

Ich ließ mich zwischen den Vorder- und den Rücksitz gleiten. Smiley kippte zur Seite und presste sich an den Sitz. Die Stimmen entfernten sich. Daniel wartete, bis es still wurde. Erst dann startete er den Motor. Ich blieb, wo ich war, und auch Smiley rührte sich nicht.

Keiner von uns sprach ein Wort. Um mich abzulenken, zählte ich die Straßenlampen, unter denen wir durchfuhren. Irgendwo zwischen fünfzig und zweiundfünfzig gab Daniel Entwarnung.

»Okay, Jungs, die Luft ist rein. Ihr könnt's euch bequem machen. Wir fahren jetzt …«

»Nirgendwohin«, beendete Smiley den Satz für ihn. Er lag nicht mehr auf dem Rücksitz, sondern saß direkt hinter Daniel. »Lass uns aussteigen.«

Ein leises Klicken verriet mir, dass Daniel die Türen verriegelt hatte.

»Spinnt ihr?«, fragte er. »Ihr kommt keinen Kilometer weit.«

»Unterschätze niemals zwei zu allem Entschlossene.«

An Smiley war nichts Friedfertiges mehr. Für einen, der nicht einmal eine Minitaschenlampe wirklich klaute, sondern nur borgte, klang er ganz schön bestimmt. Daniel reagierte nicht. Er fuhr einfach weiter.

»Mach die Tür auf!«

»Was versprichst du dir von dieser Aktion?«

Daniel warf einen kurzen Blick in den Rückspiegel und konzentrierte sich dann wieder auf die Straße.

Für meinen Geschmack blieb er viel zu ruhig. Der Typ war nur ein paar Jahre älter als wir. Er sah aus wie ein Studienkollege von Leon. Wie konnte er so gelassen bleiben?

»Anhalten!«, befahl Smiley. »Sofort.«

Er musste die Schere eingepackt haben, mit der er mir

die Haare geschnitten hatte. Anders konnte ich mir die Scherenspitze an Daniels Kehle nicht erklären. Das war nicht so geplant gewesen! Also, eigentlich war gar nichts geplant gewesen. Wir hatten einfach den richtigen Moment abwarten wollen. Für Smiley schien das jetzt zu sein.

»Lass den Quatsch«, sagte Daniel ruhig.

»Ich mache keinen Quatsch.« Auch Smiley klang ruhig, allerdings auf eine gefährliche Art. »Du hältst jetzt den Wagen an und steigst aus.«

»Oder?«, fragte Daniel.

Mein Blick klebte an der Spitze der Schere. Sie drückte gegen glänzende Haut. Es dauerte eine Weile, bis mir klar wurde, dass Daniel schwitzte und nicht ganz so gefasst war, wie er tat.

»Muss ich es dir zeigen?« Smiley drückte noch etwas fester.

»Smiley«, flüsterte ich. »Nicht.«

»Mick hat recht. Du machst einen Fehler.«

Das sagen die Typen immer. Ob man das irgendwo so lernt?

»Du hast deinen schon gemacht«, gab Smiley zurück. »Es gibt nur zwei Arten von Leuten, die so arschcool reagieren, wenn man ihnen eine Waffe an den Hals drückt. Bullen und Kriminelle. Ich will gar nicht wissen, zu welcher Sorte du gehörst. Halt einfach den Wagen an.«

Daniel trat voll auf die Bremse. Ich wurde erst nach vorn und dann zurück geschleudert. Bevor ich kapierte, was los war, warf sich Daniel gegen die Tür und rollte sich aus dem Wagen. Wie eine Katze sprang er auf die Beine, riss die Hintertür auf und krallte sich Smiley. Keine Ahnung, wann er die Tür entriegelt hatte.

»Verdammt noch mal!«, rief er. »Lasst euch helfen.«

Ich sah und hörte alles wie durch einen Nebel. Die Schere, die Smiley losgelassen hatte. Meine Hand, die sich nach ihr ausstreckte. Den kühlen Türgriff. Harten Asphalt unter meinen Füßen. Wacklige Bilder und keuchenden Atem, als ich um den Wagen rannte. Daniel, der Smiley zu Boden stieß und sich zu mir umdrehte. Seinen Hals, über den sich eine rote Linie zog. Die Schere in meiner Hand. Einen lauten Schrei.

Dann war der Nebel weg und Daniel sank in Zeitlupe zu Boden. Seine Hand umklammerte seinen linken Arm. Zwischen den Fingern quoll Blut heraus und tropfte auf seine Hose. Es vermischte sich mit den ersten schweren Tropfen des einsetzenden Regens zu einem immer dichteren Muster, bis die Nässe alles zu einer einzigen dunklen Fläche gefärbt hatte.

»Sag, dass das nicht wahr ist«, flüsterte Smiley.

»Das Handy«, keuchte ich. »Ich will dein Handy.«

Daniel versuchte, auf die Beine zu kommen, doch er rutschte auf dem nassen Asphalt aus und sank wieder auf den Boden. Ich beugte mich zu ihm hinunter und zog ihm das Handy aus der Hosentasche.

»Jungs, das ist doch Wahnsinn«, stöhnte Daniel. »Ich kann euch helfen.«

»Wir helfen uns lieber selber.« Ich warf das Mobiltelefon auf den Boden und stampfte es in Stücke. »Autoschlüssel!«, rief ich Smiley zu.

Er ging um den Wagen herum, um nicht in Daniels

Nähe zu kommen und holte ihn sich von der Beifahrertür her. Mit einem lauten Klicken schlossen sich die Türen.

»Gehen wir«, sagte er rau.

Daniel rappelte sich auf die Beine. »Jungs …«

»Tut mir leid«, murmelte ich und rannte los.

31

Walter T. @Eidgenoss

Weg mit dem Gesocks. Auf in den Kampf! **#stand_your_ground**

»Glaubst du, er ist ein Bulle? Ein verdeckter Ermittler oder so?«

Smiley fuhr mit der Hand durch seine nassen Haare. Auf das Dach des Fahrradunterstands, in den wir uns geflüchtet hatten, klatschten Regentropfen. Ich setzte mich auf den Boden und streckte vorsichtig mein verletztes Bein. Das Rennen hatte ihm nicht gutgetan. »Weiß nicht.«

Ich fühlte, wie die Schere auf Widerstand traf, wie sie eindrang, sah die Tropfen auf der Hose und wusste, dass ich einen neuen Traum haben würde.

»Der Stich wird ihn nicht umbringen.« Es war ein ziemlich sinnloser Versuch von Smiley, mich aufzumuntern. Er merkte es und nahm einen zweiten Anlauf. »Wenn er ein Bulle ist, dann weiß er, was läuft. Das wäre doch gut, oder?«

»Wenn. Er könnte auch einer von Jakes Männern sein.«

»Ja.« Smiley setzte sich neben mich. »Oder einfach einer von diesen Gerechtigkeitsleuten.«

Daran mochte ich gar nicht erst denken.

Ein Auto näherte sich. Im Licht seiner Scheinwerfer

konnte ich den Schriftzug lesen, den jemand an die Innenwand gesprayt hatte.

FUCK STAND YOUR GROUND

Smiley hatte das Graffiti auch bemerkt. »*Stand your Ground*. Hab darüber gelesen. Ist so ein Gesetz bei den Amis. Wenn du jemanden umgebracht hast, musst du einfach sagen, dass du dich bedroht gefühlt hast, und dann passiert dir nichts.«

Ich kannte das Gesetz. In der Szene war die Geschichte von einem schwarzen Jungen in Florida rumgegangen, der von einem dieser selbst ernannten Sittenwächter erschossen worden war. Als der Junge tot am Boden lag, stellte man fest, dass er keine Waffe bei sich hatte, sondern ein Getränk und ein paar Süßigkeiten.

Wenn bei uns so was eingeführt würde, wäre ich zuoberst auf der Liste der Bürgerwehren und Selbstverteidiger. Jeder konnte mich umnieten und behaupten, er hätte sich von mir bedroht gefühlt. Die Leute würden dem Killer gratulieren. Ein Stück Abschaum weniger auf diesem Planeten.

Der Wagen entfernte sich. Nur noch der schwache Schein einer Straßenlampe, der durch den schmalen Spalt zwischen Wand und Dach des Fahrradunterstands fiel, sorgte für ein klein wenig Licht.

»Wir hätten Daniel ins Krankenhaus fahren sollen«, murmelte Smiley. »Dann wären wir jetzt schon dort.«

Ich war nicht sicher, ob ich das richtig verstanden hatte. »Du willst immer noch ins Krankenhaus und Edy besuchen?«

»Ja. Was denn sonst?«

Abhauen zum Beispiel, dachte ich. »Daniel könnte dort sein«, sagte ich. »Mit einer ganzen Bullentruppe oder einer Horde von Jakes Männern.« Ich hoffte, das würde Smileys Entschlossenheit bremsen.

»Möglich.« Es schien ihn nicht sonderlich abzuschrecken. »Bist du dabei? Oder zischst du ab in deinen Süden?«

Süden, wollte ich antworten, doch das Wort kam nicht über meine Lippen. Weil es unter meiner Haut pochte. Weil ich Edy etwas versprochen hatte und weil ich ihr gesagt hatte, dass sie mir vertrauen konnte. Weil man dem Leben vielleicht wirklich nur tot entkam. Oder als lebender Toter. Ein Zombie. Ich wollte keiner mehr sein. »Krankenhaus«, sagte ich.

Wir traten aus dem Unterstand hervor. Smiley streckte seine Arme aus und drehte die Handflächen nach oben. »Spürst du das auch?«

Wenn er die Vibrationen meinte, die mein Angstzentrum erschütterten: Ja. Aber die meinte er bestimmt nicht.

»Der Regen hat aufgehört«, verkündete er. »Das ist ein gutes Zeichen.«

Ein praktisches Zeichen wie ein Richtungsschild wäre wesentlich hilfreicher gewesen. Margot hatte von einem Krankenhaus am Ring gesprochen. Ein Ring in einer Stadt war für Smiley und mich etwas, das sich rund um das Zentrum zieht, und da wir irgendwo am Rand der Stadt waren, entschieden wir, dass der Ring zwischen uns und den hohen Gebäuden in der Stadtmitte sein musste.

Was uns völlig logisch schien, war in Wirklichkeit etwas komplizierter. Keine der Straßen, die wir auf dem Weg zurück ins Zentrum querten, war mit *Ring* oder *Ringstraße* angeschrieben, aber wenigstens hatte das Gewitter, das vorhin niedergegangen war, die Menschen in die Häuser getrieben. Smiley und ich hatten die Straßen beinahe für uns alleine. Trotzdem bewegten wir uns sehr vorsichtig und verschwanden in Seitengassen, wenn jemand auf uns zukam.

Was immer Margot mit meinem Bein gemacht hatte: Es hatte geholfen. Ich hinkte immer noch, aber es tat weniger weh. Vielleicht bildete ich mir das auch nur ein und es war das Adrenalin, das die Schmerzen ausblendete. Ich musste literweise davon im Blut haben.

»Eins dieser neuen Handys wäre jetzt nicht schlecht«, meinte Smiley, als wir zum unzähligsten Mal eine größere Straße kreuzten, die wieder nicht die richtige war. »So ein Smartphone. Hab gehört, die können alles und haben alles, auch Stadtpläne.«

Ich hatte noch nie ein Handy besessen, nicht mal eins geklaut. Wozu auch? Ich hätte nicht gewusst, wen ich anrufen sollte, und Smileys Infos stammten alle aus Büchern oder liegen gelassenen Zeitungen, denn von solchem Zivilisationsschrott, wie er Computer, Handys und diese flachen Zwischendinger nannte, hielt er sich fern. In jenem Moment allerdings hätte uns genau dieser *Zivilisationsschrott* eine ganze Menge gebracht.

Irgendwann fanden wir uns am Ende einer weiteren Seitengasse am Rande eines kleinen Parks, um den mehrere Bushaltestellen angelegt waren. In einem der Wartehäuschen lungerten ein paar Punks herum. Einer hatte einen weißen Hund dabei, einen Labrador, dem er ab und zu zärtlich über den Kopf strich. Er erinnerte mich an einen Typen, den ich von früher kannte, Chief hatten wir ihn genannt, weil er wie ein Häuptling aussah. Ein netter Kerl, der mich ein paar Tage bei sich pennen lassen hatte. Ich war mir nicht ganz sicher, ob er es wirklich war, denn seine schwarzen Haare waren nicht mehr zu zwei langen Zöpfen gebunden, sondern standen wie bei Smiley vom Kopf ab, aber der Hund stimmte.

»Die werden uns helfen«, sagte ich.

Smiley nickte. »Gute Frisur. Schöner Hund.«

Ich hoffte, er würde dem Typen nur das mit dem Hund sagen.

»Warte!«, flüsterte Smiley und hielt mich zurück. »Da drüben.«

Aus einer Gasse auf der anderen Seite des Parks tauchten Uniformierte auf. Ich dachte erst, es seien Bullen, die sich zielstrebig auf die paar Gestalten im Wartehäuschen zubewegten, aber bei näherem Hinsehen wurde mir klar, dass zwar alle ähnlich angezogen waren, aber nicht in einer Polizeiuniform steckten. Die Typen trugen dunkelblaue Hemden, schwarze Hosen, schwere Stiefel und Schlagstöcke.

Der Hund bemerkte den Schlägertrupp als Erster. Er hob seinen Kopf und legte die Ohren zurück. In einer äußerlich ruhigen Bewegung stand der Igelhaarige auf und rückte näher an seinen Hund, doch wer wie ich längere Zeit auf der Straße gelebt hatte, erkannte die konzentrierte Anspannung, die von seinem Körper ausging. Jetzt, wo er stand, war ich sicher, den Chief zu erkennen. Er war nicht größer als die anderen und dennoch ragte er aus allen heraus. Genau das war es, was den Chief ausmachte.

»Das gibt Ärger«, meinte Smiley.

Angeführt von einem gedrungenen Kerl mit blondem Kurzhaarschnitt, näherte sich der Trupp dem Wartehäuschen. Ich konnte hören, wie der Hund zu knurren begann, als die Männer jener unsichtbaren Linie näher kamen, mit deren Überschreiten man in die ganz persönliche Zone seines Gegenübers eindringt.

Der Bürstenhaartyp baute sich viel zu nah vor der Gruppe auf. Selbst von meinem Standpunkt aus konnte ich die Bedrängnis fühlen, in der sich der Chief befand.

»Wenn dein Köter nicht gleich Ruhe gibt, mache ich ihn platt.« Der Mann hatte nicht einmal besonders laut gesprochen. Trotzdem war klar, dass es ihm mit seiner eiskalten Drohung ernst war. Der Chief griff nach dem Halsband und zog den Labrador näher zu sich heran.

»Solche wie ihr sind hier unerwünscht«, schnarrte der Bürstenhaartyp.

Der Chief hob beschwichtigend die Hände. »Schon gut, Mann, wir können uns auch einen anderen Ort suchen.«

»Es gibt nur einen Ort für euch. Die Wand.« Der Bürstenhaartyp hob die Hand und mimte eine Schussbewegung. Seine Begleiter lachten.

Der Labrador begann zu bellen. In einer unheimlich schnellen Bewegung zog der Bürstenhaartyp seinen Schlagstock aus der Halterung an seinem Gürtel und schlug mit aller Kraft auf den Kopf des Hundes. Einen Augenblick lang war es totenstill. Ich glaubte, den letzten Atemzug des Tieres hören zu können, während es leblos zusammensackte. Der Chief wankte. Aus seiner Kehle stieg ein lauter, alles durchdringender Schrei. Mit der Kraft einer Dampfwalze stürzte er sich auf den Bürstenhaartypen und begrub ihn unter sich. Nach wenigen Sekunden tobte ein unerbittlicher Kampf, bei dem sämtliche Vorteile aufseiten der Uniformierten lagen, obwohl der Chief und seine Freunde sich heftig wehrten.

In den umliegenden Gebäuden öffneten sich Fenster. Aus den meisten schauten stumme Gaffer, aber aus einigen schrie es auf den Platz hinunter. Gleich würden hier die Bullen auftauchen!

Das Brüllen des Chiefs übertönte alle anderen Geräusche. Es klang wie Kriegsgeheul. Etwas in mir drängte mich, mich mit dem Chief in diesen Krieg zu stürzen. Gerade noch rechtzeitig hörte ich die Sirenen heulen. Ich sah die blinkenden Lichter der Streifenwagen, hörte Smileys Stimme und lief stolpernd hinter ihm her.

Menschen kamen uns entgegen, doch sie beachteten uns nicht. Angezogen vom Lärm, den blinkenden Lichtern und den lauten Rufen strömten sie zum Buspark, der Action entgegen. Smiley stellte sich einem von ihnen in den Weg und fragte nach dem Krankenhaus. Ich bückte mich und gab vor, meine Schnürsenkel zu binden. Meine Hände zitterten wie blöd, aber nichts passierte. Der Typ erkannte weder Smiley noch mich, wahrscheinlich, weil es ihn zum Platz drängte.

»Was ist da drüben los?«, fragte er.

Während Smiley ihm einen kurzen, dramatischen Abriss des Geschehens gab, stand ich langsam auf. Auf halber Höhe bemerkte ich das Smartphone, das dem Typen hinten aus seiner Hosentasche ragte. Ich tat, als verlöre ich das Gleichgewicht, krallte mich an das T-Shirt des Typen, zog ihm in einer blitzschnellen Bewegung sein Handy aus der Tasche und ließ es in eine von meinen gleiten.

»Entschuldige, tut mir … tut mir echt leid«, stammelte ich und strich ihm das T-Shirt glatt. »Ich … Ich dachte, ich hätte dein Shirt zerrissen, aber ich glaube …«

»Schon gut.« Ungehalten schob er meine Hände weg. »Vollidiot«, murmelte er beim Weiterlaufen gut hörbar.

»Was sollte das denn?«, wollte Smiley von mir wissen.

Ich manövrierte ihn in einen Hauseingang und hielt das Smartphone in die Höhe. Smileys Augen weiteten sich. »Himmel, und ich dachte, du machst dir vor Angst in die Hose.« Darüber, dass ich das Ding geklaut hatte, verlor er kein Wort.

»Weißt du, wie man darauf den Stadtplan findet?«, fragte ich.

»Drück mal da.« Smiley zeigte auf ein Symbol.

Es funktionierte. Wir fanden sogar heraus, wie uns das Gerät zum Krankenhaus lotsen konnte.

32

Ben Feldman @FeldiBen

Schlacht beim Buspark. Punks verprügeln Sicherheitsleute. Verletzte. Polizei greift ein.

Vor dem Krankenhaus war die Hölle los. Mindestens drei Rettungswagen standen beim Eingang zur Notaufnahme, überall rannten Leute herum. Unbeachtet marschierten Smiley und ich direkt auf den Haupteingang zu.

Smiley hatte aus einem Blumenkübel vor einem Restaurant Blumen geklaut, oder, aus seiner Sichtweise, mitgenommen, weil niemand mehr sie brauchte. Mit seinen hellbraunen Haaren, die er gescheitelt und mit Spucke glatt gestrichen hatte, sah er aus wie ein schüchterner Student, der seine Freundin besuchen wollte. Hätte ich nicht gewusst, dass es Smiley war, der neben mir herging, hätte ich ihn beinahe nicht erkannt. Ich konnte nur hoffen, dass mein Outfit eine ähnliche Wirkung hatte. Vorsichtshalber zog ich meine Mütze etwas tiefer ins Gesicht. Kurz vor dem Empfang flüsterte Smiley mir zu, ich solle im Eingangsbereich auf ihn warten.

Äußerlich reglos hing ich in einem der Sessel und beobachtete das hektische Treiben. Innerlich war ich zum Zerreißen angespannt. Jeder, der in meine Richtung schaute, konnte mich auffliegen lassen. Aber nichts passierte, niemand schien sich für mich zu interessieren. Die Rettungswagen, die mit blinkenden Lichtern am Haupteingang vorbeifuhren, zogen alle Aufmerksamkeit auf sich. Wir waren drin im Krankenhaus, einfach so. Trotzdem war mir schlecht vor Angst. Angst davor, erwischt zu werden, und noch viel mehr Angst davor, Edy zu sehen.

»Da kommt noch ein Wagen, verletzter junger Mann, Stichwunde am Arm!«, rief jemand und nun wurde mir endgültig kotzübel. Das war bestimmt Daniel.

»Kann ich Ihnen helfen?«, fragte eine besorgte Frauenstimme.

Mein Magen schlug einen Salto. »Schon gut«, nuschelte ich. »Alles in Ordnung bei mir.«

Die Schwester hastete weiter und stieß beinahe mit Smiley zusammen. Er schenkte ihr ein Lächeln und wich ihr elegant aus.

»Edy ist in Zimmer 405«, verkündete er. »Die wollten mir das eigentlich nicht verraten. Erst als ich einen auf verzweifelten Freund machte, rückte die Frau mit der Info raus.«

»Wie geht es ihr?« Mein Herz steckte irgendwo auf der Höhe meines Kehlkopfs. Ich war nicht sicher, ob Smiley meine Frage überhaupt verstanden hatte.

»Besser.« Er warf einen Blick in die Runde. »Kannst sie selber fragen.«

»Und wenn ein Bulle vor der Tür sitzt, der auf sie aufpasst?«, flüsterte ich Smiley auf dem Weg zur Treppe zu.

Er blieb stehen. »Hab ich noch gar nicht darüber nachgedacht. Willst du irgendwo in Deckung gehen und warten?«

Ja. Nein. Keine Ahnung. Ich hatte das Gefühl, gleich umzukippen. »Nein«, sagte ich schnell. »Ich … Ich komme mit und wenn da dann einer sitzt, können wir immer noch überlegen, was wir tun sollen.«

»Guter Plan«, murmelte Smiley.

Er hetzte so schnell die Treppen hoch, dass ich mit meinem verletzten Bein nicht hinterherkam und deshalb ein paar Sekunden nach ihm in den Flur bog.

»Da sitzt keiner«, empfing mich Smiley. »Sind wohl alle unten beschäftigt.«

Ich traute der Ruhe nicht. Während ich hinter Smiley herging, musste ich mich zwingen, mich nicht die ganze Zeit nach den Bullen umzusehen. In Sachen Übelkeit hatte ich die Maximalstufe erreicht. Dachte ich. Aber als Smiley vor dem Zimmer mit der Nummer 405 stehen blieb, kurz anklopfte, die Tür öffnete und den Kopf durchstreckte, wurde es nochmals drei Stufen schlimmer. Ich glaubte, gleich zusammenzuklappen und musste mich mit beiden Händen an der Wand abstützen. Ich wollte nichts sehnlicher als Edy sehen, und ich hatte vor nichts mehr Angst als davor, Edy zu sehen.

Smiley sagte irgendwas ins Zimmer hinein und dann irgendwas zu mir. Ich glaube, es klang nach »Die Luft ist rein«, aber genauso gut hätte er mir erklären können, dass drei Bullen Edy bewachten. Es hätte keinen Unterschied gemacht.

Total fertig wankte ich ins Zimmer. Ich sah ein Bett, verschwitzte blonde Haare, Beutel an einem Ständer, durchsichtige Röhren, durch die Flüssigkeit rann. Ein kreideweißes Gesicht mit roten Flecken.

Das Nächste, an das ich mich erinnere, ist, wie ich über einem Waschbecken hing und würgte, während meine Hände den Beckenrand umklammerten. Hinter mir redete Smiley mit einer Stimme, die so sanft war wie das Streicheln weicher Hände. Ich war zu aufgewühlt, um zu verstehen, was er zu Edy sagte, aber ich bekam mit, dass sie antwortete. Ganz leise und stockend.

Irgendwann hörte ich einen Stuhl rücken. Eine Hand legte sich auf meine. »Wir haben nicht den ganzen Abend Zeit«, sagte Smiley immer noch ganz weich. »Willst du Edy nicht noch was sagen, bevor wir wieder gehen?«

Ich ließ das Becken los. Während ich ein Bein vors andere setzte, konzentrierte ich mich auf den Stuhl neben dem Bett. Alles andere blendete ich aus. Als ich endlich beim Stuhl ankam, setzte ich mich nicht, aus Angst davor, nie mehr aufstehen zu können.

»Es tut mir leid«, brach es aus mir heraus. »Wenn … Wenn ich die Zeit zurückdrehen könnte, würde ich es tun. Ich würde eine andere Straße nehmen.«

»Jake hätte dich trotzdem gefunden.«

Ich sah, wie sehr Edy das Reden anstrengte. Sie brauchte Ruhe. Nicht den kaputten Typen, der ihr das angetan hatte. Ich wandte mich ab.

»Warte!« Es war mehr ein Keuchen als ein Wort.

»Ich … habe dich … verraten.« Sie schloss die Augen. In ihren Wimpern hing eine Träne.

»Und ich dich beinahe umgebracht.« Ich konnte kaum sprechen.

Ihre Lippen bewegten sich. »Aber … ich muss dir noch … ich habe … es ist …«

Nein, sie musste mir nicht erklären, warum sie es getan hatte! »Es tut mir so leid. Ich …« Der Kloß in meinem Hals wurde zu groß.

Eine Haarsträhne lag über ihren Augen, auf ihrer Wange. Ich wollte sie ihr aus dem Gesicht streichen, aber ich traute mich nicht. Schnell drehte ich mich um und ging zu Smiley, der die ganze Zeit bei der Tür gestanden und durch einen schmalen Spalt den Flur im Auge behalten hatte.

»Packst du das?«, fragte er.

Ich nickte. Ja, ich packte das, ich war bereit, Jake hochgehen zu lassen. »Hast du …«

»Ja«, flüsterte er. »Ich habe ihr die Fragen gestellt. Du hattest ja einen Totalausfall.«

Wir verließen das Zimmer, als hätten wir jedes Recht der Erde gehabt, uns darin aufzuhalten. Auf dem Flur waren nur Krankenhauspersonal und ein paar Patienten. Diese Leute schienen uns als normale Besucher wahrzunehmen. Ich konnte mich nicht erinnern, wann mich das letzte Mal niemand misstrauisch angesehen hatte. Es musste an den Klamotten liegen. War es wirklich so einfach? Die richtigen Klamotten, die richtige Frisur, keine Piercings im Gesicht, und schon gehörte man dazu? Unbehelligt gingen wir in Richtung Treppe. Wenige Meter noch und wir konnten uns durch die Tiefgarage davonschleichen.

Eine Patientin lächelte mich an. Hinter mir ging die Lifttür auf. Ich drehte meinen Kopf und sah, wie ein Mann in den Flur trat. Er schaute in die andere Richtung und trotzdem erkannte ich ihn an der Art, wie er dastand. Daniel! Smiley und ich beschleunigten unsere Schritte gleichzeitig.

Wir hätten es beinahe geschafft, doch dann rief Daniel meinen Namen. Einen Augenblick blieb ich wie festgenagelt stehen. Dann rannte ich los. Ohne zurückzuschauen raste ich hinter Smiley die Treppe hinunter. Auf jedem Stockwerk erwartete ich, einer Ladung Feinde gegenüberzustehen. Ein paarmal knickte mein Bein ein und ich schaffte es gerade noch, mich am Geländer festzuklammern und den Halt nicht zu verlieren. Meine Lungen fühlten sich an, als ob sie gleich explodierten. Ich glaubte, Stiche in meinem Rücken zu fühlen, während ich um mein Leben rannte.

33

Herbert @HammerHerbi

Mehrere Zeugen bestätigen: Mörder von Isabella Linder im Krankenhaus am Ring. Bullen, wo seid ihr? **#Linder_Killer**

Smiley stieß die Tür zur Tiefgarage auf.

»Notausgang!«, schrie ich. »Such einen Notausgang!«

»Da!« Er zeigte auf eins der grün leuchtenden Schilder.

Ich rannte zwischen den geparkten Autos hinter ihm her. Es waren Leute in der Garage, aber sie versuchten nicht, uns aufzuhalten. Einige riefen etwas, andere blieben stehen oder drehten sich nach uns um. Ich glaubte, einen Typen in schwarzen Hosen und einem blauen Hemd bei einer der Säulen zu sehen. Er schaute in unsere Richtung und redete in ein Gerät. Als ich mich noch einmal nach ihm umdrehte, war er weg.

Smiley erreichte den Notausgang zuerst. Er riss die Tür auf und sprintete die Treppe hoch. Oben war noch eine Tür. Smiley bremste ab. Er drehte sich zu mir um und legte den Zeigefinger auf die Lippen. Ich blieb stehen. Er drückte die Klinke. Licht fiel durch den schmalen Spalt. Smiley hielt den Daumen in die Höhe. Dann verschwand er durch die Öffnung, als hätte ihn ein schwarzes Loch eingesogen.

Ich kam nicht dazu, mich darüber zu wundern. Ein

Schatten stürzte mir entgegen und knallte mich an die Wand. Eine Hand presste sich hart auf meinen Mund.

»Wenn du nicht willst, dass dein Kumpel stirbt, gibst du keinen Ton von dir und tust, was ich dir sage«, flüsterte mir eine Stimme ins Ohr. »Verstanden?«

Ich nickte.

Die Hand gab meinen Mund frei. Ich wurde herumgewirbelt, mein Arm auf den Rücken gezogen. Das waren nicht die Bullen. Wir waren Jakes Männern direkt in die Arme gelaufen.

Am Fußende der Treppe schepperte es. Jemand hatte mit voller Wucht die Notausgangstür aufgestoßen.

»Mick!«, rief eine vertraute Stimme.

Daniel musste mir gefolgt sein. Wenigstens rannte er nicht blind die Treppe hoch wie Smiley und ich.

»Mick?«

»Denk an deinen Freund«, raunte mir der Typ ins Ohr. Etwas Spitzes drückte mir in die Seite. Ich brauchte nicht nach unten zu schauen, um zu wissen, dass es ein Messer war.

»Sag ihm, er soll stehen bleiben oder du schießt.«

Ich kapierte nicht, wovon der Typ sprach und war zu langsam. Die Klinge ritzte sich durch meine Haut.

»Bleib stehen!«, schrie ich. »Oder … oder ich schieße.«

»Mick, ich weiß, dass du keine Waffe hast. Was soll das?« Daniel klang verwirrt, doch er folgte meinem Befehl.

»Du wirst auf ihn schießen, wenn er hochkommt«, befahl die Stimme in meinem Ohr. »Wenn du es nicht tust, sind die einzigen beiden Menschen tot, die dir etwas bedeuten.«

Ich fühlte Blut über meine Hüfte rinnen, sah die Waffe, die der Typ mir hinhielt, die schwarzen Handschuhe, die er trug, hörte sein leises Lachen.

»Ich werde diese Menschen auch töten, falls du es vorziehen solltest, statt dem Kerl da unten dich selbst ins Jenseits zu befördern.«

Der Gedanke war mir noch nicht gekommen. Mir war überhaupt noch kein Gedanke gekommen.

»Sina und Smiley«, flüsterte der Typ.

Ich griff nach der Waffe.

»Mick?«

Bitte nicht, fuhr es mir durch den Kopf, komm nicht hoch, bitte.

Heißer Atem streifte meinen Nacken. »Du weißt, was du zu tun hast.«

Der Druck der Klinge wich. Lautlos verschwand der Typ. Es gab nur mich und Daniel. Und die Drohung.

Ich hob die Waffe.

Daniel blieb stehen, als er mich sah. »Mick? Das bist nicht du.« Er hob die Hände. »Du tust so was nicht. Lass die Waffe fallen.«

»Geh zurück«, flehte ich.

Er zögerte, doch dann setzte er seinen Fuß auf die nächste Treppenstufe. Ich wusste, dass ich weder seinen Kopf noch sein Herz treffen durfte, und zielte irgendwo in Richtung Beine.

»Mick! Nicht!«

Meine Hand umklammerte den Griff, mein Finger lag am Abzug. Vielleicht ist sie nicht geladen, dachte ich. Vielleicht ist es bloß ein Test. Und dann fiel mir ein, dass der

Typ nur gesagt hatte: »Schieß auf ihn.« Er hatte nicht gesagt, ich müsse treffen.

Ich zog nach links und drückte ab. Es war nicht der Rückschlag, der mich von den Beinen riss. Auch nicht der Knall. Dazu war er zu leise. Es war das absolut klare Bewusstsein, auf einen Menschen geschossen zu haben, auch wenn ich an ihm vorbeigezielt hatte.

Während ich zu Boden ging, sah ich, wie Daniel die Treppe hinunterstürzte. Meinen eigenen Aufprall fühlte ich nicht. Obwohl ich bei vollem Bewusstsein war, spürte ich meinen Körper nicht, ich hätte ihn auch nicht bewegen können, nicht einen Millimeter. Machtlos sah ich zu, wie der Typ zurückkam. Er schleifte mich durch die Tür, vorbei an einer Überwachungskamera, die zerstört am Boden lag, hob mich hoch wie eine Puppe und warf mich auf den Rücksitz eines Wagens.

Ich prallte hart gegen einen Körper. Smiley, dachte ich, aber es war nicht Smiley. Es war eine dunkle Gestalt, tief in den Sitz gedrückt, beinahe nicht auszumachen.

Kaum war die Tür hinter mir zu, fuhr der Wagen an. Mit quietschenden Reifen rasten wir los. Ich konnte mich immer noch nicht rühren. Mein Körper machte die Bewegungen des Wagens mit, kippte weg, wenn wir viel zu schnell in eine Kurve fuhren oder Autos auswichen, wenn wir bei Rot über die Ampel fuhren. Auf der einen Seite bremste mich die Tür, auf der anderen die dunkle Gestalt.

Smiley entdeckte ich erst, als er laut aufstöhnte. Er saß angeschnallt auf dem Beifahrersitz und griff sich an den Kopf. »Was zum Teufel … Mick, warum fahren wir schon wieder?«

Er schaute nicht nach hinten, sondern zum Fahrer.

»Du … Du bist nicht Mick«, stammelte er. »Was … Warum trägst du seine Mütze? Warum … wo …«

Hier bin ich, wollte ich sagen, aber aus meinem Mund kamen nur Laute, die keinen Sinn ergaben.

Langsam drehte sich Smiley zu mir um. In seinen Augen stand die nackte Angst. Ich konnte ihm nicht helfen. Ich hatte genauso viel Angst wie er.

Wir schossen durch die Dunkelheit, hinaus an die Ränder der Stadt, nicht dort, wo sich die Villen der Reichen befanden, sondern ins Industrieviertel. Was die Typen genau mit uns vorhatten, wusste ich nicht, aber ich war mir sicher, dass sie uns umbringen würden.

Plötzlich ergaben die quietschenden Reifen und das Überfahren der Rotlichter Sinn. So verhielten sich keine Profis! Es sollte aussehen wie eine Flucht von zwei Kriminellen. Eine Flucht, die tödlich enden würde. Unfall. Keine Zeugen. Keine Bilder aus der Überwachungskamera. Die Täter tot. Fall abgeschlossen. Jakob Linder fein raus. Noch saßen wir zu viert im Wagen, aber ich hatte keinen Zweifel, dass es bald nur noch Smiley und ich sein würden.

»Jetzt«, sagte der Typ neben mir, viel zu früh. Ich war nicht bereit. Ich war überhaupt nicht bereit. Etwas knallte gegen meinen Nacken und ich verlor das Bewusstsein.

34

Li Sa @LiSa
Brückenspringer rasen in schwarzem VW in Richtung Industrieviertel.
#Brückenspringer

Ich träumte von eiskaltem Wasser. Von einer Hand, die meine suchte und sie fand. Dann waren es zwei Hände. Sie griffen mir unter die Arme und zogen an mir. Mein Körper klemmte fest. Ich hörte Stimmen, viele aufgeregte Stimmen. Es gab einen Ruck und mein Rücken schrammte über etwas Hartes.

»Wir haben ihn!« Es klang, als wäre ich der Hauptgewinn bei einem Preisausschreiben.

Weitere Hände griffen nach mir, trugen mich aus der nassen Kälte und legten mich hin.

»Hat jemand noch was Trockenes an?«

»Ich!«

»Gib her, der Typ zittert wie verrückt.«

Für einen Traum klang alles viel zu real. Es fühlte sich auch viel zu real an. Ich versuchte, die Augen zu öffnen.

»Ich glaube, er kommt zu sich.«

Mein Oberkörper wurde angehoben. Jemand zog mir das Hemd aus. Ich hörte einen entsetzten Ausruf und dann eine vertraute Stimme.

»Mick?«

Smiley!

»Wie kommst du in meinen Traum?«, fragte ich.

»Scheiße, Mann.« Ich konnte ihn dicht neben mir fühlen. »Du solltest endlich schwimmen lernen!«

Heulte er? Mit aller Kraft, die ich noch hatte, drückte ich meine Augenlider hoch. Seltsames Licht, dachte ich, und dann war es auch schon weg, weil mich zwei Arme umschlangen und gegen einen bebenden Körper pressten.

»Danke, Leute«, hörte ich Smiley sagen. »Danke!«

Er hielt mich noch eine Weile fest, bevor er mich aufsetzte und mir ein wunderbar warmes, gut riechendes, trockenes T-Shirt anzog.

»Ist von Johanna«, erklärte er.

Ich hatte keine Ahnung, wer Johanna war.

»Die Schwarzhaarige, die wir bei Margot kennengelernt haben.«

Vielleicht war ich tot und das alles passierte nicht wirklich. Ich schaute in den Nachthimmel über mir, an dem ein halbrunder Mond leuchtete, was jedoch nicht erklärte, warum es so hell war, viel zu hell für das bisschen Mond. Um Smiley und mich scharten sich in einem dichten Kreis Leute und irgendwo weit über uns wummerten die Bässe eines Technostücks. Neben mir kauerte ein Typ, den ich schon einmal irgendwo gesehen hatte.

»Willkommen zurück unter den Lebenden, Mick. Ich bin Jasper, der Bruder von Johanna.« Er stand auf. »Alles andere später. Wir müssen erst die Karre versenken.«

Der Kreis um mich lichtete sich und vor mir lag eine dunkle glatte Fläche, beleuchtet wie eine Theaterbühne. Ich schaute hoch und entdeckte weit über uns die Lichtkegel von Autoscheinwerfern. Deshalb also das seltsame Licht und die Technobeats.

Wir müssen die Karre versenken.

Erst jetzt bemerkte ich das Autodach, das ziemlich schief aus dem Wasser ragte, so, als hänge es nur irgendwo fest und würde gleich in die Tiefe rutschen. Hatten Smiley und ich da drin gesessen? Vor meinen Augen flimmerte es. Ich sah zu, wie zwei der Jungs vorsichtig ins Wasser stiegen. Bevor sie dazu kamen, den Wagen auch nur zu berühren, senkte er sich nach vorn, bäumte sich noch einmal auf und verschwand unter unheimlichen Geräuschen im Wasser.

Niemand redete ein Wort. Alle starrten auf die aufgewühlte Oberfläche. Jedem war klar, was es für Smiley und mich bedeutet hätte, wären sie nicht hier aufgetaucht und hätten uns aus dem Auto gezogen.

Jasper und seine Begleiter kamen zu uns zurück. Jetzt erinnerte ich mich, wer er war. Mein neuer bester Freund, der Typ mit der Mütze.

»Was ist passiert?«, fragte ich ihn.

»Du weißt es nicht?«

Ich schüttelte den Kopf. »Nicht alles«, sagte ich. »Der letzte Teil fehlt.«

»Das ist der spannendste.« Jasper grinste mich an. »Da hast du was verpasst.«

»Sag mal, kannst du wirklich nicht schwimmen?« Das Gesicht eines wunderschönen Mädchens mit schwarzen Haaren schob sich in mein Blickfeld. Johanna? Sie roch gut, genau so wie das T-Shirt, das ich trug. Ich senkte meinen Blick und schaute direkt auf zwei perfekt geformte Brüste, die von einem aufregenden BH nur knapp im Zaum gehalten wurden. Die offene Jeansjacke versteckte nicht viel. Ich sah nackte, schimmernde Haut, den Bund der Hose, endlos lange Beine.

Smiley räusperte sich. »Nein, der Idiot kann wirklich nicht schwimmen.«

Die Art, wie er das Wort Idiot betonte, ließ mich ganz schnell wegschauen.

»Jojo!«, mahnte Jasper.

»Schon gut, Bruderherz.« Schnell knöpfte Johanna die Jacke zu.

»Sind wir uns alle einig, was wir den Bullen erzählen?«, fragte Jasper.

Zustimmendes Gemurmel war die Antwort.

»Was?« Smileys helle Stimme schwang über die anderen hinweg. »Was erzählt ihr den Bullen?«

»Keine Bange! Das Richtige.« Jasper zog ihn auf die Beine. »Und jetzt nichts wie weg hier!«

Johanna beugte sich vor und half mir aufzustehen. Ich konnte nicht anders, als ihr nochmals in den Ausschnitt zu schauen, denn sie hatte die obersten Knöpfe der Jacke offen gelassen.

»Kommst du da hoch?«

Einen peinlichen Augenblick lang verstand ich etwas ganz anderes, als sie gemeint hatte.

»Ja«, antwortete Smiley für mich und ich begriff, dass Johanna von den Scheinwerfern und dem Technosound redete.

Wir steckten eine ganze Ecke tiefer in der Senke mit dem Wassergraben. Der ideale Ort, um Smiley und mich zu entsorgen. Was uns gebremst hatte und wie Margots Chaotentruppe hierherkam, war mir ein Rätsel. Ich wusste nur, dass sie Smiley und mir den Arsch gerettet hatten. Und das Leben. Vielleicht auch nur das Leben. Gut möglich, dass oben an der Kante zur Senke die Bullen auf uns warteten und unsere Ärsche einkassierten.

»Hast du das Handy noch?«, fragte Smiley.

Ich erinnerte mich an kein Handy, das ich haben sollte. Bevor ich dazu kam, Smiley danach zu fragen, fuhr eine Hand über mein Gesäß.

»Meinst du das da?« Johanna hielt ein Smartphone in die Höhe, das Ding, das ich dem Kerl in der Nähe des Busparks abgenommen hatte.

»Wirf es weg!« Smiley griff danach.

Johanna wich zurück. »Warum?«

»Es gehört ihm nicht.«

»Du meinst, er hat es geklaut?«, fragte sie gespielt entrüstet.

»Mein Kumpel ist gefährlich«, murmelte Smiley genervt. »Und jetzt wirf das Handy weg. Sonst verrät es den Bullen, wo wir sind.«

»Ist sowieso hinüber.« Johanna schleuderte es in hohem Bogen ins Wasser.

»Leute, wo bleibt ihr denn?«

Die Gruppe war schon auf dem Weg nach oben. Nur Smiley, Johanna und ich standen noch in der Senke. Ich setzte mich in Bewegung.

»Du hinkst ja!«

Johanna wollte sich bei mir unterhaken, doch Smiley kam ihr zuvor. »Ich übernehme das«, blaffte er sie an.

Ich fand, er hätte ruhig ein wenig höflicher sein können. Noch vor ein paar Minuten hatte er mich an sich gedrückt und jetzt benahm er sich wie ein Kindskopf. Als er den Arm um meine Hüfte legte, stöhnte ich auf.

»Geht's?«, fragte Smiley, nicht mehr ganz so ruppig wie vorhin.

»Der Typ hat mir sein Messer in die Seite gebohrt.«

»Du meinst den Kerl im Treppenhaus beim Notausgang?«

Ich wollte nicht darüber reden, was ich dort unten getan hatte. »Ja«, sagte ich knapp.

»Im Krankenhaus?«, fragte Johanna.

»Er will nicht darüber reden«, antwortete Smiley für mich. »Woher weißt du vom Krankenhaus?«

Sie lachte. »Das wissen doch alle.«

»Aber … Das ist … Warum …«, stammelte Smiley. »Wie können das alle wissen?«

»Internet«, sagte Johanna. »Ihr seid berühmt. Jeder kennt euch.«

Ich stolperte vor Schreck über einen Stein. Smiley fing mich auf.

»Ich helfe dir«, sagte Johanna. »Und keine Angst, Smiley, ich geh deinem Freund nicht an die Wäsche.«

Smiley holte tief Luft, sagte jedoch nichts. Gemeinsam schleppten sie mich hoch. Ich hatte eine Menge Fragen. Sie mussten warten. Es kostete mich meine ganze Kraft, aus der Senke hinauszukommen.

Oben standen vier Autos. Keins davon war ein Streifenwagen. Aus einem drang die Musik, die ich unten in der Senke gehört hatte. Rund herum drängten sich Leute. Jasper schien so was wie der Anführer zu sein, denn er entschied, wie es weitergehen sollte.

»Steff und Levi, ihr ruft die Bullen an und erzählt ihnen genau das, was wir abgemacht haben. Wir anderen fahren in verschiedene Richtungen. Mick und Smiley kommen mit mir. Formiert euch so, dass man nicht mitbekommt, in welchen Wagen die beiden steigen. Wir werden wahrscheinlich beobachtet. Alles klar?«

Wie bei Margot gab's ein großes Durcheinander. Ich wurde herumgeschubst und in ein Auto gedrückt. Kurze Zeit später saß ich eingeklemmt zwischen Smiley und einem dünnen Kerl auf dem Rücksitz. Johanna hatte auf dem Beifahrersitz Platz genommen, Jasper lenkte den Wagen.

»Ich wollte eigentlich nie mehr in ein Auto steigen«, verkündete Smiley etwas zittrig. »Schon gar nicht mehr heute. Echt Leute, zwei schlechte Trips reichen mir.«

»In diesem Wagen kann dir nichts passieren«, antwortete Jasper. »Gehört meinem Vater, und wenn ich ihn schrotte, bringt er mich um. Ich passe also gut auf.«

»Was ist mit den Bullen?«, fragte ich.

»Vor denen seid ihr erst mal sicher«, sagte Johanna. »Die nächsten paar Tage könnt ihr euch bei uns verstecken. Wir haben sturmfrei.«

Weit unter uns glänzte der Wassergraben. Jasper konzentrierte sich auf die holprige Fahrbahn und redete erst wieder, als wir eine asphaltierte Straße unter den Rädern hatten. »Wenn ich in eurer Haut stecken würde, würde ich mir mehr Sorgen um die finsteren Typen machen, die euch ins Jenseits befördern wollten.«

35

Murat_K @MCMurat

#Brückenspringer verunfallt? Streifenwagen und Ambulanz rasen in die Industrie. Was ist los? Wer weiß mehr?

Jasper stellte zwei Tassen heiße Schokolade auf den Glastisch bei der Sitzgruppe. Johanna brachte zwei weitere und setzte sich auf das Sofa. Als Letzter von uns kam Smiley aus der Dusche. Genau wie ich trug er Kleider von Jasper, Jeans, T-Shirt und darüber einen Sweater. Sichtlich verlegen setzte er sich neben Johanna auf den einzigen freien Platz.

Ich hatte keine Ahnung, warum Leute wie Japser und Johanna Leute wie Smiley und mich bei sich zu Hause versteckten. Wir gehörten definitiv nicht zu der Sorte, die man freiwillig mit in eine Wohnung nahm, in die man von der Tiefgarage aus direkt mit dem Lift hochfuhr und in der alles so edel aussah, dass man sich kaum traute, einen Fuß auf den glänzenden Fliesenboden zu setzen, schon gar keinen, der in schmutzigen, nassen Schuhen steckte. Beim Betreten dieser fremden Welt hatte es Smiley die Sprache verschlagen. Nicht, dass er im Wagen viel geredet hätte, aber die Wohnung brachte ihn endgültig zum Verstummen.

Jasper griff nach seiner Tasse und trank einen Schluck.

Er machte zwar einen auf cool, aber seine zitternden Hände verrieten ihn. Zwei gesuchte Kriminelle bei sich aufzunehmen war etwas anderes, als ein bisschen Pot zu rauchen oder die Karre seines Vaters über das Geschwindigkeitslimit zu drücken. Für einen Kick war das Risiko zu groß.

»Warum wart ihr vorher da draußen?«, fragte ich.

»Lange Geschichte.« Jasper streckte seinen Rücken durch und lehnte den Kopf in den Nacken. »Warum seid ihr nicht mit Daniel geflohen?«

»Lange Geschichte«, antwortete ich schnell.

Johanna klopfte sich ein Kissen zurecht und drückte es an sich wie einen Teddybären. »Ihr habt eine ganze Menge mitgemacht. Wollt ihr euch nicht erst einmal ausruhen? Wir können uns diese Geschichten auch morgen früh erzählen.«

Smileys Gesicht lief rot an. »Ich möchte eure Geschichte eigentlich lieber jetzt hören.«

»Traust du uns nicht?«, fragte Johanna und blinzelte ihm zu.

Sein Mund öffnete sich leicht, doch es kam nichts raus.

Ich antwortete für ihn. »Wir wissen nicht, wie viel Zeit uns bleibt. Gut möglich, dass wir noch diese Nacht wieder abhauen müssen. Es wäre besser, wenn wir Bescheid wüssten.«

»Hat euch Margot von *Gerechtigkeit für Leon* erzählt?«, fragte Jasper.

»Ja, und von den Triggern und den Aufmischern.«

»Das macht die Sache einfacher.« Johanna klopfte ein weiteres Kissen zurecht und hielt es Smiley hin. »Kann trotzdem eine Weile dauern, machst es dir also besser etwas bequemer.«

Ihre Hände berührten sich, als Smiley nach dem Kissen griff. Das Rot auf seinem Gesicht wurde noch eine Spur knalliger.

»Also gut«, sagte Jasper und dann öffneten er und Johanna uns die Tür zu einer Welt, die mir noch viel weniger vertraut war als die Wohnung, in der ich mich befand.

»Wir gehören zur Bewegung. Wir sind Teil von *Gerechtigkeit für Leon*. Normalerweise kämpfen wir im Internet für unsere Sache, ihr wisst schon: Webseite, Blog, Twitter, Facebook, Google Plus und so.«

Ich wusste nicht viel, aber ich hielt meinen Mund und hörte ihm weiter zu.

»Heute rief uns Margot an und bat uns, euch mit ein paar Kollegen aus ihrem Haus rauszuholen. Natürlich …«

»Natürlich waren wir sofort dabei«, fiel ihm Johanna ins Wort. »Endlich konnten wir einmal etwas richtig Wichtiges tun. Nicht einfach eine Flugblattaktion in der Fußgängerzone oder eine kleine Demo vor dem Stadthaus.« Ihr Gesicht glühte genau wie Smileys, allerdings aus anderen Gründen. »Euch da rauszuholen war unbeschreiblich. Wir waren danach so aufgedreht, dass wir nicht nach Hause gingen, sondern an einen unserer Lieblingsplätze fuhren, zu den alten Fabrikhallen raus. Dort haben wir gefeiert, bis wir von einem Großeinsatz beim Buspark erfuhren.«

»Wie ist denn das möglich?«, fragte Smiley.

»Twitter«, antwortete Johanna.

Ich hatte davon gehört, dass sich Nachrichten in Windeseile verbreiteten, konnte mir das jedoch nicht so genau vorstellen. Johanna musste meinen fragenden Blick bemerkt haben. »Wie das genau funktioniert, erkläre ich euch morgen«, sagte sie.

»Jemand hat euch da gesehen und das getwittert«, erzählte Jasper weiter. »Erst glaubten wir das nicht, weil Daniel euch ja aus der Stadt bringen wollte, aber dann kamen immer mehr Meldungen über euch, auch auf Facebook. Das hat uns ganz schön nervös gemacht. Und plötzlich hieß es, ihr seid im Krankenhaus. Meine Güte! Was habt ihr euch dabei gedacht? Daniel hatte doch …«

»Eine kleine Planänderung«, unterbrach ich ihn. Ich wollte nicht über Daniel reden. »Ihr wusstet also, wo wir waren.«

»Ziemlich«, sagte Jasper.

Es schien, als hätten eine ganze Menge Leute gewusst, wo wir uns aufhielten. Und ich zerbrach mir den Kopf darüber, wie es Jakes Männern gelungen war, uns im Krankenhaus auszumachen. Die Typen lasen bei Twitter mit! Oder sie verfügten über ein sehr dichtes Netz an Aufpassern und Überwachern.

»Ihr habt wirklich eine mächtige Spur gezogen.« Jasper grinste. »Eigentlich ein Wunder, dass euch die Bullen nicht geschnappt haben.«

»Die haben vielleicht keine Zeit für Twitter«, murmelte Smiley. »Ich meine, früher hörte man den Polizeifunk ab, wenn man wissen wollte, was abging. Und jetzt …« In einer ratlosen Geste verwarf er seine Hände.

»Na ja, es ist ja auch eine besondere Situation«, sagte Johanna. »Die Medien sind seit Tagen voll von der Linder-

Geschichte. Jeder im Land hält nach euch Ausschau. Es findet so was wie eine Jagd statt.«

Eine Jagd, an der dank Internet jeder teilnehmen konnte. Andererseits hatte uns Twitter gerettet, denn zufälligerweise hatte jemand beobachtet, wie ein schwarzer VW von einem der Hinterausgänge des Krankenhauses davongerast war. Auf dem Beifahrersitz machte er mit ziemlicher Sicherheit Smiley aus. Er beschrieb den Wagen und gab die Richtung an, in die er davonraste. Wer online war und den VW sah, meldete, wo er gerade war.

»Ihr seid genau auf uns zugefahren«, erklärte Johanna. »Wir stiegen in unsere Autos und kamen gerade noch rechtzeitig zur Senke.«

»Das ist der spannende Teil, den du verpasst hast«, sagte Jasper. »Die hielten an, packten dich wie einen nassen Sack auf den Fahrersitz und schoben den Wagen an. Uns ging der Arsch auf Grundeis. Wir hatten keine Ahnung, was wir tun sollten. Bis Jojo auf die Idee kam, die wilde Partyhorde zu spielen.« Er sah seine Schwester an, mit einem Blick, in dem Bewunderung und Stolz lagen. »Wir schalteten die Scheinwerfer ein, drehten den Sound auf und bretterten direkt auf euch zu. Die zwei Typen gingen in Deckung und stiegen kurz danach in ein Auto, das aus der entgegengesetzten Richtung angefahren kam.«

»Wir haben sie gestört«, sagte Johanna. »Sie hatten keine Zeit mehr zu überprüfen, ob der Wagen auch wirklich im Wassergraben untergegangen war. Ihr habt riesiges Glück gehabt.«

Unter riesigem Glück stellte ich mir etwas anderes vor. Wir lebten noch, aber ich machte mir keine Hoffnungen.

Die Typen hatten aus sicherer Entfernung beobachtet, was danach geschah. Vier Wagen. Vier Nummernschilder. Vier Möglichkeiten, wo wir sein konnten. Sie würden uns finden.

»Wir können nicht hierbleiben.« Ich wollte aufstehen, aber Jasper drückte mich zurück in den Sessel.

»Bei uns seid ihr sicher. Nicht für lange, aber für den Moment. Wir haben dafür gesorgt, dass die Bullen euch für tot halten, und die Kerle, die hinter euch her sind, werden es nicht wagen, euch aus dieser Wohnung zu holen.«

Er war ein netter, naiver Kerl, der im Internet lebte. Ich wusste mittlerweile, was Jakes Leute alles wagten und auch taten. Deshalb wollte ich so schnell wie möglich weg, solange die Bullen noch dachten, wir seien tot, aber ich war total erledigt. Mir fielen die Augen zu. Die Dunkelheit und die Träume warteten nur darauf, mich in die Tiefe zu reißen. Ich trieb in einem Pool mit zerrissenen Fotos, geriet in einen Strudel und sank hinab auf den Grund eines Flusses. Dort suchte ich die Hand meiner Schwester und fand sie nicht. Zur Strafe schloss mich der schwarze Mann in ein Autowrack in den unendlichen Tiefen eines Wassergrabens. Auf dem Beifahrersitz starrte Smiley mit weit aufgerissenen Augen in einen dunkelgrauen Schlund. Im Rückspiegel sah ich Edy, blass und wunderschön. Sie hielt Sinas Hand und bat mich, sie nicht sterben zu lassen. Ich begann, wie ein Irrer gegen die Scheiben zu schlagen, ich rüttelte an der Tür. In meinen Lungen platzten die letzten Luftbläschen. Ich schlug noch heftiger. Der Wagen kam ins Rutschen, gleich würde er weiter in die Tiefe gleiten, er begann zu vibrieren, immer stärker. Die Scheiben barsten, tintenfischartige Arme drangen ins Wageninnere, packten mich, umschlangen mich, drückten zu, zerrten mich hoch.

»Ruhig. Ganz ruhig«, flüsterte eine Stimme dicht an meinem Ohr. Es war nicht die von Smiley. Ich riss die Augen auf und schaute in ein entsetztes Gesicht. »Du bist in Sicherheit«, sagte das Gesicht, das ich irgendwoher kannte. »Ich bin's, Jasper. Ich tu dir nichts.«

Jasper? Ich muss ihn angesehen haben wie einen von einem anderen Planeten.

»Wir haben euch aus der Senke geholt letzte Nacht, erinnerst du dich?«

Der Typ mit der Mütze! Ich nickte. »Wo ist Smiley?«

»Smiley und Jojo schlafen«, sagte er leise. »Hast du Durst? Hunger?«

Mein Mund war total trocken. »Durst«, sagte ich.

»Gut, dann mach ich uns Frühstück.«

Jasper brachte mich in die Küche und setzte mich an einen alten, hölzernen Tisch, auf dem ein Tablet lag.

»Lies«, sagte er. »Vielleicht hilft das deiner Erinnerung auf die Sprünge.«

Ich sah ein Foto von mir. Las den Titel. *Verdächtiger im Fall Linder wahrscheinlich tot.*

Hinter mir setzte das Mahlgeräusch einer Kaffeemaschine ein. Während ich den Artikel las, füllte sich der Raum mit dem Duft von frischem Kaffee und der Tisch mit einer abenteuerlichen Kombination von Lebensmitteln.

»Das ist alles, was noch da ist«, verkündete Jasper. »Iss.«

Verdächtiger im Fall Linder wahrscheinlich tot

Nachdem die heftigsten Unruhen seit Langem gestern eine ganze Stadt in Atem gehalten hatten, kam es zu einem tragischen Höhepunkt im Fall Linder.

Auf einer spektakulären Flucht hat der Tatverdächtige Mick S. die Kontrolle über das Fahrzeug verloren und ist zusammen mit einer zweiten Person, wahrscheinlich seinem mutmaßlichen Komplizen Kurt W., über eine Kurve in den Wassergraben bei der Senke nördlich des Industriegebiets gerast. Jugendliche Partygänger hatten den Vorfall beobachtet und versuchten noch, die beiden Verunglückten aus dem Wagen zu ziehen, bevor er in der Tiefe versank. »Wir sind sofort runter zum Wasser«, erzählte uns Levi X., einer der jungen Männer, die als Erste am Unfallort eintrafen. »Aber wir kamen zu spät.« Verschiedene Zeugen bestätigen, dass die beiden Verunglückten vor ihrem Unfall in der Nähe des Krankenhauses gesehen wurden, einige behaupten sogar, es sei ihnen gelungen, bis zur verletzten Editha Linder vorzudringen. Ob und wie dies geschehen konnte, ist Gegenstand polizeilicher Ermittlungen. Es wird vermutet, dass sie das Chaos, das nach den Unruhen vom Buspark ausgebrochen ist, für sich genutzt haben. Die Aufmerksamkeit der Polizei und der Krankenhausangestellten konzentrierte sich auf die verletzt eingelieferten Opfer der Unruhen.

Außer Frage steht, dass dem gestrigen Abend Konsequenzen folgen müssen. Klaus Peter Niedermeier, der Sprecher des *Bundes für eine tatkräftige Nation*, BtN, fordert strengere Maßnahmen in Bezug auf Jugendkriminalität und eine verschärfte Revision des Strafrechts. »Es kann nicht sein, dass wir uns von ein paar wenigen asozialen Elementen kaputt machen lassen, was wir uns mit Einsatz, Fleiß und Disziplin aufgebaut und erarbeitet haben.« Sowohl die Polizei als auch Politiker der linken und gemäßigten Parteien mahnen weiter zur Besonnenheit.

Noch stehen viele Fragen im Raum, aber eines ist nach den gestrigen Ereignissen überdeutlich geworden: Nach Monaten, Wochen und Tagen der Unruhe und der dramatischen Entwicklung im Fall Linder steht unser Land am Rande einer Zerreißprobe.

36

Dario Gallati @dariobraveheart

#no_way_out Die **#Brückenspringer** sind tot. **#toteHelden** @BtN Ist es das, was ihr wolltet?

Jasper zeigte auf Levis Bild. »Müssen sie von Facebook haben.« Er trank einen Schluck aus seiner Kaffeetasse. »Das machen die so. Fragen gar nicht erst, sondern bedienen sich einfach.«

Mein Foto hatten sie nicht von Facebook, sondern aus meiner Akte. Es war dasselbe wie bei dem Artikel, den Smiley mir an den Fluss mitgebracht hatte. Sie hatten sich nicht einmal die Mühe gemacht, ein Phantombild anzufertigen, das mich so zeigte, wie ich jetzt aussah. Warum auch? Ich war ja tot.

Ich beobachtete Jasper, wie er Frühstücksflocken in zwei Schalen kippte und mit reichlich Milch begoss.

»Danke«, sagte ich. »Für alles.«

»Keine Ursache.« Er hielt mir eine der beiden Schalen hin. »Wir müssen uns was überlegen. Für euch, meine ich.«

»Im Moment reicht es mir, wenn du mir das mit dem Internet erklärst«, sagte ich. »Damit ich mich schlaumachen kann, was so alles läuft.«

Er schien erleichtert, erst einmal über etwas reden zu

können, das er im Griff hatte. »Du bist wohl kein regelmäßiger User, was?«

»Einer wie ich hat kein Internet.«

Jasper schaute mich an wie ein Forscher, der soeben eine neue Tierart entdeckt hat.

»Brauch ich nicht«, murmelte ich.

»Schon okay. Entschuldige. Ich vergesse manchmal, dass nicht jeder sich für die virtuelle Welt interessiert.«

Einige der Frauen, bei denen ich eine Weile gewohnt hatte, waren auf Facebook gewesen. Ich hatte dabei ein paar Dinge mitbekommen, aber nicht wirklich kapiert, was daran so toll sein sollte. »Es ist nicht so, dass ich noch nie online war«, sagte ich. »Musst also nicht bei Adam und Eva anfangen.«

Jasper nahm das als Einladung und schoss los. »Das Internet gibt uns Möglichkeiten, die wir nie zuvor hatten. Gruppen mit Mitgliedern aus der ganzen Welt können sich zusammentun und zu einer Bewegung werden. Wir haben das für Leon und alle anderen Trigger getan mit *Gerechtigkeit für Leon*.«

»Wenn ich das richtig verstanden habe, sitzen die alle noch im Knast.«

»Stimmt. Aber wir sorgen dafür, dass sie nicht vergessen werden. Wir sammeln Geld für ihre Anwälte. Wir stellen unbequeme Fragen. Es ist wie eine friedliche Revolution.«

»Daran glaubt ihr wirklich?«, fragte ich.

»Ja. Und unsere Politiker werden erst merken, was los ist, wenn es zu spät ist. Die haben keine Ahnung von Internet und *Social Media*. Denken, wir schreiben da einfach nur ein bisschen mit und klicken *Gefällt-mir*-Buttons. Aber da irren sie sich gewaltig.« Jasper hatte sich so richtig in Fahrt geredet und legte nun eine Pause ein, um ein paar Flocken in sich reinzuschaufeln. Nach wenigen Bissen richtete er den Löffel auf mich. »Nehmen wir euch als Beispiel.«

»Uns?«

»Dich und Smiley.«

Jasper stellte unsere Schalen beiseite und schob das Tablet zwischen uns. »Schon mal mit so einem im Netz gesurft?«, fragte er mich.

»Ja. Ist aber eine Weile her.«

»Okay, dann pass mal auf.«

Smiley und ich waren die Schlagzeilen aller Online-Zeitungen. Jasper wischte nur schnell in die Artikel rein und dann gleich wieder raus und schon waren wir in Twitter. Er erklärte mir, dass wir dort unsere eigenen Hashtags hatten. Ich wusste nicht, was Hashtags waren. Jasper zeigte es mir. #Brückenspringer. #stand_your_ground. #Linder_Killer. #no_way_out. Und ganz neu #toteHelden. Unter jedem dieser Stichwörter fanden sich Hunderte von Tweets, auch das ein Wort, das ich erst einmal kennenlernen musste. Es gab Fangruppen für Smiley und mich. *Brückenspringer* nannten sie uns. Und dann gab es die Hassgruppen, in denen Gift und Galle gespuckt wurde.

Da draußen, in der richtigen Welt, waren Smiley und ich alleine gewesen, aber im Netz tummelten sich Tausende, die auf irgendeine Art an unserem Leben teilnahmen. Wir waren ihr Unterhaltungsprogramm, ein netter Nervenkitzel, vielleicht würde jemand sogar ein T-Shirt mit uns drauf drucken, mit einem coolen Spruch, und dann würden sie weiterziehen, einer neuen Sensation nach, und die T-Shirts im Altkleidercontainer entsorgen.

»Das letzte Nacht, das war nicht Internet«, sagte ich zu Jasper. »Das war echt. Wenn Smiley und ich bei euch auffliegen, bekommt ihr eine Menge Schwierigkeiten.«

Jasper sah mich an, als warte er auf eine Frage.

»Warum tut ihr das?«

Er musste keine Sekunde darüber nachdenken. »Weil es endlich aufhören muss«, schoss es aus ihm heraus. »Weil die falschen Leute gejagt werden. Weil zu viele Unschuldige im Gefängnis sitzen. Weil wir alles verlieren, was uns in diesem Land einmal wichtig war. Respekt vor dem anderen, Toleranz, Mitgefühl, Gerechtigkeit, einfach alles.«

Falls ihn die Bullen für diese Sache nicht einbuchteten, würde er irgendwann Politiker werden. Na ja, wahrscheinlich auch, wenn sie ihn drankriegten. Jasper hatte so ein Feuer in sich, das Feuer von jemandem, der an seine Sache glaubt.

»Du denkst also, dass ich unschuldig bin«, sagte ich.

»Klar. Du bist ein Trigger, genau wie Leon und die anderen. Man hat dich reingelegt. Alles wurde genau geplant und durchgezogen, mit dir als Bauernopfer, der klassische Set-up. Du hältst deinen Kopf für einen anderen hin. Du wirst benutzt und missbraucht, um soziale Unruhen zu schüren, die das System erschüttern sollen. Damit ein paar engstirnige Vollidioten den Weg zu einem Staat und einer Gesellschaft ebnen, in der nur noch das Normierte Platz hat.« Jasper sprang auf. »Es muss einen Weg geben, diesen Wahnsinn zu stoppen! Es muss diesen Weg einfach geben!«

Ich wäre nicht überrascht gewesen, wenn er die Faust in die Höhe gereckt hätte, aber stattdessen fuhr er sich mit der Hand über die Augen und zum ersten Mal bemerkte ich, wie erschöpft er war.

»Hör zu«, sagte er. »Ich muss gleich los. Das Tablet lass ich dir hier, den Laptop nehme ich mit.«

»Wohin gehst du?«, fragte ich.

»Uni«, antwortete er. »Wir müssen uns so normal wie möglich verhalten. Je weniger Johanna und ich unseren Alltag verändern, desto weniger Verdacht schöpft die Polizei. Bleibt von den Fenstern weg, macht keinen Lärm und bewegt euch möglichst wenig.«

»Warte!«, bat ich. »Gibt's im Internet auch was über die Gruppen, die für diesen Bund die Drecksarbeit machen?«

»Nichts Konkretes.« Er klang frustriert. »Offiziell gibt es sie nicht. Außer in kruden Verschwörungsforen wirst du nirgends etwas über sie finden, auch nicht auf unseren Plattformen. Zu gefährlich.«

»Wieso wisst ihr dann, dass es sie gibt?«

»Ex-Mitglieder, die sich an uns gewandt haben. Eltern, die wissen oder vermuten, dass ihre Kinder dabei sind. Keiner von ihnen hat je eine offizielle Aussage gemacht. Sie werden massiv unter Druck gesetzt.« Jasper schaute auf die Uhr an der Wand. »Ich muss jetzt wirklich los.«

Halb acht. Ich hatte immer gedacht, Studenten hätten ein lockeres Leben mit Ausschlafen und so. »Und Johanna?«, fragte ich.

»Hat heute später Unterricht. Frag sie, ob sie ihren Laptop braucht, und bitte sie, euch zu zeigen, wo ihr Infos über euch findet.«

»Ach, der große Bruder wirft schon wieder mit Befehlen um sich.«

Jasper fuhr herum, als er Johannas Stimme hörte. »Auch schon wach?«

Sie streckte ihm die Zunge raus und beide lachten. Trotz ihrer Sticheleien konnte man fühlen, wie sie sich mochten. So war es also, wenn man mit seiner Schwester zusammenlebte. So hätte es mit Sina sein können.

»Sagt bloß nicht, ihr habt schon gefrühstückt.« Smiley stand unter der Tür und versuchte, den Empörten zu spielen, was ihm nicht ganz gelang. Die Verlegenheit stand ihm zu offensichtlich im Gesicht und irgendwie waren ihm Arme und Beine im Weg, als er sich an den Tisch setzte. Dann würdigte er trotz seiner Bemerkung das Essen mit keinem Blick, sondern schaute entrückt zu, wie Johanna uns eine Kurzeinführung ins Tablet gab. Ich entschied, dass es besser war, wenn ich gut aufpasste, was sie sagte, denn ob Smiley sich an auch nur eine ihrer Erklärungen erinnern würde, war mehr als fraglich.

Was mir Jasper gezeigt hatte, war längst nicht alles gewesen. Viel langsamer als er arbeitete ich mich von Artikel zu Artikel. Ich konnte meine ganze schäbige Lebensgeschichte nachlesen. Stand alles da. Alles. Bis hin zu den vollgepissten Schlafanzughosen. Ich versuchte, die Seite wegzuschieben, bevor Johanna sie lesen konnte, aber ich war viel zu langsam. Johanna legte ihre Hand auf meine und hielt mich davon ab. »Hab ich alles schon gesehen. Brauchst dich nicht zu schämen. Er war das Schwein, das dir diese schrecklichen Narben zugefügt hat, nicht wahr?«

Mit dem Schwein meinte sie den schwarzen Mann.

Selbst wenn ich gewollt hätte, hätte ich keine Antwort über die Lippen gebracht. Johanna erlöste mich und rief eine neue Seite auf. Ich hielt den Atem an. Als könnte das Bild verschwinden, wenn ich mich bewegte, schaute ich in das Gesicht meiner Schwester. Das Foto musste gemacht worden sein, nachdem sie mich ins Heim gebracht hatten. Sie schien etwas älter, nicht viel, vielleicht ein oder zwei Jahre. Man sah, dass der Fotograf sie aufgefordert hatte zu lächeln. Sie hatte brav gehorcht, doch etwas fehlte. Ihre Augen lächelten nicht. Ich wusste, warum, und hätte beinahe geheult. Den Text zu lesen schaffte ich nicht. Selbst wenn wir zusammengeblieben wären, wäre es zwischen uns nie so gewesen wie zwischen Jasper und Johanna.

»Kannst …« Ich räusperte mich. »Kannst du mir das Foto ausdrucken?«

»Klar doch.«

Ich hörte das Mitleid in Johannas Stimme und ertrug es nicht. Ich verdiente kein Mitleid!

»Du könntest sie auch einfach besuchen, wenn das hier vorbei ist«, mischte sich Smiley ein.

»Kann ich nicht!«, fuhr ich ihn an.

»Und warum nicht?«

»Ich bin schuld. Ich hab sie losgelassen.«

Danach musste sie ohne mich beim schwarzen Mann bleiben. Sie würde mir das nie verzeihen. Nie.

»Du warst elf!«, versuchte mich Johanna zu beruhigen. »Ein Kind.«

»Hör auf!«, schrie ich sie an. »Ich war elf, na und? Meine Schwester war acht. Ich hätte sie nie in dieses Boot steigen lassen dürfen.«

»Es war ein Unfall«, sagte Smiley. »Ich habe den Artikel gelesen. Hörst du? Es war ein Unfall.« Er klang, als wolle er jedes einzelne Wort für immer in meinen Schädel einhämmern.

»Es war kein Unfall«, flüsterte ich. »Ich war schuld.«

Ich habe Angst. Selbst wenn Sina es nicht gesagt hätte, hätte ich es gewusst. Die Angst stand in ihrem Gesicht, wohnte in ihrem schmächtigen Körper, vibrierte in ihrer Stimme. Jeden einzelnen Tag. Auch in den Ferien, denn Ferien waren für den schwarzen Mann zwar ein Weggehen von zu Hause, aber nicht ein Abkehren von seinen Gewohnheiten. Er ließ mich jeden Abend lesen und tagsüber redete er vom Segen der frischen Seeluft, von körperlicher Ertüchtigung und von der Kraft der Starken. Er marschierte stundenlang mit uns auf der Insel herum und verlangte, dass wir sämtliche Baum- und Vogelarten auswendig lernten. An dem Tag, an dem ich meine Schwester losließ, waren wir auf einer Inselwanderung. Ich fing mir eine aufgescheuerte Blase an den Füßen ein und war dem schwarzen Mann zu langsam. Er trieb mich mit spöttischen Bemerkungen und Schlägen an. Seine Fingerknöchel knallten auf meinen Schädel, seine Worte setzten den Hass in mir frei. Am Ende der Wanderung gönnte er sich ein Glas Most in einem Restaurant am Wasser, während Sina und ich draußen warten mussten. Ich sah das Boot am Steg, das Ufer auf der anderen Seite, greifbar nah.

»Möchtest du mit mir Boot fahren?«, fragte ich Sina.

Ihre Augen leuchteten auf, nur kurz, dann warf die Angst vor dem Verbotenen und der Strafe des schwarzen Mannes wieder ihren Schatten auf ihr Gesicht.

»Dort drüben gibt es ihn nicht mehr«, flüsterte ich und zeigte auf das andere Ufer.

»Aber …«

»Dort drüben ist alles anders. Dort drüben ist die Freiheit.«

Freiheit. Das war für mich ein Leben mit Sina, ohne den schwarzen Mann, ohne das Lesen, ohne die Schläge, ohne die Angst davor, dass der schwarze Mann eines Abends mein Zimmer ausließ und durch Sinas Tür ging. Freiheit! Wie oft hatte ich mich danach gesehnt! Und jetzt war sie da, nur ein paar Steinwürfe entfernt. Mein Herz klopfte wie wild, aber ich wusste, dass mich nichts davon abhalten konnte, es zu versuchen. In meiner Fantasie war das andere Ufer plötzlich so etwas wie das gelobte Land.

»Ich will mit dir in die Freiheit«, sagte Sina ernst.

Ich beobachtete den schwarzen Mann aus meinen Augenwinkeln. Er würde sein Glas leeren, bezahlen und zur Toilette gehen. Das tat er immer. Auch an jenem Tag. Als er aus meinem Blickfeld verschwand, griff ich nach der Hand meiner Schwester. »Jetzt«, flüsterte ich und wir rannten los.

Das Boot sah sehr alt aus und es hatte Wasser auf dem Boden. Sina wollte nicht einsteigen. Einen Augenblick lang hatte auch ich die Panik. Ich konnte nicht schwimmen. Die Sehnsucht nach einem anderen Leben siegte.

»Es ist nur ein bisschen Wasser. Alle Boote haben ein bisschen Wasser auf dem Boden«, beruhigte ich Sina.

»Und wenn wir untergehen?«

»Dann halte ich dich fest und lasse dich nicht los. Aber wir werden nicht untergehen.«

»Versprochen?«

Es war nicht weit ans andere Ufer. Wir würden nicht untergehen! »Versprochen«, sagte ich.

Ich war ihr großer Bruder. Sie vertraute mir. Vorsichtig stiegen wir ein. Es schaukelte nur ein bisschen. Ich stieß das Boot ab und begann zu rudern.

Schon nach wenigen Metern drang Wasser durch den Boden. Ich hätte um Hilfe rufen müssen, aber ich tat es nicht, trotz aller Angst. Ich wollte so sehr von diesem Mann weg und ich wusste noch nicht viel über das Sterben, nur, dass ich lieber sterben würde, als beim schwarzen Mann zu bleiben.

Das Boot füllte sich. Ich ruderte und kam nicht voran. Beim Steg brüllte der schwarze Mann. Das andere Ufer rückte unendlich weit weg. Die ganze Zeit schaute mich Sina nur an. Sie schrie nicht und weinte nicht, sondern griff nach meiner Hand. Ich hielt sie fest. Als das Boot unterging, waren unsere Finger eng ineinander verschlungen. Ich strampelte mit den Beinen und versuchte, Sina über Wasser zu halten. Hunde konnten schwimmen, obwohl sie es nie gelernt hatten, andere Tiere konnten schwimmen, also musste ich das doch auch können. Es hatte immer so leicht ausgesehen. Eine Weile gelang es mir, oben zu bleiben, dann zog es mich hinab in die Tiefe. Mit mir meine Schwester. Ich kämpfte dagegen an. Das Wasser war stärker. Ich atmete ein. Es kam keine Luft. Nur ein Licht. Ich ließ Sinas Hand los.

Wir wurden beide gerettet. Eine Woche später brachte mich eine Frau ins Heim. Sie hatte rote Haare und ein Muttermal neben ihrem Mund.

»Was weißt du schon?« Ich schrie immer noch.

Smiley packte mich an den Schultern. »Ich weiß, dass es langsam Zeit wäre, die Dinge zu sehen, wie sie waren. Du warst ein Kind. Du wollest deine Schwester nicht umbringen. Du hast losgelassen, weil du nicht anders konntest.« Er holte Luft. »Und du solltest schwimmen lernen.«

Dazu war es zu spät. Ich war der eiskalte Entführer. Der durchgeknallte Killer. Der Typ mit der verkorksten Kindheit, aus dem nichts anderes hatte werden können. Stand alles im Netz. Ich würde im Knast landen, und dort gab es kein Übungsschwimmbecken für Anfänger und auch keine Chance, kleine Schwestern zu besuchen, die man im Stich gelassen hatte. Schon gar nicht würde sie mich angrinsen und mir lachend die Zunge rausstrecken. Ich stand auf und verzog mich ins Wohnzimmer. Der ganze Müll in diesem verdammten Internet konnte mir gestohlen bleiben.

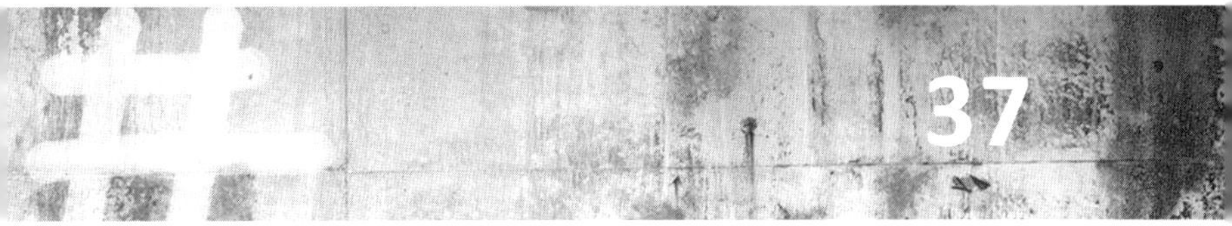

37

Walter T. @Eidgenoss
Die **#Brückenspringer** waren keine Helden, sondern Kriminelle der schlimmsten Sorte. Sie haben bekommen, was sie verdient haben.

Ich habe keine Ahnung, wie lange ich auf dem Sofa lag und Löcher in die Decke starrte. Ich wusste nicht, wie weh sterben tat, immer noch nicht, aber bestimmt konnte es nicht mehr wehtun als das, was ich fühlte. Aus der Küche drangen die Stimmen von Johanna und Smiley und irgendwann hörte ich Schritte im Flur und das leise Surren der Lifttür. Kurz danach hatte ich Smiley an der Backe.

»Hast du dich schon selbst zerfleischt oder hilfst du mir bei meinen Nachforschungen?«

Ich stand kurz vor dem Losheulen. Hör auf, dachte ich. Hör einfach auf.

»Ist das beste Mittel gegen ätzend stinkende Erinnerungssümpfe.« Smileys Stimme war wieder so weich wie bei Edy im Krankenhaus.

Er meinte es gut, aber gegen das, was in mir drin war, kam er nicht an.

»Diese flachen Dinger haben es in sich«, redete Smiley weiter, als habe er nicht bemerkt, wie es um mich stand. »Außerdem hat Johanna ihren Laptop hiergelassen. Ich denke, wir machen uns mal so richtig schlau.«

»Ich … Ich dachte, für das Denken sei ich zuständig.« Ich musste jedes Wort einzeln aus mir rausdrücken und bei jedem hatte ich Angst, loszuheulen.

»Bist du auch.«

»Wir …«, begann ich.

»Ja?«

»Wir … Wir sollten endlich mal anständig planen.« Ich war immer noch total zittrig, aber wenigstens hatte ich das mit dem Heulen unter Kontrolle.

»Ja, das denke ich auch. Ich meine, du weißt schon, also …« Smiley stand da, ruderte mit den Armen und schaute mich mit großen Augen an. »Mick?«

»Ich bin in Ordnung. Glaub ich.«

»Wir …«, quietschte er los. Er räusperte sich und fing noch einmal an. »Wir könnten zweigleisig fahren. Johanna hat ihren Laptop hiergelassen. Dort suchen wir Informationen über Jakob Linder. Auf diesem flachen Dings, ähm, dem Tablet, verfolgen wir, wie dicht die Bullen uns auf den Fersen sind.«

Ich war ganz schön beeindruckt. Bis mir einfiel, dass diese Idee wahrscheinlich von Johanna stammte, samt dem Wort *zweigleisig*.

»Die Idee ist von Johanna«, gestand Smiley. Bei der Erwähnung ihres Namens nahm sein Gesicht eine rötliche Farbe an.

»Hätte auch von dir sein können.« Mit dieser Antwort zündete ich eine ganze Lichterkette in seinen Augen. »Echt?«, fragte er.

Er war ein prima Kumpel. Nur prima Kumpel schleuderten einem die Wahrheit so ehrlich ins Gesicht, wie er es eben getan hatte. »Echt«, antwortete ich. »Du hast Johanna gesagt, was wir vorhaben, nicht wahr?«

»Sie wollte wissen, warum wir nicht aus der Stadt raus sind. Nach allem, was sie und Jasper für uns getan haben, dachte ich …«

»Schon gut«, unterbrach ich ihn.

»Viel konnte ich ihr sowieso nicht verraten. Ich habe nur gesagt, dass wir Jake festnageln wollen.«

Das war wirklich nicht sehr viel. Auch nicht viel mehr, als wir selber wussten. Es wurde Zeit, die Dinge anzugehen. »Was hat Edy dir im Krankenhaus gesagt?«, fragte ich.

Smiley fand sein Grinsen wieder. »Ich dachte, du fragst nie. Womit soll ich anfangen? Mit der guten Nachricht oder der schlechten?«

Mein Hals machte schon wieder dicht.

»Der schlechten.«

»Edys Mutter hat nie über eine Scheidung geredet, auch nicht über ein Testament oder so, und Edy hat nie gesehen, dass sie etwas aufgeschrieben hat.«

Es war, als würde man gegen eine Wand rennen.

»Sie sagte aber auch, dass ihre Mutter sehr vorsichtig gewesen wäre, wenn sie es getan hätte. Sie traute niemandem.« Smiley grinste. »Erinnert mich an dich.«

Nun, sie war zumindest so kaputt gewesen wie ich.

»Sie hat im Suff behauptet, die Reinigungsfrau sei eine Spionin von Jake.« Smiley schüttelte den Kopf. »Verstehst du das?«

Ich verstand es nicht nur, es ergab sogar Sinn. Isabella hatte mehr als nur ihre Scheidung vorbereitet. Sie mochte kaputt gewesen sein, aber wahrscheinlich nicht so dumm, wie ich sie gesehen hatte. Jake hätte sie nicht einfach gehen lassen, das wusste sie. Sie brauchte etwas, das sie gegen ihn verwenden konnte. Die bösen Dinge, die sie aufschrieb. Bei einem Gegner wie Jake war es besser, diese Dinge gut zu verstecken und niemandem zu trauen.

»Isabella hatte ziemlich sicher etwas gegen Jake in der Hand. Sie musste vorsichtig sein und dazu gehörte, gar niemandem zu trauen«, antwortete ich.

»Die Beweise, die wir suchen! Es gibt sie wirklich, Mick!« Smiley strahlte. »Und ich weiß, wo sie sind!«

Ich hatte so eine Ahnung, wo, aber ich ließ Smiley den Vortritt. »Wenn Isabella etwas versteckt hat, dann in ihrem Atelier. Da durfte nämlich niemand rein, auch Jake nicht.«

»Hat Edy das gesagt?«, fragte ich.

»Ja!«

Smiley sah aus, als hätte er im Lotto gewonnen. Vielleicht hatten wir das tatsächlich.

Lusthöhle, so hatte Jake das Atelier genannt. *Es gab noch andere,* erinnerte mich Edys Stimme. Isabella hatte ihre Spielzeugjungs gehabt. Wäre ich einer von ihnen gewesen, hätte sie mich in ihre *Lusthöhle* abgeschleppt. Ich war aber im Gästezimmer aufgewacht. Das musste einen Grund haben. Jake tat nichts Unüberlegtes. Plötzlich sah ich alles klar.

»Jake konnte es nicht riskieren, seine Frau in ihrem Atelier umbringen zu lassen«, sagte ich. »Nach einem Mord sucht die Spurensicherung jeden Quadratzentimeter des Tatorts gründlich ab. Sie hätte dabei etwas finden können, von dem Jake nicht wollte, dass es gefunden wurde.«

»Sag ich ja«, murmelte Smiley.

In mir drin kribbelte etwas. »Er musste für seine Tat einen Ort wählen, der clean war, einen Ort im Einflussbereich von Frau Blitzblanksauber, denn ihr entgeht nichts. Der Mord im Gästezimmer ist ein Zeichen«, sagte ich.

»Wofür?«

»Dass Jake nicht sicher war, ob er das Atelier gründlich genug durchsucht hat oder ob da noch etwas ist.«

»Die Beweise sind noch da!«, rief Smiley aufgeregt. »Sie müssen einfach noch da sein!«

Ich war nicht so sicher wie er, aber das Atelier war unsere einzige Hoffnung. »Hast du nicht noch was von einer guten Nachricht gesagt?«, fragte ich.

»Ja, hab ich.« Seine Mundwinkel reichten von einem Ohr zum anderen.

»Spuck's schon aus.«

»Edy sagt, du bist kein Scheißkerl.«

Es war zu viel. Mir kamen die Tränen. Smiley hatte die Güte, sich zu verziehen und so zu tun, als hätte er nichts gesehen.

38

Vani_L. @Vani-lle
Sie waren Asis. Abschaum. Verbrecher. **#Linder_Killer** Wie könnt ihr so jemanden in Schutz nehmen? **#GfLeon**

Die nächsten paar Stunden waren total schräg. Wir bekamen beinahe in Echtzeit mit, was ablief. Smiley meinte, er habe nicht viel verpasst ohne dieses Onlinezeugs. »Ist gnadenlos verrückt, was da abgeht«, sagte er. »Mal ganz ehrlich, da blickt doch keiner durch.«

Auf den Newsportalen und auf Twitter wurden Meldungen und Gerüchte beinahe im Sekundentakt aufgeschaltet und ich fragte mich, ob irgendwer auch nur eine Minute darüber nachdachte, was Wahrheit und was Gerücht war.

Wir bekamen mit, wie *Gerechtigkeit für Leon* in die Mühle der Ermittler und der Presse geriet. Das zog auch Jasper und Johanna in die Geschichte rein. Es dauerte nicht lange, bis ein Zusammenhang zwischen der Gruppe und Levi hergestellt war. Von da war es ein kurzer Schritt zu Spekulationen darüber, ob Smiley und ich wirklich in dem versenkten Wagen gesessen hatten. Das einzig Gute an der Sache war der Staub, den diese ganzen Meldungen aufwirbelten. Das zwang die Typen, die hinter uns her waren, zur Vorsicht. Sie konnten uns nicht einfach hier herausholen, selbst wenn sie herausgefunden hatten, wo wir waren.

Die Online-Live-Show war das eine. Gleichzeitig arbeiteten Smiley und ich an unserem Plan. Es war immer noch derselbe wie in Margots Versteck: Edy fragen, wo die Beweise waren, zu Jake gehen und sie ihm klauen, sie zur Polizei bringen. Den ersten Punkt konnten wir abhaken. Edy hatten wir besucht, die Fragen gestellt. Der nächste Punkt auf der Liste waren die Beweise gegen Jake. Wenn es sie gab, mussten sie in Isabellas Atelier sein, aber wir konnten da nicht so unvorbereitet hin wie ins Krankenhaus. Wir brauchten einen wirklich guten Plan, denn Jake war ein mächtiger Gegner und wir hatten vor, mitten in sein Revier einzudringen.

Bevor wir das taten, wollten wir so viel wie möglich über ihn herausfinden. Ich stieß auf einen Artikel über die Firma, die Isabellas verstorbener Mann ihr hinterlassen hatte. Isabella hatte daran gedacht, sie zu verkaufen, doch dann war sie Jakob Linder begegnet. Ein wunderbarer Zufall, eine romantische Geschichte. Ich wusste es besser. Jake hatte sich die richtige Frau geangelt.

Die Firma, die Isabella von ihrem Mann geerbt hatte, war eines der weltweit führenden Unternehmen im Bereich der Mikrotechnologie, so stand es zumindest im Internet, und wenn ich diese komplizierten Wirtschaftsnachrichten nicht falsch verstand, steckte in der Firma nicht nur extrem viel Potenzial, sie war auch extrem viel wert. Es ging um Hochqualitätsprodukte, um bahnbrechende Erfindungen und Patente. Ich kapierte nicht alles, aber eins war mir klar: Jake hatte sich den Jackpot geholt.

Die Firma war sein Tor zu Geld und Macht, das Eintrittsticket in den Verwaltungsrat der Klinik Wiesenau und in diesen tatkräftigen Bund, in dem es laut Margot einen harten Kern mit Verbindungen zu Geheimtruppen gab, wenn nicht schon vor Jakes Eintreten, dann spätestens kurz danach. Ich hätte es Jake zugetraut, diesen Kern zu gründen. Ein auf Verschworenheit getrimmter Trupp wäre für ihn ein Versuchslabor der spannenden Art und gleichzeitig ein sicherer Hort für seine dunklen Machenschaften. Das Wissen um die Taten der anderen machte diese Männer zu einer verschwiegenen Einheit, in der keiner es wagen konnte, sein Schweigen zu brechen, ohne selber auf den Radar der Ermittler zu geraten.

Jasper glaubte, es ginge um Politik, darum, dem Land eine Philosophie aufzudrücken. Ich sah die Welt anders als er. Diesen Männern ging es um nichts anderes als um Eigeninteressen: Verdrängung von Konkurrenz, Versicherungsbetrug, Loswerden von lästig gewordenen Wegbegleitern, und das alles, ohne auch nur in den Verdacht zu geraten, etwas damit zu tun zu haben. Ihr Bund war eine ziemlich praktische Sache. Sie kehrten ihr schmutziges Geschäft nicht unter einen Teppich, wo man es finden konnte, sondern schoben es anderen in die Schuhe. Die Idee war schon fast zum Erbrechen genial.

Beim Surfen stolperte ich auch über einen Artikel über den mysteriösen Verkehrsunfall von Yannik, Edys Freund. Ich schaute mir sein Foto an. Er sah aus wie einer, dem man vielleicht trauen konnte. Auf jeden Fall nicht wie ein großkotziger Wichtigtuer oder ein verwöhnter Luxusbubi.

»Sieht nett aus.«

Ich zuckte zusammen. Smiley war nicht mehr mit dem Tablet beschäftigt, sondern betrachtete Yanniks Bild. Es war zu spät, die Seite zu schließen.

»Ja«, sagte ich.

»Die Eifersucht kannst du dir sparen. Der arme Kerl ist tot.« Smiley schob das Tablet zu mir herüber. »Bevor du wieder in deine Hölle absteigst, guck dir an, was ich gefunden habe.«

Leichen entdeckt?, las ich. *Polizeitaucher scheinen fündig geworden zu sein.*

Das hätte ein Scherz sein können, wenn der Typ, der es getwittert hatte, nicht ein Journalist einer bekannten Tageszeitung gewesen wäre, über dessen Kürzel ich mehrmals gestolpert war.

»Hast du eine Ahnung, was das soll?«, fragte ich.

»Nicht die leiseste«, antwortete Smiley, »aber ich denke, das ist kein schlechtes Zeichen.«

Mir kam ein abwegig verrückter Gedanke. »Das ist es! Die geben uns ein Zeichen!«

»Seit wann glaubst du an Zeichen?«

Ich glaubte nicht an Zeichen, aber es musste einen Grund geben, warum die Polizei behauptete, etwas gefunden zu haben, das man nicht finden konnte. Ich hatte nur eine Erklärung dafür. »Sie wollen uns damit was sagen.«

»Mick! Bullen geben Verbrechern keine Zeichen.«

»Und wenn doch?«

»Dann würde ich gerne wissen, was sie uns damit sagen wollen.«

»Keine Ahnung. Aber denk doch mal nach. Im Krankenhaus hätten die Bullen vor Edys Zimmer sitzen müssen. Was, wenn die uns mit Absicht zu ihr reingelassen haben?«

»Nein. Da war einfach zu viel los. Die haben kurz nicht aufgepasst.« Smiley kaute nachdenklich auf seiner Unterlippe herum. »Daniel war da. Fragt sich nur, was er ist. Bulle oder Bösewicht.«

»Bulle.« Ich vermied es, Smiley anzuschauen.

»Bist du sicher? Er hat uns nicht geholfen.«

»Er konnte nicht.«

»Wie? Er konnte nicht?«

Es war Zeit, Smiley zu erzählen, was im Treppenhaus beim Notausgang passiert war. »Ich habe auf ihn geschossen.«

Smileys Augen weiteten sich. »Du hast auf Daniel geschossen?« Er holte tief Luft. »Hast du ihn getroffen?«

»Ich glaube nicht.«

»Warum und womit?«, fragte Smiley fassungslos.

»Weil der Typ mir eine Knarre in die Hand drückte und mir drohte, ein paar Menschen für immer auf seinem Radar zu behalten, wenn ich es nicht tue.« Mehr wollte ich nicht sagen. Deshalb redete ich schnell weiter. »Wir haben stundenlang Artikel über uns gelesen. Aber von einer Schießerei im Krankenhaus hat niemand berichtet. Seltsam, nicht?«

Smiley legte seine Stirn in Falten. »Vielleicht wollen die Bullen die Stimmung nicht noch mehr anheizen. Es gibt ja genug andere, die das machen.« Er beugte sich vor und schaute mich eindringlich an. »Du hast wirklich auf Daniel geschossen?«

»Ich habe danebengezielt.«

»Dann hoffe ich, du bist gut im Danebenzielen.«

Das hoffte ich auch.

»Die Typen würden nicht auf ihre eigenen Leute schießen. Daniel könnte also tatsächlich ein Bulle sein, aber er konnte uns weder retten noch verhaften, weil du …«

»Weil ich auf ihn geschossen habe«, unterbrach ich Smiley.

»Genau. Und deshalb haben uns die Bullen im Krankenhaus aus den Augen verloren«, sagte er. »So einfach ist das. Sie geben uns keine Zeichen, sie sind schlicht zu langsam und zu wenig gut für Jakes Männer.«

»Daniel hätte Verstärkung anfordern können. Vielleicht sind uns die Bullen in die Senke gefolgt, konnten aber nicht eingreifen, weil da schon eine Horde Internetfreaks war«, versuchte ich Smiley doch noch zu überzeugen.

»Dann hätten sie uns pflücken können, als wir oben bei den Autos ankamen.« Smiley schüttelte den Kopf. »Nein. Bullen geben keine Zeichen. Sie weichen Verbrechern nicht aus. Sie verhaften sie, wenn sie die Gelegenheit dazu haben. Punkt.«

Er hatte recht. Meine Gedanken drehten sich trotzdem weiter. Die Leitungen in meinem Kopf heizten sich auf, bis er sich anfühlte wie ein Dampfkessel. Plötzlich fiel der Druck ab. Ich sah die Antwort und sie schien mir klar und logisch. »Wenn sie uns verhaftet hätten, gäbe es Zeugen. Uns. Wir würden nicht dasselbe aussagen wie Edy. Jake müsste handeln. Das würde Edy in Gefahr bringen. Mensch, Smiley, die Bullen wissen Bescheid und geben uns zu verstehen, dass wir untergetaucht bleiben sollen.«

»Vergiss es! Kein Bulle dieser Erde lässt Typen wie uns laufen! Die hätten uns schon längst still und heimlich kassiert, wenn sie uns aus dem Weg haben wollten.« Smiley drückte seine Hände gegen die Schläfen. »Wir drehen uns im Kreis. Mir ist schwindlig und mein Kopf explodiert gleich. Ich leg mich ein wenig hin. Ruf mich, wenn du mich brauchst.«

Er stand auf und verzog sich ins Gästezimmer. Ich blieb sitzen und dachte weiter nach.

Die hätten uns schon längst still und heimlich kassiert. Vielleicht hatte Daniel genau das versucht nach der Flucht aus Margots Haus! Oder auch nicht. Vielleicht war er einfach irgendein netter Typ, der nichts anderes wollte, als etwas Gutes für *Gerechtigkeit für Leon* zu tun, und ich hatte ihn niedergestochen. Es war einfach unmöglich, da noch durchzublicken!

Ich setzte mich wieder an den Laptop und suchte im Internet nach Edy. Jetzt, wo ich allein war und mir niemand über die Schulter schaute, fiel es mir leichter, die Seiten aufzurufen, in denen die Medien über ihren Selbstmordversuch berichteten. Mitten in einem der Artikel stieß ich auf ein altes Familienfoto. Es zeigte eine glückliche Familie. Isabella war wunderschön und strahlte in die Kamera, als hätte sie das Glück gefunden. Edys Vater sagte, Edy hätte sein Leben erst komplett gemacht.

Ich hatte keine Ahnung, wie es war, eine Familie zu haben und geliebt zu werden. Außer Sina hatte ich nicht wirklich eine gehabt und obwohl Sina noch lebte, fühlte sich das Nichts in mir an manchen Tagen so leer an, dass es mich aufzusaugen drohte. Edy hatte alles verloren. Ihr

Nichts musste ein unendliches, riesiges schwarzes Loch sein. Kein Wunder, hatte sie sich darin total verloren.

Schnell schloss ich die Seite und warf einen Blick auf die aktuellen Meldungen. Die neuste Schlagzeile drehte mir den Magen um.

Sexvideo von Isabella Linder und ihrem Mörder aufgetaucht!

Sexvideo? Ich hatte nicht mit Isabella geschlafen! Oder doch? Jagte ich Phantome? Suchte ich so verzweifelt in Jake den Schuldigen, weil ich nicht wahrhaben wollte, dass ich Isabellas Mörder war? Eine Bewegung meiner Finger, und der Artikel wäre weg gewesen. Ich zögerte und folgte dann dem Link.

Die Aufnahmen waren unscharf, aber es war hell. Viel zu hell für den Abend. Die Sonne schien ins Zimmer. Warum? Sie war beinahe untergegangen, als ich mit Jake und Isabella auf der Veranda gesessen hatte!

Verwirrt schaute ich zu, wie Isabella sich über mich beugte, mit meinen Piercings spielte und ihre Hand zu meinem Ausschnitt gleiten ließ.

All das war wirklich passiert. Aber nicht in der Nacht, in der Isabella umgebracht worden war. Was ich mir da anschaute, war Edys Film. Den, den sie mit dem Handy auf ihrem Sprungbrett gemacht hatte. Der Film hörte in dem Moment auf, als Isabella ihre Brüste vor mein Gesicht hielt. Es war ein klarer Fall. Genauso klar wie der Rest des Artikels, in dem stand, dass ich mich von älteren Frauen aushalten ließ und auch mit ihnen schlief.

Wie die Aufnahmen ins Netz gelangt waren, spielte keine Rolle. Sie waren da und sie bewiesen, was für ein Mistkerl ich war.

Die Stimmung kippte. Die Webseite von *Gerechtigkeit für Leon* wurde mit Kommentaren der untersten Schublade eingedeckt. Kurz nach dem Mittag deaktivierte jemand die Kommentarfunktion auf der Seite. Gleich darauf summte zum ersten Mal die Türklingel. Ich fuhr vor Schreck hoch und wusste nicht, was ich tun sollte. Smiley kam aus dem Gästezimmer geschossen. Ohne etwas zu sagen, warteten wir darauf, dass es aufhörte. Es hörte nicht auf. Dann ging auch das Telefon los. Immer und immer wieder. Wir verkrochen uns im Wohnzimmer und arbeiteten an unserem Plan, während wir im Internet mitbekamen, wie die Hölle losbrach.

Ein Obdachloser wurde krankenhausreif geschlagen. In einem sonst ruhigen Wohnviertel verfolgten zwei Männer einen Jugendlichen, weil er ihnen verdächtig vorkam. Er rannte in einen vorbeifahrenden Wagen, wurde weggeschleudert und blieb schwer verletzt liegen. Margots Haus wurde mit Farbbeuteln beworfen. Es kam zu Randalen in größeren Städten. In Artikeln und Kommentaren wurde nach verstärkter Polizeipräsenz verlangt. Die Scharfmacher waren längst einen Schritt weiter. Sie forderten den Einsatz des Militärs.

Es war Krieg. Und wenn es nach den Empörten da draußen ging, war ich der Auslöser. Alles war genau so, wie Margot gesagt hatte. Das Land explodierte und ich war schuld.

»Oh, nein«, stöhnte Smiley.

»Was ist?«, fragte ich.
Er schob mir das Tablet hin. »Lies.«

Happy End für Editha Linder

Ein Albtraum geht zu Ende. Die entführte Editha Linder kehrt heim.

Für die entführte Editha Linder geht ein Albtraum zu Ende. Nachdem sich ihr Gesundheitszustand schneller als erwartet stabilisiert hat, haben die Ärzte grünes Licht für eine Verlegung nach Hause gegeben. Auf Wunsch ihres Stiefvaters Jakob Linder wird sie morgen früh in den Familiensitz der Linders überführt. Dort soll sie abgeschirmt von der Öffentlichkeit gesund gepflegt werden.
»Sie erhält die beste und professionellste Pflege, die man sich nur denken kann«, versicherte Jakob Linder auf Nachfragen von Journalisten. »Dabei werden wir eng mit der Klinik Wiesenau zusammenarbeiten, die für ihre hervorragenden Therapieangebote sowohl physischer als auch psychischer Natur bekannt ist.«
Die Zusammenarbeit mit der Klinik Wiesenau ist kein Zufall. Als Verwaltungsrat kennt Jakob Linder ihre Erfolge und setzt begründete Hoffnungen in die Genesung seiner Tochter. Der Besitzer einer der bedeutendsten Firmen unseres Landes sieht sich nach dem Tod seiner Ehefrau und der traumatischen Entführung seiner Stieftochter mit der größten Herausforderung und Aufgabe seines Lebens konfrontiert. Jakob Linder lässt keinen Zweifel daran aufkommen, dass er sie mit seiner Stieftochter meistern wird.

39

Bund für eine tatkräftige Nation @BtN
Wir distanzieren uns von den reißerischen Bemerkungen, die in unserem Namen gemacht werden. Unsere Grundwerte halten wir jedoch nach wie vor hoch.

Nach Hause! Das bedeutete eine Behandlung, die niemand überwachen würde! Jake hatte freie Hand. Er konnte Edy mit Doc Walters Hilfe in den Wahnsinn treiben und sie dann in der psychiatrischen Abteilung der Klinik wegschließen, oder er inszenierte einen weiteren Selbstmordversuch – dieses Mal mit Erfolg. Edy durfte nicht nach Hause! Unter keinen Umständen.

»Wir müssen hier raus«, sagte ich zu Smiley.

»Jasper ist weg.«

Smiley und ich fuhren herum.

»Johanna!«, rief Smiley.

Wir hatten sie nicht kommen gehört. Sie stand unter der Tür und sah furchtbar aus. Ihr Gesicht war kreideweiß. In ihren Augen stand die Angst. Aber das war nicht das Schlimmste. Die ganze Sicherheit, die Johanna noch gestern ausgestrahlt hatte, der ganze Glanz, der sie umgeben hatte, alles war verschwunden. Smiley ging auf sie zu und nahm sie in die Arme. Er drückte sie an sich und fuhr mit der Hand über ihre Haare, erst zögernd und unbeholfen, dann immer zärtlicher, bis ihr Körper aufhörte zu beben. Sie löste sich aus Smileys Umarmung. »Ich weiß nicht, wo Jasper ist!«

»Was ist passiert?«

Smiley zu hören tat beinahe so weh, wie Johanna anzusehen.

»Er ist verletzt. Nachdem er die Kommentare auf unserer Webseite abgeschaltet hatte, verließ er die Uni. Ich … Ich glaube, er wollte nach Hause. Aber jemand im Bus hat ihn erkannt. Er wurde beim Aussteigen angerempelt und ist gestürzt.«

»Hast du eine Ahnung, wo er sein könnte?«, fragte Smiley. »Vielleicht bei Steff oder Levi?«

»Ich erreiche niemanden.« Johannas Augen füllten sich mit Tränen. »Jasper geht nicht ran und ruft nicht zurück. Steff und Levi haben ihre Handys ausgeschaltet.«

»Vielleicht ist der Akku leer«, versuchte Smiley sie zu trösten. »Jasper kommt bestimmt jeden Moment nach Hause.«

»Wie denn?«, rief sie. »Da sind doch überall Medienleute und Gaffer. Sogar vor dem Eingang draußen warten sie. Sie haben mich beinahe nicht durchgelassen.«

Wir konnten nichts für Jasper tun. Nur darauf warten, dass er sich meldete. Ich hatte immer gedacht, es gäbe nichts Hoffnungsloseres, als in der Scheiße zu stecken. Das stimmte nicht. Nichts, aber auch gar nichts tun zu können, war viel schlimmer. Das Warten fraß mich von innen her auf. Johanna brach in Hektik aus. Sie las Onlinemeldungen und schrieb Mails an Verbündete. Ich hatte genug vom Internet. Das löste kein einziges unserer Probleme.

»Es wird Zeit, Jake festzunageln«, sagte ich zu Smiley. »Heute Nacht. Morgen ist es zu spät.«

»Bin dabei.«

Er verschränkte seine Arme und machte ein Gesicht wie ein zu allem entschlossener Indianerhäuptling. Ich lachte nicht. Es war so weit. Wir würden in den Sonnenuntergang reiten. Er und ich. Ohne eine wirklich große Chance auf einen Sonnenaufgang am nächsten Morgen. Auf eine ganz verrückte Art fühlte sich das gut an.

Der Klingelton eines Handys zerriss die ganze feierliche Stimmung.

»Jasper!«, rief Johanna. Sie kam zu uns ins Wohnzimmer und stellte den Lautsprecher ein, damit Smiley und ich mithören konnten.

Er hatte sich zu einem Freund durchgeschlagen und dort versteckt. Abgesehen von einem kaputten Handy und einer blutigen Beule am Kopf ging es ihm gut. Behauptete er. Er klang nicht wie einer, der Angst hatte, eher wie einer, der wütend ist. »Wir müssen kämpfen! Die Menschen auf unsere Seite bringen, sie mobilisieren.«

»Mobilisieren. Kämpfen.« Johanna schleuderte die Wörter nicht nur ins Telefon, sondern gleich auch in Richtung von Smiley und mir. »Begreift ihr überhaupt, wie gefährlich der Kampf geworden ist?«

»Kämpfen ist immer gefährlich«, sagte Jasper.

Johanna schaltete den Lautsprecher aus und verschwand mit dem Telefon in ihr Zimmer. Smiley und ich hörten, wie sie auf Jasper einredete. Nach einer Weile kam sie zurück und hielt mir das Gerät hin. »Er will mit dir reden. Sag ihm, es reicht!«

Ich verzog mich mit dem Handy in die Küche.

Jasper machte es kurz. »Ihr müsst aus der Wohnung raus. Es wird zu unsicher.«

»Wollten wir sowieso. Könnte ziemlich schwierig werden. Da draußen sind eine Menge Leute.«

»Ich lasse mir etwas einfallen und melde mich. In meinem Schreibtisch findest du ein Handy. Ich ruf dich an.«

»Da ist noch was.« Ich zögerte, aber es war wichtig. Jasper musste wissen, an wen er sich wenden konnte und an wen nicht. »Daniel. Er könnte ein Bulle sein.«

Eine Weile blieb es still. »Wie kommst du darauf?« Ich erzählte ihm von unserem Verdacht.

»Warum hast du mir das nicht früher gesagt?«

»Ich hatte Angst, dass du mir nicht glauben würdest.«

»Hätte ich auch nicht.«

Er glaubte mir auch jetzt nicht. Ich konnte es an seiner Stimme hören. »Bis dann«, verabschiedete er sich knapp und klickte mich weg.

Das Warten begann von Neuem. Johanna war kaum mehr auszuhalten. Smiley begriff nicht, wie ihm geschah. Im einen Moment drückte sie ihn an sich, im nächsten stieß sie ihn von sich weg. Ich sah, wie sehr er darunter litt, konnte ihm aber nicht helfen, weil ich selber das Gefühl hatte, unter Strom zu stehen.

Es kam mir vor wie eine Erlösung, als endlich das Handy klingelte, das ich mir aus Jaspers Zimmer geholt hatte. Jaspers Anweisungen waren knapp und klar. »Und noch was«, sagte er, bevor er das Gespräch beendete. »Wir haben keinen Hinweis darauf gefunden, dass Daniel ein Bulle ist. Keinen einzigen.«

40

Jasper Candinas @jacandinas

Diese Unruhen gehen uns alle an. Wir müssen uns entscheiden, was für eine Art Gesellschaft wir wollen. Wir kämpfen für eine, die frei ist. **#GfLeon**

Jasper lenkte die Medienleute und Gaffer vor dem Haus ab. Es war eine ziemlich einfache Sache. Er musste nur auf den Eingang des Wohnblocks zuspazieren. Als ihn die ersten Wartenden sahen, rannten sie ihm entgegen. Wer immer an einem der anderen Eingänge gelauert hatte, bekam den Aufruhr mit und hetzte in Richtung Haupteingang. Während sich Jasper umringt von einer größer werdenden drängelnden Horde zur Tür kämpfte, verschwanden Smiley und ich durch einen Seitenausgang.

Ein Wagen fuhr auf uns zu und verlangsamte die Fahrt. Ich riss die hintere Tür auf. Smiley und ich stiegen ein.

»Hallo, Levi«, begrüßte ich den Fahrer.

»Hallo, Brückenspringer.« Ich sah im Rückspiegel, wie er grinste. »Immer schön von einer Scheiße in die nächste, was?«

»Das kannst du laut sagen.« Auch Smiley grinste. Er hatte seine gute Laune wiedergefunden, nachdem sich Johanna beim Abschied bei ihm entschuldigt und ihm einen Kuss auf den Mund gedrückt hatte.

»Mann, auf den Mund«, hatte er mir während der Liftfahrt in die Tiefgarage zugeflüstert. »Denkst du, das ist ein Zeichen?«

»Ganz bestimmt«, hatte ich ihm versichert und seither lag ein seliger Ausdruck auf seinem Gesicht, der ihm nicht wirklich gut stand, aber für einen, der in eine letzte Schlacht zog, etwas Tröstliches hatte. Fand ich.

»Runter!«, befahl Levi.

Wie auf Kommando verschwanden Smiley und ich zwischen den Sitzen, wo wir ausharrten, bis Levi Entwarnung durchgab. Er fuhr uns auf Nebenwegen aus der Stadt und hielt in einem Waldstück an.

»Rauchpause«, erklärte er und stieg aus.

Während er an einer Zigarette zog, brachte er uns auf den neusten Stand. »Ihr habt uns mit dieser Daniel-Geschichte ganz schön ins Schwitzen gebracht«, meinte er. »Wir haben ihn gründlich durchleuchtet, aber keinen Hinweis darauf gefunden, dass er für die Polizei arbeitet. Also haben wir ihn angerufen und gefragt. Er ist kein Bulle.« Levi nahm einen tiefen Zug und blies den Rauch in die Nachtluft. »Das mit der Schere nimmt er dir übel, Mick. Für den Schuss konntest du nichts, behauptet er. Hast du eine Ahnung, was er damit meint?«

Hatte ich. Mein Gewissen färbte sich brandschwarz. Die Liste der Dinge, die ich nicht wiedergutmachen konnte, wurde immer länger. Als ich im Heim gewesen war, hatte ich eine Weile lang einem alten Mann in der Nachbarschaft den Rasen gemäht. Zum Dank hatte er mir seine gelesenen Wildwestromane geschenkt. In manchen von ihnen starb der Held am Ende. Meistens, wenn er vorher kein wirklich guter Mensch gewesen war. Seine heldenhafte Tat war so was wie eine Wiedergutmachung, aber sie reichte nicht, ihm eine zweite Chance zu schenken. Immerhin weinte manchmal am Ende eine Frau um ihn.

Mit meiner Nicht-wiedergutzumachen-Liste gehörte auch ich zu den zum Sterben verdammten Helden. Ob Edy um mich weinen würde?

Motorengeräusche verdrängten das Bild einer trauernden Edy an meinem Grab.

»Hört ihr das?«, fragte Smiley nervös.

»Easy.« Levi warf seine angerauchte Kippe auf den Boden und trat sie aus. »Der gehört zu uns.«

Seelenruhig schaute er zu, wie eine rote Rostlaube neben uns parkte. Die Tür öffnete sich und ein Typ, den ich schon einmal gesehen hatte, schälte sich aus dem Fahrersitz.

»Alles gut gelaufen?«, fragte er.

»Alles bestens, Steff«, antwortete Levi.

Jetzt erinnerte ich mich. Steff war oben an der Senke gewesen. Neben dem Technobeat-Wagen. »Seid ihr so weit?«, fragte er.

»Ja«, antworteten Smiley und ich gleichzeitig.

»Süden ist da.« Steff zeigte mit dem Finger in eine Richtung, dann drehte er sich im Kreis. »Norden dort. Osten hier, und Westen dort. Der Tank ist voll. Manchmal klemmt der vierte Gang, aber sonst ist die Karre in Ordnung.«

Smiley starrte den arg mitgenommenen roten Kleinwagen an. »Ist der gestohlen?«

»Nicht direkt«, antwortete Steff. »Sagen wir mal, von jemandem geborgt, der die Büchse gerade nicht braucht.

Keine Sorge, für die Bullen ist mit dem Ding alles in Ordnung. Viel Glück, Brückenspringer.«

Er stieg in den Wagen, mit dem wir gekommen waren. Levi setzte sich hinters Steuer. »Haltet euch von Brücken fern.« Er hielt den Daumen in die Höhe und fuhr los.

Es war Zeit für ein paar ernste Worte mit Smiley. »Es ist so«, begann ich. »Du musst das Ding nicht mit mir durchziehen. Es bringt uns direkt in den Knast, falls wir dabei nicht draufgehen.«

»Wir gehen nicht in den Knast und wir gehen schon gar nicht drauf.« Smiley grinste. »Johanna hat mich geküsst. Das ist ein gutes Zeichen. Hast du selbst gesagt.«

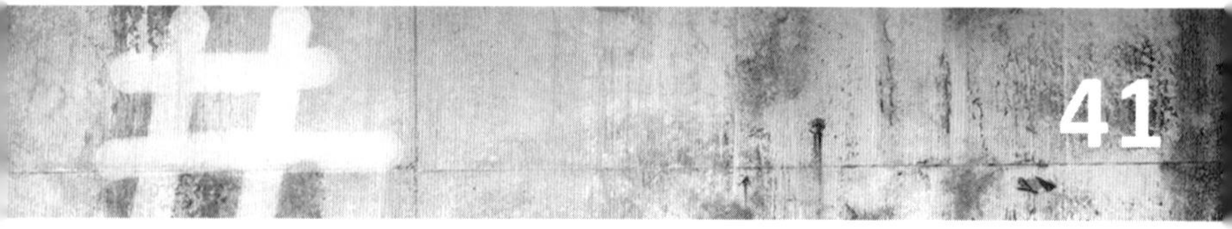

41

steff gurin @guitarman_steff
Best of Songzitate: Freedom's just another word for nothing left to lose. **#Kristofferson #Joplin**

Totsein hatte seine Vorteile. Niemand vermutete uns am Steuer eines Wagens. Niemand, außer den Bullen, die wussten, dass wir nicht tot waren, aber die waren mit den *schwersten Ausschreitungen seit 1980* beschäftigt, wie der Nachrichtensprecher im Autoradio verkündete. Smiley schaltete das Gerät aus.

»1980! Da waren wir noch nicht mal geboren«, meinte er. »Was war denn 1980?«

»Jugendunruhen in Zürich«, antwortete ich.

»Ah, das *Züri-brännt*-Ding. *Freier Blick aufs Mittelmeer, Macht aus dem Staat Gurkensalat* und so. Hab davon gelesen.«

»Genau das.«

Während wir durch die Dunkelheit fuhren, erzählte ich Smiley von den Leuten, die damals dabei gewesen waren. Ich hatte sie unterwegs kennengelernt, an Bahnhöfen, in besetzten Häusern, im Sommer in Parks. Sie alle redeten vom gemeinsamen Kampf. Von Freiheit. Hingen an ihren Erinnerungen oder der Flasche oder an beidem, je nachdem, und hackten auf jenen herum, sie sich *dem System* und damit *dem Feind* angepasst hatten. Ich hörte ihnen nie lange zu. »Freiheit gibt es nicht«, sagte ich zu Smiley. »Wir sind alle Gefangene unserer Vergangenheit. Sogar so reiche Leute wie Edy oder so kluge Leute wie Margot.«

Smiley schaute auf die Mittelstreifen, die auf uns zukamen und unter uns abzutauchen schienen. »Ich nicht«, verkündete er, nachdem wir bestimmt hundert oder mehr Mittelstreifen weggefahren hatten.

»Du lebst in einer Hütte auf dem Land deines Großvaters. Mitten in seinem Schrott, von dem du wahrscheinlich kein Stück weggeworfen hast«, rechnete ich ihm vor. »Noch mehr in der Vergangenheit leben kann man gar nicht.«

»Deswegen bin ich noch lange nicht ihr Gefangener.«

Smiley öffnete das Fenster, steckte seinen Kopf hinaus und rief: »Ich bin ein freier Mann. Ich lebe *mit* der Vergangenheit, nicht *in* ihr, und ich bin nicht ihr Gefangener!«

Der Fahrtwind zerzauste seine Haare. Mir fiel ein Foto mit einem Hund ein, das ich mal gesehen hatte. Der Hund hatte seinen Kopf aus dem Autofenster gestreckt, genau wie Smiley. Ich musste lachen.

Smiley zog den Kopf ins Wageninnere zurück. »Das ist nicht witzig«, grummelte er. »Du solltest dir das hinter deine Löffel schreiben und versuchen, danach zu leben.«

Nun, das konnte schwierig werden, denn wir rasten geradewegs einem Leben in einer unfreien Zukunft entgegen.

»Brückenspringer. Hast du gehört? So nennen sie uns.« Er schlug die Hand auf das Armaturenbrett. »Hey, wir sind so was wie Helden.«

»Leute, die Kurt heißen, sind keine Helden«, zog ich ihn auf.

»Hast du was gegen den Namen?«, fragte er völlig aufgekratzt.

»Nein.« Ich lachte schon wieder. Ich glaube, ich war noch aufgekratzter als er. Musste was mit dem Adrenalin zu tun haben.

Smiley blätterte durch die Karten, die er ausgedruckt hatte. »Ist nicht mehr weit. Wir sollten uns langsam um die Farbe kümmern.«

Das war Teil unseres Plans. Er war immer noch ein bisschen löchrig, aber ein paar der Löcher hatten wir gefüllt, während wir auf Jasper gewartet hatten.

Wir fuhren nicht direkt zu Jake. Unser Ziel war die Klinik Wiesenau, dort, wo ich meinen Körper für irgendwelche Tests hingehalten und im Gegenzug einen Chip gespritzt bekommen hatte.

Eigentlich hatten wir vorgehabt, nach Beweisen zu suchen, aber diesen Plan hatten wir schnell aufgegeben. Ich war in dieser Klinik gewesen. Einfach mal so das Alarmsystem überlisten und dann schnell in einem Labyrinth von Räumen genau die Akte mit den Testversuchen zu finden, war reines Wunschdenken. In Wirklichkeit war das unmöglich. Zumindest für zwei Typen wie Smiley und mich. Smiley fand das schade, aber er musste einsehen, dass wir beide die Falschen für so ein großes Ding waren. Die knallharte Wahrheit war: Wir hatten das einfach nicht drauf.

Trotzdem hatten wir uns für den Zwischenstopp bei der Klinik entschieden. Wir wollten damit die Dinge gegen

Jake ins Rollen bringen. Alles, was wir dazu brauchten, waren ein paar Farbdosen.

Ich wählte ein heruntergekommenes Geschäft in einem kleinen Dorf, eins, das bestimmt keine Alarmanlage hatte. Als ich das Fenster aufbrach und den Staub auf den Regalen sah, wusste ich, dass ich seit Langem der erste Kunde war, dummerweise für den Besitzer des Ladens kein zahlender. Ich entschuldigte mich in Gedanken dafür, entschied mich für ein knalliges Rot und packte vorsichtshalber mehr als eine Dose ein.

Zur Klinik war es nicht mehr weit. Sie lag etwas außerhalb eines größeren Orts, umgeben von einer wuchtigen Mauer. Ich parkte den Wagen.

»Das ist deine letzte Chance«, sagte ich zu Smiley. »Wenn du jetzt nicht abhaust, kannst du dein ruhiges neues Leben im Norden vergessen.«

»Und wen bitte labere ich dort voll?«, fragte er.

»Wirst schon jemanden finden.«

»Hab ich schon.«

»Sie ist wirklich toll.«

»Sie?«

»Johanna.«

»Oh ja!« Wieder legte sich dieser dümmliche Ausdruck auf sein Gesicht. »Aber sie labere ich nicht voll. Will ja nicht, dass sie mir davonläuft, bevor ich sie richtig kennengelernt habe.«

»Ach, ja? Wer ist dann das arme Schwein, das du dir zum Labern ausgesucht hast?«

»Mann!« Er schnaubte einen Riesenschwall Luft aus sich raus. »Du natürlich!«

Ich wollte ihm sagen, was für ein prima Freund er war, aber mein Hals war wieder einmal völlig dicht.

»Schon gut«, meinte Smiley. »Küss mich jetzt bloß nicht. Ich bin nämlich bereits vergeben.« Er griff nach den Dosen und marschierte zielstrebig los.

Die Klinikmauer sah aus, als wäre sie erst kürzlich frisch gestrichen worden. Wir fügten dem Anstrich noch etwas Text hinzu. Als wir fertig waren, leuchtete auf der weißen Mauer eine knallrote Nachricht, die man nicht übersehen konnte.

Hier werden Verbrecher gemacht.
Checkt die Listen mit den Testpersonen.
Fragt nach den Chips.
FRAGT JAKOB LINDER.

Die ganze Aktion dauerte höchstens fünf Minuten. Wir sorgten dafür, dass uns die Überwachungskameras voll im Bild hatten, und filmten uns mit Jaspers Handy gegenseitig beim Sprayen. Das Material schickten wir an eine Zeitungsredaktion und eine Fernsehstation, deren Kontaktnummern Jasper gespeichert hatte. Und natürlich an Jasper, für die *Gerechtigkeit-für-Leon*-Webseite.

Smiley grinste wie ein zufriedener Kater. »Damit sollten wir genug Staub aufwirbeln.«

Ich hoffte es. Ich hatte in der Klinik einen falschen Namen angegeben, genauso wie wahrscheinlich die meisten anderen. Außerdem zweifelte ich daran, dass wir überhaupt auf irgendeiner Liste auftauchen würden. Aber es arbeiteten eine Menge Leute in der Klinik. Eine einzige

Person, die das Schweigen brach, reichte. Wenn nicht, wirbelte der Staub trotzdem. Die Aufnahmen zeigten klar und deutlich, dass Smiley und ich noch lebten. Das war unser Zeichen an die Polizei. Ich hoffte, sie konnten es lesen. Und wenn nicht, hatten wir immer noch das Handy, über das sie uns orten konnten.

Wir bildeten uns nicht ein, Jake mit dieser Aktion ans Messer liefern zu können. Die Klinikmauer war so was wie unsere Hinterlassenschaft. Sollte uns etwas zustoßen, würden die Medien Fragen stellen. Hoffentlich die, die wir auf die Mauer gesprayt hatten.

Es war Zeit für unsere nächste Station. Jake.

Smiley redete während der ganzen Fahrt, als müsse noch alles raus, bevor ihn Jakes Männer fertigmachten. Er fing auf der Brücke an, bei den achtzehn Metern, und ich glaube, er erzählte mir unsere ganze gemeinsame Geschichte, wie wenn ich sie nicht schon kennen würde. Ich ließ ihn labern. Es war Smileys Art, mit der Sache klarzukommen. In Gedanken war ich bei Edy und dem, was wir vorhatten.

»Ich habe sofort gewusst, dass sie was Besonderes ist.«

»Wer?«, fragte ich. »Edy?«

»Die auch«, meinte Smiley. »Aber eigentlich habe ich dir gerade von Johanna erzählt. Hörst du mir überhaupt zu?«

»Mit einem Ohr.«

Das schien Smiley zu reichen. »Weißt du, so was fühlt man. Hier drin.« Er klopfte sich mit der Hand gegen das Herz. »Du hast übrigens auch so eins. Und es gehört nicht dem Teufel. Wir haben die Wahl, wem wir es geben.«

Das hatte ich nun davon. Ich hätte ihn weiterlabern lassen sollen. Zu spät. Jetzt hielt er mir schon wieder Vorträge über Herzen.

»Hab ich recht oder hab ich recht?«, fragte Smiley.

Ich murmelte etwas, das er so oder anders auslegen konnte.

»Schon in Ordnung.«

In seiner Stimme lag ein Grinsen. Ich konnte ihn nicht mit zu Jake nehmen. Es war nicht fair.

Smileys sechster Sinn fing meine Gedanken ab. »Denk nicht mal im Traum daran, mich abzuhängen«, sagte er.

»Du hast zu viel zu verlieren.«

»Ja, einen Freund. Du dämliche Nuss. Mann, wann kapierst du das endlich?«

Ich hatte es längst verstanden. Genau deshalb wollte ich ihn nicht mitnehmen.

»Und genau deshalb nimmst du mich jetzt mit.« Er drehte sich zu mir um. Es war ziemlich dunkel im Wagen, trotzdem erkannte ich das Leuchten in seinen Augen. Smiley sah aus wie ein Schutzengel mit Igelhaaren. Sina hätte ihn gemocht.

Was für kranke Ideen! Es gab keine Schutzengel.

Bist du sicher?, flüsterte Edy in meinem Kopf. Und das ohne irgendwelche schrägen Medikamente von Doc Walter. Vielleicht war es gar nicht so schlecht, ein durchgeknallter Irrer zu sein, der nichts mehr zu verlieren hatte.

Außer sich selbst. Und Edy.

Denn Edy war unter meiner Haut und dort drin, wo Smiley vorher so theatralisch dagegengeklopft hatte. Wenn ich nicht wollte, dass sie für Jakes Wahnsinn bezahlte, dann musste ich das Ding zu Ende bringen.

Das mit mir selbst war etwas komplizierter. Es hatte mit Sina zu tun, mit dem Unfall, mit dem Loslassen und ein paar anderen Dingen, die ich nicht wirklich verstand. Es spielte keine Rolle. Ich fühlte sie. In meinem Herz. Das musste reichen.

42

philosophin @philosophin
Hüte deine Geheimnisse und trage ihnen Sorge.

Ich parkte den Wagen in einem Waldstück, ein paar Hundert Meter von Jakes Anwesen entfernt.

Der Mond war hinter einem dichten Wolkenband verschwunden. Einmal mehr war ich froh um Smileys Lampe, vor allem aber um sein Talent, sich in der Natur zurechtzufinden. Er war nie auch nur in der Nähe dieser Gegend gewesen, trotzdem spürte er Trampelpfade im Gehölz auf und folgte ihnen mit einem sicheren Gefühl dafür, welche von ihnen die richtigen waren. Auch nachdem wir den Schutz des Waldes hinter uns gelassen hatten, führte er mich zielstrebig über eine wilde Wiese von einer Deckung zur nächsten. Er fand Kuhlen, in die wir uns drückten, kleine Erhebungen, hinter denen wir uns versteckten. Ich roch die Gräser, spürte die Steine, die sich in die Schienbeine bohrten, wenn wir hinknieten, hörte Smileys ruhigen Atem und fragte mich, ob ich es war, der wie eine Dampflok schnaufte.

»Wie geht's deinem Bein?«, fragte Smiley, als wir in die Nähe der ersten Häuser kamen.

»Gut«, antwortete ich leise. Das war nicht ganz die Wahrheit, aber es war der falsche Moment für Ruhepausen.

»Na, dann los.«

Wir schlichen uns bis zum Holzzaun, der Jakes Grundstück umgab. Für Smiley war er nicht wirklich ein Problem. Für mich schon, aber ich hatte ja Smiley. Er half mir hoch. »Ziemlich protzig«, meinte er, als er sich die Villa zum ersten Mal genauer ansah.

»Leben nicht alle in so einer bescheidenen Hütte wie du«, scherzte ich.

Er blieb ernst. »Es tun auch nicht alle das, was Jake tut. Ist mir ein Rätsel, was an Kohle so wahnsinnig aufregend sein soll.«

Es war nicht nur die Kohle. Es ging um Manipulation. Um Macht. Um Unbesiegbarkeit. Jake war mit allem davongekommen. Sogar mit Mord. So einer stand über allem. Es hätte mich nicht gewundert, wenn er sich für unsterblich gehalten hätte.

Wir glitten vorsichtig vom Zaun herunter und beobachteten das Anwesen aus dem Schutz einiger Büsche. Außer der Poolbeleuchtung waren alle Lampen ausgeschaltet. Auch im Haus brannte kein Licht. Ich hatte Smiley den Grundriss aus der Erinnerung aufgezeichnet und stellte fest, dass alles Gift von Doc Walter nicht ausgereicht hatte, meine Erinnerung an die Anordnung der Räume zu verwischen.

Isabellas Atelier befand sich am anderen Ende des Grundstücks. Wir schlichen zum Gartenhaus und von dort in einem riesigen Bogen um die Veranda zu den Garagen, immer mit genügend Abstand zu den Gebäuden, um die Bewegungsmelder nicht auszulösen.

Auf dem Platz vor dem Haus standen zwei Autos. Beide

hatte ich noch nie zuvor gesehen. Daraus etwas schließen zu wollen, machte keinen Sinn. Jake besaß einen ganzen Fuhrpark.

Auf der anderen Seite des Platzes lag der umgebaute Stall mit Isabellas Atelier. Ich hätte ihr Angebot an jenem letzten Abend annehmen und es mir anschauen sollen. Das hätte die Sache etwas einfacher gemacht.

Bis jetzt war uns noch kein einziger Wachposten aufgefallen. Wir drückten uns gegen die Stämme einiger alter Bäume in der Nähe des Stalls und warteten endlos lange, bis wir ganz sicher waren, keinen Aufpassern auf Kontrollgang über den Weg zu laufen. Nichts bewegte sich, kein Geräusch war zu hören.

»Mann, ist das unheimlich«, flüsterte Smiley.

Mehr als nur unheimlich! Etwas stimmte hier nicht. Es war zu still. Zu dunkel. Zu ruhig.

»Schlechte Schwingungen.« Smiley schob sich noch etwas weiter hinter seinen Baum. »Wir sollten verschwinden.«

Böse, böse Dinge über böse, böse Jungs.

Wir mussten diese bösen Dinge finden, egal, wie schlecht die Schwingungen waren, und das konnten wir nur, wenn wir unsere Ärsche in Gang brachten.

»Ich geh rein«, sagte ich.

»Ich komme mit«, antwortete Smiley wie aus der Pistole geschossen.

Die Tür zum Atelier war verschlossen.

»Lass mich das machen«, sagte ich zu Smiley.

Ich war öfters in leer stehende Gebäude eingebrochen und wusste, wie man eine Scheibe so einschlägt, dass es nicht zu viel Lärm macht. Trotzdem hörte sich das Klirren in der Stille der Nacht sehr laut an.

Das Erste, das mir auffiel, war Isabellas süßer Duft. Bevor die Erinnerungen eine Chance hatten, aus ihren dunklen Ecken zu kriechen, richtete ich meine ganze Aufmerksamkeit auf den kleinen Lichtkegel, den Smiley über Wände und Möbel gleiten ließ. Meter um Meter leuchtete er den Raum aus und es wurde immer klarer, warum Jake von einer Lusthöhle gesprochen hatte. Isabellas Reich war ein warmes Nest aus alten Möbeln, bequemen Sesseln, Teppichen in warmen Farben und einem Bett mit unzähligen Kissen, Decken und Überwürfen. Überall waren Bilder. An den Wänden, auf Malstaffeln, auf langen Holztischen. Ich verstehe nichts von Kunst und ich hatte auch keine Ahnung, ob Isabellas Bilder wirklich Kunst waren, aber für mich hatten sie alle etwas Verlorenes. Das Verrückte war, dass ich mich darin finden konnte.

Ich erinnerte mich an das Schluchzen, das ich in meiner ersten Nacht in der Villa gehört hatte, und wusste, dass es von Isabella gekommen war.

»Wo fangen wir an?«, flüsterte Smiley.

»Bei den Bildern.« Es war ein Gefühl. Isabella hatte ihre Seele gemalt. Vielleicht hatte sie darin auch ihre Geheimnisse versteckt.

»Böse, böse Dinge über böse, böse Jungs«, sagte ich zu Smiley. »Das suchen wir.«

Noch einmal ließ Smiley den Lichtstrahl über die Bilder gleiten. Keines passte wirklich zu bösen Jungs. Wie ein fröhlicher Tupfer tanzte der Lichtkegel der Lampe über stürmische Meere, karge Felslandschaften, verblühende

Blumengärten, abstrakte Nichts. Ein lebender Punkt in einer großen Leere. Mit jeder Minute, die wir länger irrlichterten, stieg die Gefahr, entdeckt zu werden.

»Es gibt keine Bilder von Jungs oder Männern«, sagte Smiley und machte das Licht aus.

»Warte!«, bat ich ihn. »Vielleicht sind irgendwo noch mehr.«

»Es gibt auch Schränke und Kommoden, die wir durchsuchen können.«

»Das hat Jake doch längst getan!«

»Dann hat er sich auch die Bilder angeschaut.«

Smiley hatte recht. Und trotzdem kam ich nicht von der Idee los, dass Isabella ihre Beweise gegen Jake bei den Bildern versteckt hatte.

»Unterm Bett?«, schlug Smiley vor.

»Nein.« Alles, was nach Versteck aussah, hätte Jake misstrauisch gemacht. Das musste Isabella klar gewesen sein, auch wenn sie sonst eine sehr verwirrte Frau gewesen war. Ich versuchte mich zu erinnern, was Isabella mir sonst noch gesagt hatte, außer das mit den bösen Dingen und den bösen Jungs.

»Mick!«, drängte Smiley.

»Gibt es einen zweiten Raum?«, fragte ich.

»Glaube nicht.«

»Dann haben wir etwas übersehen.«

»Wir haben noch gar nicht überall nachgeschaut.«

Smiley öffnete eine der Schranktüren.

»Oh, Mann«, flüsterte er.

Ich stand mir gegenüber. Nicht in einem Spiegel. Dazu sah ich zu unwirklich aus. Aber genau so kaputt, wie ich war. Ich war ein Bild. Auf der Innenseite der Schranktür. Isabella musste mich gemalt haben – wahrscheinlich in den drei Tagen, die mich Doc Walters Höllenmix ausgeknockt hatte. Sie war nicht fertig geworden und trotzdem war das auf eine unheimliche Art eindeutig ich. Smileys zitternder Lichtkegel machte alles noch viel unheimlicher.

»Andere Tür«, krächzte ich.

Smiley zog sie auf. Noch ein Bild! Hektisch ging Smiley von Schrank zu Schrank. Als er alle Türen geöffnet hatte, standen wir sechs Gemälden gegenüber. Fünf Jungs. Fünf böse Jungs, nach gängigen Maßstäben. Ich war einer davon. Alle waren jung, alle auf ihre Art kaputt. *Es gab andere. Solche wie dich. Manchmal brachte Mam sie nach Hause, manchmal Jake. Sie schliefen mit ihr, nahmen ihr Geld und brachen ihr Herz.* Einen der jungen Männer erkannte ich. Leon. Der Sohn von Margot. Hatte Jake Leon angeschleppt? Hatte er seinen wahnwitzigen Plan schon einmal versucht? Oder war das Leben ein noch größerer Spieler als Jake? Hatte es Isabella Leon in irgendeiner Bar oder auf der Straße über den Weg laufen lassen? Zufall? Schicksal? Jake?

Es war die falsche Zeit, über solche Dinge nachzudenken. Ich zwang meinen Blick auf das sechste Bild. Edy. Isabella hatte die ganze Tussenshow und das Zickengehabe durchschaut. Sie hatte ihre Tochter gesehen, wie sie war. Und genauso hatte sie sie gemalt. Edy machte Isabellas geheime Sammlung komplett. Wunderschön und furchtbar zerbrechlich, mit Augen, in denen die Sehnsucht wie hinter einem Schleier verborgen lag. Sechs verlorene Seelen, gemalt von einem verlorenen Menschen. Isabella hatte in unser tiefstes Inneres geschaut und uns verstanden.

Sie hatte uns in Schränke geschlossen und vor neugierigen Blicken geschützt. Ich war sicher, dass sie diese Türen nur geöffnet hatte, wenn sie ganz alleine gewesen war. Und dann hatte sie getrunken. Die Flaschen lagen zwischen der Wäsche, auf leeren Regalen.

Ich hatte meine Tattoos. Isabella ihre Schränke.

Sie war tot. Und ich hatte sie behandelt wie Scheiße. Es gab nichts, womit ich das wieder gutmachen konnte.

»Halt mal.« Smiley drückte mir die Leuchte in die Hand. »Das da!« Er zeigte auf Leons Bild.

Ich konnte mich nicht bewegen. Nur der Lichtstrahl schwankte betrunken über das Bild. »Mach es nicht kaputt«, flüsterte ich heiser.

»Keine Angst, ich passe auf«, versprach Smiley.

Vorsichtig nahm er das Gemälde von der Schrankwand, trug es zum Bett und legte es mit dem Bild nach unten auf den Überwurf.

Die Leinwand war auf einen Holzrahmen gespannt. In der Mitte hatte Isabella zur Verstärkung und Stabilisierung ein hölzernes Verbindungsstück angebracht, höchstens drei, vier Millimeter dick, dafür mindestens zehn Zentimeter breit. Smiley fuhr mit der Hand zwischen die Leinwand und das Teil. »Ich glaube, wir haben sie gefunden, die Beweise gegen Jake«, sagte er ganz ruhig. Genauso ruhig löste er etwas von der Unterseite des Verbindungsstücks und hielt es ins Licht. Es war ein winzig kleines Notizbuch.

Smiley öffnete es. Auf der ersten Seite stachen mir die Buchstaben *BtN* ins Auge. Der Rest des Buches war vollgekritzelt mit Notizen. Wir warfen nur ein paar kurze Blicke auf einzelne Seiten. Für mehr reichte unsere Zeit nicht, doch es genügte, um zu erkennen, dass wir Zündstoff in den Händen hielten.

Wir waren bereit für den letzten Teil unseres Plans. Die Beweise der Polizei zu übergeben.

Ganz in der Nähe knarrte es.

»Licht aus!«, zischte Smiley.

Ich machte die Lampe aus. Trotzdem wurde es taghell. Geblendet schloss ich die Augen.

Ein vertrautes Lachen hallte durch das Atelier. »Also, auf die Idee wäre ich nicht gekommen«, hörte ich eine Stimme sagen. Jake, der Spieler. Er hatte gewonnen.

43

John_Gambler @derSpieler

Schenk deinem Gegner nichts. Kein Mitleid. Keine Gnade. Nichts.

#Spielregeln

Ich öffnete die Augen. Jake setzte sich auf Isabellas Bett. Um uns herum standen vier seiner schwarz gekleideten Handlanger.

»Ich glaube, du hast etwas, das mir gehört.« Mit einer lockeren Bewegung gab Jake einem der Männer ein Zeichen. Er ging auf Smiley zu und streckte fordernd seinen Arm aus. »Mein Boss hätte gerne seinen Besitz zurück.«

»Na, dann hol ihn dir doch.« Smileys Kopf musste in irgendeinen Spezialmodus gerutscht sein, denn er war immer noch total ruhig.

»Nicht!«, schrie ich.

Zu spät. Mit einem einzigen Schlag beförderte der Typ Smiley auf den Boden. Bevor er aufprallte, knallte sein Schädel gegen die Kante eines Stuhls. Das Notizbuch rutschte aus seiner kraftlosen Hand. Der Mann lächelte zufrieden. »Heb das Ding auf!«, befahl er mir.

Ich sah Blut aus Smileys Ohr sickern und sackte in die Knie. Eine Hand legte sich schwer auf meinen Nacken.

»Aufheben!«, wiederholte der Mann.

Für mich gab es nur noch Smiley. Ich streckte meinen

Arm nach ihm aus, doch die Hand riss mich zurück. Ich tickte aus. Brüllend schlug und trat ich um mich. Jeder einzelne Schlag ging ins Leere, bei jedem hatte ich das Gefühl, es zerreiße mich, aber ich hörte erst auf, als mich der Mann in die Knie zwang und meinen Kopf nach unten drückte. »Nicht zu heftig«, sagte Jake. »Ich brauche ihn noch.«

Ich drehte den Kopf zur Seite und versuchte, Jake anzuspucken. Er schien das total lustig zu finden, denn wieder hallte sein Lachen durch den Raum. »Bist ein zäher Kerl.«

Ich sah nur seine Füße und einen Teil seiner Beine. Sie bewegten sich auf mich zu. Dicht vor mir kauerte Jake nieder. »Gutes Spiel, Kumpel, hast uns echt auf Trab gehalten.«

Ich presste meine Zähne aufeinander.

»Aber du weißt ja, wie das ist. *The winner takes it all.*« Jake fuhr mir mit dem Zeigefinger über die Stirn. Bei der Schläfe stoppte er und drückte mir die Fingerspitze gegen den Knochen. »Peng«, sagte er leise.

Krankes Schwein.

Er beugte sich dicht zu mir herunter. »Du hast verloren. Weißt du, warum? Weil du auf dein Herz hörst. So ein Schwachsinn. Typen wie du hören immer auf ihr Herz. Deshalb steht ihr am Ende auf der Verliererseite.« Er lachte. »Ich habe etwas, das dir wirklich ans Herz gehen wird. Bevor du stirbst, darfst du Edy-Baby erschießen.«

Meine Zähne knirschten. Nicht antworten, befahl ich mir. Nicht antworten! Jake bluffte. Edy war im Krankenhaus. Unser Handyfilm machte Jake spätestens am Morgen zu Journalistenfutter und zum Bullenziel! Er hatte keine Chance mehr, Edy etwas zu tun.

»Hilf ihm hoch!«, befahl Jake seinem Handlanger.

Der Typ zwang mich in die Höhe. Ich biss mir auf die Lippen. Jake lächelte. »Bring ihn zu ihr!«

Er suchte sich zwei weitere Handlanger aus und zeigte auf Smiley. »Ihr bringt mir den da. Und das Notizbuch.«

Er blufft. Er blufft. Er blufft. Wie ein Mantra ließ ich die Wörter in meinem Kopf kreisen. Edy war im Krankenhaus! Sie würde nicht sterben.

Der Typ schleppte mich zum Fenster. »Siehst du das Licht da drüben?«, fragte er.

Ich antwortete nicht. Ich hätte nicht antworten können, selbst wenn ich gewollt hätte. Die Angst drückte mir die Kehle zu. Das Haus war hell erleuchtet. Aber Edy war nicht hier! Sie konnte nicht hier sein!

Smiley stöhnte. Ich versuchte, mich aus dem Griff zu winden. Es war unmöglich. Der Kerl war hart wie Stahl und verstand es, mir ein Maximum an Schmerzen zuzufügen, ohne dass ich das Bewusstsein verlor. »Keine Sorge«, sagte er zu mir. »Du wirst deinen Kumpel noch einmal sehen, bevor er stirbt.«

Er packte mich und brachte mich nach draußen.

Über den Platz vor dem Haus, wo ich wie ein Wurm versucht hatte, von Jake wegzukriechen. Durch die Eingangstür, vor der der Nachbar gestanden hatte. Hätte er uns doch nicht gehen lassen! Die Treppe hoch in einen Flur, in dem ich noch nie gewesen war. Hinter mir hörte ich Jakes Männer. Schwere Schritte und dazwischen immer wieder ein Stöhnen. Smiley! Neben einer der Türen wartete Jake auf uns. Noch einmal bäumte ich mich auf. Es war sinnlos. Jake drückte die Klinke nach unten und stieß die Tür auf. Ich sah das Bett. Die Kissen. Ein blasses Gesicht. Augen voller Angst. »Willkommen in der Hölle«, raunte Jake mir ins Ohr.

44

Levi Xander @LeviTheVoice

Kostbare Dinge, die man nicht kaufen kann: Liebe **#kostbareDinge**

Ich wirbelte herum und stürzte mich auf ihn. Noch nie hatte ich so viel Kraft gehabt. Wir fielen beide zu Boden, ich klammerte mich an ihn, schlang meine Arme um seinen Hals und drückte zu.

»Verpisst euch.« Ich konnte kaum sprechen. »Oder ich bringe euren Boss um.«

»Du den Boss, ich die Kleine«, sagte der Typ, der mich in Edys Zimmer geschleppt hatte. »Und danach knalle ich deinen Freund ab.«

Jake röchelte. Seine Finger gruben sich in meine Arme, seine Beine zuckten.

»Mick!«, kreischte Smiley. »Er wird Edy umbringen.«

Nein! Ich hatte Jake!

»Und weißt du, was das Beste ist?«, fragte der Typ. »Wir werden es so aussehen lassen, als ob du es gewesen bist. Du wanderst in den Knast und hast ein paar neue Albträume.«

Ich ließ Jake los. Er wälzte sich auf dem Boden und rang nach Luft. Einer seiner Handlanger half ihm hoch. Mit mir waren sie nicht so nett. Ich wurde auf die Füße gezerrt und von zwei Typen festgehalten.

»Ich sage dir jetzt, wie es läuft.« Jakes Kehlkopf hatte ordentlich was abbekommen. Er konnte kaum sprechen. Einer der Männer rannte los und kam mit einem Glas Wasser zurück. Jakes Hände zitterten, als er ein paar Schlucke trank. Das war jedoch das einzige Anzeichen dafür, dass ihn mein Angriff mitgenommen hatte.

»Es ist ganz einfach.« Er drehte das Glas in seinen Händen. »Der große böse Mann da drüben gibt dir eine Waffe. Du wirst damit Edy-Baby erschießen. Weißt ja, wie so was geht, nicht wahr? Einfach abdrücken. Und dieses Mal auch ordentlich zielen.« Sein Lachen machte mich fertig. »Danach geht es ganz schnell. Der andere böse Mann pustet dir und Smiley das Licht aus. Ich werde einen Einbruch melden. Leider, leider wird es dann aber schon gelaufen sein, wenn die Polizei eintrifft. Mir bleibt nur noch, den Beamten als gebrochener Mann zu erzählen, was passiert ist. Du bist in unser Haus eingedrungen, um uns zu drohen und mit schmutzigen Fotos zu erpressen, damit wir unsere Zeugenaussagen gegen dich zurückziehen. Es ist zu einem heftigen Kampf gekommen, bei dem du meine geliebte Stieftochter getötet hast, und ich dich und deinen Komplizen in Notwehr erschossen habe. Danke übrigens für die gut sichtbaren Würgemale und Kratzer am Hals. Sie werden meine Aussage sehr glaubhaft machen.«

Ich starrte den durchgeknallten Irren an und wusste, dass er mit dieser Geschichte davonkommen würde. »Möglich, dass wir alle draufgehen.« Ich atmete die Angst aus mir heraus. »Aber ich werde Edy nicht erschießen.«

»Das wird nicht wirklich etwas am Endstand unseres Spiels ändern.« Jake trank sein Glas aus und reichte es einem seiner Befehlsempfänger. »Seht ihr, es ist so: Ihr habt zu tief gewühlt und zu viel herausgefunden. Ich kann euch nicht leben lassen. Keinen von euch.«

»Isabella hat Beweise gegen dich gesammelt«, sagte ich. »Es gibt noch mehr. Wenn du im Notizbuch nachschaust, merkst du …«

»Nett, dass du für mich denken willst, aber das kann ich selber«, unterbrach mich Jake. »Dein Job ist es, Edy-Baby zu töten.«

»Wir haben einen schönen Film gemacht heute Abend«, klärte ich ihn auf. »Die Medien werden Fragen stellen.«

»Sollen sie. Wie du weißt, bin ich ein hervorragender Spieler und als solcher auch ein perfekter Schauspieler, Täuscher und Improvisationskünstler.« Er strich sich theatralisch über seinen Hals. »Du warst übrigens ein ziemlich unberechenbarer Gegner und ein mutiger dazu. Damit hast du mich mehr als einmal gezwungen, die Karten neu zu verteilen, aber wie ich schon sagte, du hast verspielt, weil du statt auf den Verstand auf dein Herz gehört hast.«

Das Herz, von dem Jake sprach, schlug voller Hass. Ich wollte diesen selbstgerechten Idioten anbrüllen, ihn anspucken, nach ihm treten. Aber ich tat es nicht. Weil es ihm gefallen hätte. Ich richtete meinen Blick auf ein Poster über Edys Bett. Nicht auf Edy, denn das hätte mein Herz zerrissen. Die ganze Zeit, in der Jake weiterredete, schaute ich auf das Poster. Es war, als hätte Edy es genau für diesen einen Moment aufgehängt. In der oberen Hälfte ragte eine dunkelgraue Mole in ein graues Meer, das an einem hellgrauen Horizont endete. Die untere Hälfte war weiß. Dort, wo das Grau aufhörte und das Weiß begann, lag über die ganze Breite ein zweizeiliger Text. THE BEAUTY OF GEMINA. AT THE END OF THE SEA.

Auf der Mole standen verschwommene graue Gestalten. Smiley, Edy und ich. Ich verstand nicht wieso, aber von dem Bild ging eine unendliche Ruhe aus. Sie gab mir die Kraft, Jakes Worte zu ertragen.

»Du warst am Tatort. Es gibt diesen Film über dich und meine Frau, den Edy-Baby gedreht hat, die naive, dumme kleine Kuh. Deine Fingerabdrücke sind überall, genauso wie die Spuren, die du mit dem Blut meiner Frau gezogen hast. Du hast unseren Nachbarn eingeschüchtert und vor seinen Augen meine Tochter entführt. Am Fluss unten haben sie Isabella-Schätzchens T-Shirt gefunden. Auf dem Messer, das Edy-Baby in der Jagdhütte beinahe getötet hat, sind deine Fingerabdrücke. Ich habe ein paar schlimme Druckstellen am Hals. Die Waffe, mit der du Edy erschießt, wird noch in deinen Händen sein, wenn die Ermittler auftauchen. Ich würde mal sagen, du bist das beste Blatt, das ich je hatte, mein Royal Flush.«

»Ich habe der Polizei die Wahrheit erzählt, Jakey-Daddy.« Edys Stimme war nicht einmal ein richtiges Flüstern. Trotzdem hatten wir alle gehört, was sie gesagt hatte. »Ich habe dich nicht verraten, Mick. Die Polizei kennt die Wahrheit. Meine Aussage war ein Trick, Jakey-Daddy. Ein Spiel. Weil du doch so gerne spielst.« Sie sah mich an. »Aber ihr solltet nicht mitspielen! Nicht du und Smiley.«

»Ach, wie rührend!« Jake trat an Edys Bett. »Jetzt verstehe ich, warum die dich im Krankenhaus nicht gehen lassen wollten.« Er strich ihr über die Haare. »Tja, Edy-Baby. Gegen mich zu spielen, heißt verlieren. Womit ich wieder bei dir bin, Kumpel.« Er wandte sich mir zu. »Wenn du Edy-Baby nicht erschießt, wird es einer meiner Männer tun, aber auf eine Weise, dass es sehr, sehr wehtut. Du siehst, sie wird so oder so sterben. Du hast es in der Hand, es ihr leichter zu machen.«

Jake grinste mich an. Ich glaubte ihm. Alle glaubten ihm, egal, was er ihnen erzählte. Jake trug keine Tattoos. Seine Haut verunstalteten keine Narben. Er wohnte in einem schicken Haus, war Chef einer erfolgreichen Firma, setzte sich mit seinem tatkräftigen Bund für die Grundwerte der Gesellschaft ein, spendete Geld, war ein liebevoller Stiefvater. Sein tragisches Schicksal machte ihn menschlich.

Noch nie hatte ich die Welt so klar gesehen. Es gab Sieger und Verlierer in einem Spiel, in dem einzelne Schicksale nicht zählten. Jake war ein Sieger. Er war weit oben und er hatte das Zeug, ganz nach oben zu kommen, dorthin, wo die Fäden gezogen wurden, an denen auch unsere Politiker hingen.

Ich war das Monster, das seine Familie umgebracht hatte. Und Smiley hatte das Pech, mein Freund zu sein. Ja, es gab wirklich Sieger und Verlierer.

Aber Smiley und ich waren von einer Brücke gesprungen! Unser Spiel war erst aus, wenn wir tot waren. Das war noch nicht das Ende. Noch waren wir im grauen Teil des Posters, noch hatten wir uns nicht für immer im Weiß aufgelöst.

Ich streckte meine Hand aus. »Gib mir die Waffe.«

Erstaunt sah Jake mich an. »Wenn du sie auf jemand anderen als Edy-Baby richtest, bist du erledigt und dein Kumpel und Edy-Baby sterben einen qualvollen Tod.«

»Ist klar.«

Der Griff der Waffe fühlte sich kühl an. Jake hatte recht. Ich wusste noch, wie es geht.

»Ist geladen und entsichert. Musst nur noch abdrücken.«

Ich hob meinen Arm und zielte auf Edy. Sie schloss ihre Augen einen Moment zu spät. Ihr Blick brannte sich in mich ein. Wenn ich überlebte, würde er meine lebenslange Strafe werden. Zusammen mit einer Hand, die ich losgelassen hatte.

»Achtzehn Meter«, sagte ich, hob den Arm und drückte ab.

Diesmal traf ich. Der Schuss zertrümmerte die Lampe. Das Licht ging aus. Von der Decke regneten Splitter auf mich. Ein harter Schlag fegte mich von den Beinen, bevor ich auf Jakes Männer schießen konnte. Rund um mich ging ein Höllenlärm los. Helles Licht blendete mich. Es kam von außen. Neben mir fluchten und schrien Jakes Männer. Schwere Stiefel erschütterten den Boden. Abgehackte Befehle schwirrten durch die Luft. Ich sah noch mehr Stiefel. Beine. Uniformen. Hörte Rufe. Ein Körper warf sich auf mich. Aus mir floss Blut. Mein letzter Gedanke galt Edy und Smiley.

45

steff gurin @guitarman_steff

Best of Songzitate: I bled all I can, I won't bleed no more.

#Sisters_of_Mercy

Als ich zu mir kam, lag ich immer noch auf dem Boden, diesmal auf dem Rücken, ohne den schweren Körper auf mir. Eine Frau versuchte, das Blut daran zu hindern, aus meinem Körper zu rinnen.

»Edy?«, schrie ich. »Smiley?«

»Es geht ihnen gut«, versuchte mich die Frau zu beruhigen. »Dein Freund Kurt hat blitzschnell reagiert und sie aus dem Bett gezogen, als du das Feuer eröffnet hast.«

Meinem Hirn schien das Blut zu fehlen, das aus meinem Körper geflossen war. Ich brauchte eine Weile, bis ich mich daran erinnerte, wer Kurt war.

»Wo sind sie?«, fragte ich.

»Auf dem Weg ins Krankenhaus.«

»Ins Krankenhaus?«

Mein Herz klopfte so stark, dass mir die Frau verbot, mich aufzuregen.

Hinter der Frau erschien ein Mann. Und dann noch einer. Ich sah beide nur verschwommen, aber den einen kannte ich.

»Sie werden beide leben, Mick«, sagte Daniel.

Ich verstand nicht, warum Daniel da war. Vielleicht war er auch gar nicht da, sondern einer von Sinas Schutzengeln, denn er löste sich auf, während der andere Mann näher kam, sich neben mich kauerte und dasselbe noch einmal sagte.

»Beide haben überlebt. Eigentlich ein Wunder, wenn man weiß, dass Sie gerade versucht haben, auf sie zu schießen. Mick Steiner, Sie sind verhaftet.«

Ich glaube, er zählte mir dann auf, weshalb. Auf jeden Fall redete er weiter. Ich hörte nicht zu. Edy und Smiley lebten. Sie würden aussagen. Willkommen in der Hölle, Jake, dachte ich.

46

Johanna Candinas @JoJoCan

DANKE, Mick und Smiley. Wir machen weiter. **#Brückenspringer #GfLeon**

Ich irrte mich. Der Platz in der Hölle war für mich reserviert.

Nachdem sie mir eine Kugel aus dem Körper geschnitten hatten, die ein Polizist in mich geballert hatte, weil er dachte, ich bringe Edy um, informierten sie mich, dass sie Jake laufen lassen hatten. Smiley saß in Untersuchungshaft, wo ich auch hinkommen würde, sobald ich fit genug war. Edy lag ein paar Zimmer weiter. Ich durfte sie nicht sehen und sie mich auch nicht. Verdunkelungsgefahr nennt man so was. Aber wahrscheinlich wollte sie mich sowieso nicht sehen. Ich hatte eine Waffe auf sie gerichtet.

Als es mir etwas besser ging, wurde ich gründlich durchgecheckt. Der Arzt fand auf einem der Röntgenbilder eine seltsame Wucherung im Gewebe meines linken Arms. Sie schnipselten ihn auf und fanden einen Chip, der offiziell gar nicht existierte.

Jake wanderte doch noch in den Knast. Nicht wegen des Chips, sondern weil das Notizbuch von Isabella ihn hochgehen ließ. Ich war damit noch längst nicht aus der Sache raus, denn die Beweise gegen mich waren erdrückend. Immer wieder musste ich Fragen beantworten. Zu meinem Autounfall, zu der Mordnacht, zur Entführung, zur Flucht aus dem Krankenhaus, zu Jasper und Johanna, zum Einbruch in Jakes Haus. Ich sagte die Wahrheit. Auch beim hundertsten Durchkauen der Geschichte. Irgendwann schienen sie zufrieden. Zumindest stellten sie keine Fragen mehr.

Daniel besuchte mich. Der erste Besuch überhaupt. Er war tatsächlich ein Bulle. Allerdings kein gewöhnlicher, sondern ein verdeckter Ermittler einer Sondereinheit. Er erzählte mir, was passiert war, nachdem ich ihm die Schere in den Arm gerammt hatte.

»Wir waren seit Längerem an Jakob Linder dran, konnten ihm jedoch nichts nachweisen. Dank Edys Zeugenaussage hatten wir endlich etwas in der Hand. Du und Smiley hättet diese Aussage bestätigen können. Ich bekam den Auftrag, euch aus dem Verkehr zu ziehen und in ein sicheres Versteck zu bringen, wo wir uns von euch weitere Informationen erhofften. Mit eurer Flucht habt ihr nicht nur die Ermittlungen gefährdet, sondern auch euer Leben in Gefahr gebracht.«

Ich war ziemlich wütend. Er war genauso schuld an der ganzen Sache wie wir. »Warum hast du uns das nicht gesagt?«, fragte ich.

»Ein verdeckter Ermittler gibt sich nie zu erkennen. Das Risiko ist viel zu groß. Ihr wart zu allem entschlossen. Ich denke nicht, dass ihr mit mir mitgekommen wärt. Mit einem *Bullen*. Ihr wärt so oder so abgehauen. Früher oder später hättet ihr jemandem verraten, wer ich bin, und damit die ganze Operation gefährdet.«

»Gehörte zu eurer Operation auch, uns im Wassergraben absaufen zu lassen?«

Verlegen starrte Daniel auf seine Hände. »Wir kamen zu spät. Wenn Jasper und seine Freunde nicht gewesen wären, hätten wir euch …« Er stockte. »Wir hätten euch verloren. Und das, nachdem wir schon in der Wildbodenschlucht zu spät gekommen waren.«

Ich erinnerte mich an die Rufe aus dem Tobel. Edy und ich waren vor den Falschen geflüchtet und Jakes Männern direkt in die Arme gelaufen.

»An jenem Abend lief einfach alles schief«, sagte Daniel. »Nachdem ihr geflüchtet wart, dauerte es eine Weile, bis ich meine Leute informieren konnte. Zwei unserer Männer waren im Krankenhaus, aber als das Chaos im Buspark losging und laufend neue Verletzte eingeliefert wurden, geriet die Situation einen Augenblick außer Kontrolle. Einer der Männer ging nach unten, der andere erkannte euch. Weil wir euch ohne Aufsehen aus der Sache rausnehmen wollten, ließ er euch zu Edy rein und klärte das weitere Vorgehen ab. Er und sein Kollege sollten euch folgen und an einem geeigneten Ort unauffällig abfangen. Ich war mittlerweile eingeliefert worden und erhielt den Befehl, auf Edy aufzupassen, bis die Aktion vorbei war. Den Rest kennst du. Ich kam im falschen Moment aus dem Lift.«

»Ich habe nicht auf dich geschossen«, sagte ich. »Ich habe vorbeigezielt.«

»Du hast auch nicht getroffen.« Er grinste mich ziemlich schief an. »Ich bin ausgerutscht, als ich in Deckung gehen wollte.« Das Grinsen verschwand aus seinem Gesicht. »Bis ich oben beim Ausgang war, wart ihr schon weg. Wir verloren zu viel Zeit und brauchten zu lange, euch zu lokalisieren. Als meine Kollegen bei der Senke ankamen, erklärten eure Freunde, dass sie euch nicht retten konnten. Verdammt, Mick, wir haben den ganzen Graben nach euch abgesucht und verloren noch mehr Zeit.«

»Und dann habt ihr eine Falschmeldung durchs Internet gejagt.«

»Ja.«

»Warum?«

»Ihr wart untergetaucht. Wir wussten erst nicht wo, aber wir wollten, dass ihr dort bleibt.«

»Die Falschmeldung war ein Zeichen?«

Er nickte.

»Dann solltet ihr euch eigentlich mit Zeichen auskennen. Wir haben euch den Film mit der Aktion in der Klinik Wiesenau geschickt und das Handy danach nicht ausgeschaltet. Habt ihr nicht kapiert, dass wir euch direkt zu Jake führen wollten?«

»Doch. Aber ihr wart auch da zu schnell«, antwortete er leise. »Wir wären beinahe zu spät gekommen. Als du die Waffe gezogen hast, hatten wir gerade Stellung bezogen.«

»Um auf mich zu schießen?« Ich konnte es nicht fassen.

»Das tut mir wirklich leid.«

Ich sah ihm an, dass er es ernst meinte, aber das machte mich nicht weniger wütend.

»Ich verstehe dich ja«, sagte er. »Aber es ging nicht anders. Wir dachten, du würdest auf Edy schießen. Du hast total entschlossen ausgesehen.«

Das war ich ja auch gewesen. Aber ich hätte doch nie auf Edy geschossen!

»Der Einsatzleiter musste sich entscheiden. Er wusste, dass du schon einmal geschossen hattest. Auf mich. Er konnte nicht anders. Wir mussten dich außer Gefecht setzen.«

Wahrscheinlich war es wirklich nicht anders gegangen. Und immerhin hatte mich der Schütze nicht erledigt. Er sollte mich auch nicht so heftig erwischen, aber ich hatte mich genau in dem Moment bewegt, in dem er abgedrückt hatte. Pech eben. Das Glück und ich wohnten nun mal nicht auf demselben Planeten.

»Warum habt ihr Smiley eingebuchtet?«

»Das ist unsere Arbeit«, sagte Daniel. »Die Verdachtsmomente und Anschuldigungen gegen euch wogen sehr schwer. Es hat eine Weile gedauert, bis alle entkräftet waren, aber nachdem Jakob Linder verhaftet wurde, begannen die Leute zu reden. Zuerst die von der Klinik. Ein Eingeweihter bestätigte die unglaubliche Geschichte mit den Chips, ein anderer gab uns Einblicke in die Test- und Versuchspraktiken, die zur sofortigen Schließung der Klinik führten. Einzelne Mitglieder des BtN brachen unter der Beweislast zusammen und sagten aus. Wir haben konkrete Spuren zu geheimen Untergrundgruppierungen. Wer die Morde für Jakob Linder ausgeführt hat, wissen wir noch nicht, aber wir werden es herausfinden.«

Smiley und ich hatten mehr als nur Staub aufgewirbelt! Das kapierte ich. Viel wichtiger war mir etwas anderes. Daniel hatte *alle* gesagt. *Alle Anschuldigungen entkräftet*. Bedeutete das …

»Edy Linder behauptet, sie sei freiwillig mit dir gegangen, weil sie Angst hatte, im Haus nicht sicher zu sein.«

»Aber ich …«

»Ich weiß, was du ausgesagt hast. Edy meint, du hast da etwas durcheinandergebracht, weil du unter dem Einfluss von bewusstseinsverändernden Medikamenten gestanden hast.«

Edy. Sie hatte mich gerettet. Den Scheißkerl, der auf sie gezielt hatte. Ich starrte an die Decke und drängte die Tränen zurück.

»Warum habt ihr Edy aus dem Krankenhaus rausgelassen?«, fragte ich, als ich meine Stimme wieder unter Kontrolle hatte. »Ihr wusstet doch, wie gefährlich Jake ist.«

Daniel starrte wieder auf seine Hände. »Es ging nicht anders. Jakob Linder hat einflussreiche Freunde. Wir hätten sie so schnell wie möglich zurückgeholt, aber …«

Ich wusste, was jetzt kam, und brachte den Satz für ihn zu Ende. »Wir waren zu schnell.«

»Ja.«

»Was passiert jetzt mit mir?«, fragte ich.

»Reha. Gesund werden. Gegen Jakob Linder aussagen. Der Rest liegt an dir.«

An mir?

»Aber …«

»Vergiss den Knast, Brückenspringer.« Er zwinkerte mir zu, doch sein Gesicht blieb sehr ernst. »Du gehst für diese Sache nicht in den Knast und ich will auch nie hören, dass du wegen irgendeiner anderen Sache im Knast gelandet bist. Ist das klar?«

Ich wusste, was er mir sagen wollte. Ich bekam eine

Chance. Bevor er ging, entschuldigte ich mich für die Sache mit dem Arm. »Welche Sache mit dem Arm?«, fragte er und diesmal grinste er wieder, als er mir zuzwinkerte.

Edys einziger Besuch bei mir war kurz. Sie kam, um mir zu sagen, dass sie wegging. In eine Klinik. Wir sprachen nicht viel. Ich hatte ihren Blick gesehen, kurz bevor ich abdrückte. Sie behauptete, sie verstehe es. Aber verstehen und verzeihen sind nicht dasselbe.

Als sie ging, war ich bis unter den Rand voll mit Schmerz und trotzdem total leer.

Nachdem Smiley aus der U-Haft raus war, besuchte er mich jeden Tag. Manchmal zwei Mal am gleichen Tag. Er laberte mich zu, aber ein Teil von mir blieb leer, ganz egal, wie lange und wie viel Smiley laberte.

Jasper und Johanna brachten ein Tablet mit und wollten es mir dalassen, als Geschenk, damit ich nachlesen konnte, was mit Jake und mit *Gerechtigkeit für Leon* geschah. Ich lehnte dankend ab. Mir reichte der Zeitungsartikel, den Smiley mir mitgebracht hatte.

Spektakuläre Wende im Fall Linder

Nach der Verhaftung von Jakob Linder kommen immer neue, schockierende Fakten ans Licht. Der Unternehmer mit der charismatischen Ausstrahlung führte offenbar schon seit Jahren ein Doppelleben.

Nachdem die Polizei vor zwei Wochen überraschend den Unternehmer Jakob Linder festgenommen hat, werden jeden Tag weitere Einzelheiten über die Gründe bekannt. Es sind erschreckende Informationen, die ein dunkles Doppelleben enthüllen. Jakob Linder wird unter anderem Anstiftung zu Mord und versuchter Mord angelastet.

Wie sich erst jetzt herausstellt, stand Jakob Linder nicht erst seit dem Mord an seiner Frau unter Beobachtung einer Sondereinheit der Polizei. Diese Sondereinheit nahm ihre Arbeit kurz nach der Gründung der Bewegung *Gerechtigkeit für Leon* auf. Mit der Einschleusung eines verdeckten Ermittlers in die Bewegung kam eine neue Dynamik in den Fall. Dass sich die beiden Jugendlichen Mick Steiner und Kurt Walser nach ihrer abenteuerlichen Flucht auf der Suche nach Hilfe an Margot Petersen, die Mutter des inhaftierten Leon Petersen wandten, war für die Sondereinheit ein Glückstreffer. Ihr waghalsiges und eigenmächtiges Vorgehen, das in einem Einbruch in die Villa von Jakob Linder gipfelte, hätte für die beiden Jugendlichen beinahe tödlich geendet. Hätte die Sondereinheit nicht längst im Fall Linder ermittelt, wäre es Mick Steiner und Kurt Walser wohl so ergangen wie einer ganzen Reihe anderer Jugendlicher, die unschuldig im Gefängnis sitzen. Ihnen wurden mittels untergeschobenem und gefälschtem Beweismaterial Taten in die Schuhe geschoben, die sie nicht begangen hatten.
Eine Schlüsselrolle bei der Aufklärung dieser Verbrechen spielen die Aufzeichnungen, die Isabella Linder über einen Zeitraum von zwei Jahren zusammengetragen hat. Sie befinden sich in einem Notizbuch, das Mick Steiner und Kurt Walser in ihrem Atelier gefunden haben. Ein paar der Informationen führten die Ermittler zu Schließfächern, in denen Isabella Linder belastendes Beweismaterial versteckt hat. Zurzeit werden die Fälle von Leon Petersen und weiterer Jugendlicher neu aufgerollt. Man rechnet mittlerweile mit Freisprüchen in den allermeisten dieser Fälle. Jasper und Johanna Candinas von *Gerechtigkeit für Leon*, die immer an die Unschuld der Jugendlichen geglaubt haben, sprechen von einem Sieg der Gerechtigkeit. »Aber unser Kampf ist noch nicht zu Ende«, beteuern die beiden. »Wir werden den Gerichtsprozess gegen Jakob Linder genau verfolgen und wir verlangen eine lückenlose Untersuchung über die Verwicklungen des BtN in diese Geschehnisse. Nicht zuletzt wollen wir dazu beitragen, die Gräben wieder zu schließen, die in diesem Land entstanden sind, und wir werden uns auch in Zukunft für eine offene, tolerante und freie Gesellschaft einsetzen.«
Klaus Peter Niedermeier, der Sprecher des *Bundes für eine tatkräftige Nation* (BtN), der zusammen mit Jakob Linder in den Fokus

der Ermittlungen gerückt ist, verspricht vollste Kooperation mit den Ermittlungsbehörden. Er zeigt sich schockiert über das Ausmaß der verbrecherischen Aktivitäten einiger Mitglieder des BtN, beteuert jedoch, dass der größte Teil nichts davon gewusst hat. »Wir anderen bedauern die bekannt gewordenen Ereignisse außerordentlich«, lässt er durch seinen Anwalt ausrichten.

Ob Bedauern in diesem Fall ausreicht, ist fraglich. Viele Anzeichen deuten darauf hin, dass es in den Reihen des BtN eine fast schon als mafiös zu bezeichnende Einheit gegeben hat, die in unzählige Verbrechen verstrickt zu sein scheint. Fakt ist, dass der BtN an vorderster Front mit dabei war, als es darum ging, härtere Maßnahmen zu fordern. Kenner und Experten im Bereich der organisierten Kriminalität rechnen damit, dass der *Bund für eine tatkräftige Nation* aufgelöst wird, wenn nicht freiwillig, dann auf Anordnung des Bundes oder eines Gerichts.

Aufgrund des umfangreichen Materials rechnet man damit, dass viele der Untersuchungen Monate, einige sogar Jahre dauern könnten. Editha Linder, Mick Steiner und Kurt Walser haben ausführlich ausgesagt und werden im Prozess gegen Jakob Linder als Zeugen auftreten. Die Situation in den Straßen der Städte hat sich beruhigt. Seit der Verhaftung von Jakob Linder ist es zu keinen Ausschreitungen mehr gekommen. Es hat ein Prozess des Nachdenkens und Aufarbeitens eingesetzt. Trotzdem liege noch einiges an Auf- und Verarbeitung der Geschehnisse vor uns, teilten gestern Vertreter verschiedener Parteien in einer gemeinsamen Erklärung mit.

47

philosophin @philosophin

Never forget: At the end of the sea there's hope.

Ich kam in die Reha, an einen Ort, der geheim gehalten wurde, denn in den Medien kochte die Geschichte über. Alle wollten mit mir reden, alle wollten mich vor ihrer Linse.

Ab und zu brachte mir eine Schwester einen Zeitungsartikel. Ich las nicht alle. Am wichtigsten waren mir die über Edy. Die hob ich alle auf.

Edy erbte die Firma ihrer Mutter und übergab die Leitung ihrem Onkel, der auch ihr Vermögen verwaltete, da sie noch minderjährig war. Er gründete in ihrem Namen eine Stiftung für jugendliche Ausreißer und Obdachlose. Sie nannte sie *Brückenspringer*. In ihrer freien Zeit und den Semesterferien arbeitete Edy in der Stiftung, die ihren Sitz in einer alten Fabrik hatte. Dort konnten sich Jugendliche treffen und fanden ein Dach über dem Kopf, wenn sie keins hatten. Es gab eine Beratungsstelle und vor allem eine Menge Zukunftspläne. Ich fand, das hörte sich richtig gut an.

Es gab auch Artikel, die ich nicht aufhob. Meine Mutter erinnerte sich plötzlich daran, meine Mutter zu sein, und verkaufte mich der Boulevardpresse. So im Jetzt-rede-ich-Stil. Auf den Bildern in den Zeitungen weinte sie und erzählte rührselige Geschichten über mich und meine Schwester.

Ich las diese Artikel, weil ich darin irgendetwas finden wollte, das mich mit meiner Mutter verband. Sie redete von Liebe und verpassten Chancen. Ich fühlte nichts, denn jede Zeile verriet, worum es ihr ging: um sie. Und um Geld.

Ich wurde gesund, sagte aus und ging danach in den Süden. Neu anfangen. Es war warm und ich fand Menschen, die ich mochte, niemanden so sehr wie Smiley, aber es reichte, um zufrieden zu sein. Die Träume wurden weniger schlimm. Der leere Teil in mir blieb leer. Und da war Smileys Stimme in meinem Kopf. *Wenn das hier vorbei ist, solltest du deine Schwester suchen.*

Es war vorbei, ich lebte noch, ich war nicht im Knast; ich hatte es ihm versprochen. Also ging ich irgendwann im Frühling zurück und suchte meine Schwester. Ich fand sie bei einer tollen Pflegefamilie, die sie erfolgreich aus der ganzen Medienschlacht herausgehalten hatte. Total nette Leute und ich glaube, sie freuten sich echt, mich kennenzulernen. Bei Sina war ich mir am Anfang nicht sicher. Sie brauchte eine Weile. Weil sie wütend war. Nicht, weil ich sie losgelassen hatte, sondern weil ich sie so lange nicht gesucht hatte. Aber sie gab mir eine Chance. Sie hörte mir zu.

Ich erzählte ihr vom Foto, das ich die ganze Zeit mit mir herumgetragen hatte, bis Edy mich testete. Wie ich sie dafür bezahlen ließ. Und den ganzen Rest.

»Du magst sie«, sagte Sina.

Mein Herz schlug schneller. Unter meiner Haut begann es zu brodeln.

»Du magst sie wirklich.« Sina boxte mich in die Seite und lachte. »Hast du sie besucht, so wie mich?«

Ich schüttelte den Kopf.

»Aber du denkst manchmal an sie, nicht wahr?«

Jeden einzelnen Tag. Und in den Nächten auch. »Manchmal«, antwortete ich und vermied es, meine Schwester anzusehen.

Sie legte ihre Hand auf meine und umschloss sie.

»Wir lassen uns nie wieder los«, flüsterte sie. »Nie wieder. Versprochen?«

Ich nickte und hielt ihre Hand genauso umschlossen wie sie meine. Dann stellte sie eine ganz einfache Frage. Ich heulte los und konnte nicht mehr aufhören. Die ganze Zeit hielt Sina meine Hand und dann versprach sie mir auch etwas.

Es war Frühsommer, noch viel zu kalt, aber an kaltes Wasser war ich seit der Jake-Geschichte gewöhnt. Sina hatte jede Menge Geduld. Sie hielt ihr Versprechen. Sie brachte mir das Schwimmen bei.

Ihre Pflegeeltern boten mir an, bei ihnen zu bleiben. Ihr Pflegevater sprach sogar davon, mir einen Job zu vermitteln, aber ich musste erst noch etwas erledigen.

Und so kam es, dass ich an einem Tag, an dem der Himmel so blau war wie damals über der Schlucht, das Fabrikgebäude betrat, das ich in den Zeitungen gesehen hatte. Satter Sound empfing mich, nicht aus der Konserve, sondern von einer Band, die gerade ihre Songs probte. Ein paar Jungs und Mädchen besprayten eine Wand, viel cooler als Smiley und ich. Einige erkannten mich, kamen auf mich zu und begrüßten mich wie einen Kumpel. Sie zeigten mir den Weg zum Empfang.

Es war ein großer, gemütlicher Raum mit drei Schreibtischen. Zwei davon waren besetzt.

»Kann ich dir helfen?«, fragte eine Frau, die so aussah, als ob sie mit all den Jungs und Mädchen da drin prima klarkam.

»Ich … Ich suche … Editha Linder. Ist sie … Ich habe gelesen, dass …«

»Du bist Mick«, sagte die Frau.

Ich fühlte, wie mein Gesicht rot anlief.

»Edy arbeitet im Moment bei uns. Aber heute hast du Pech. Sie besucht einen Freund.«

Ein Blitz schlug mitten in mein Herz. Ich stand da und rührte mich nicht. Nur mein Gesicht wurde immer heißer. Einen Freund. Ihren Freund. Natürlich. Wie hatte ich so blöd sein können, einfach herzukommen?

»Es ist der junge Mann vom Fluss«, redete die Frau weiter, als hätte sie nicht bemerkt, was mit mir los war.

»Smiley?«, krächzte ich.

»Ja, ich glaube, so nennt sie ihn.« Sie lächelte. »Hat er eigentlich auch einen richtigen Namen?«

»Hat er.«

Sie wartete eine Weile, doch ich hatte keine Lust, ihr Smileys Namen zu verraten.

»Soll ich sie anrufen und sagen, dass du vorbeikommst?«

»Nein«, sagte ich schnell. »Nicht nötig. Grüßen Sie sie von mir.«

»Bist du sicher?«

Ich nickte.

»Du könntest morgen noch einmal vorbeikommen«, meinte sie. »Sie würde sich bestimmt freuen.«

»Muss weiter.« Ich trat den Rückzug an. Es war eine blöde Idee gewesen hierherzukommen.

»Warte«, rief die Frau, als ich schon bei der Tür war. »Hast du für heute Abend einen Platz zum Schlafen?«

»Ja, danke.«

Sie wusste, dass ich log. Ich sah es ihr an. »Bitte rufen Sie sie nicht an«, sagte ich.

Sie zögerte. »In Ordnung«, sagte sie schließlich. »Ich werde sie von dir grüßen, wenn sie zurück ist. Aber …«

»Danke«, unterbrach ich sie und ging durch die Tür, bevor ich es mir anders überlegen konnte.

Draußen stand ein roter Lieferwagen. Eine Hand legte sich auf meine Schulter. Ich fuhr herum und blickte in das Gesicht eines langhaarigen Typen.

»Kann ich dich mitnehmen?«, fragte er.

»Ja«, antwortete ich, ohne ihn zu fragen, wo er hinfuhr.

»Na, dann steig ein.«

Auf der Fahrt erzählte er mir von dem Übungsraum, den er und seine Kollegen im Untergeschoss der Fabrik einrichteten. Von ihrer Band und dass sie ganz groß rauskommen würden.

»Merk dir unseren Namen«, sagte er und grinste. »Und wenn du dann in den Medien von uns hörst, holst du dir bei uns im Büro eine CD ab. Ist geschenkt, Mann.«

»Wenn du mir jetzt noch den Namen der Band verrätst«, antwortete ich.

»Never forget.« Sein Grinsen war noch breiter als vorher.

Ich brauchte fast einen Kilometer Fahrt, bis ich mich traute, ihm meine Frage zu stellen.

»Wie seid ihr auf den Namen gekommen?«

»War der Tipp einer guten Freundin. Sie meinte, sie kenne jemanden, dem unsere Musik gefallen würde.«

Mein Herz hatte wieder diesen viel zu schnellen Beat drauf. Ich sah Smiley vor mir und konnte sogar seine Stimme hören. *Das ist ein Zeichen.*

»Schon mal von Smiley gehört?«, fragte ich den Typen.

»Klar.«

»Kennst du die Brücke, bei der er wohnt?«

»Aber sicher. Ist genau achtzehn Meter hoch.«

»Kannst du mich hinfahren?«

»Wieso?« Er lachte. »Willst du noch einmal runterspringen?«

Ich muss ziemlich erschlagen ausgesehen haben, denn er schlug mir die Hand auf die Schulter und grölte: »Mann, das war ein Witz!«

Als wir da waren, wusste er sogar, auf welcher Seite der Brücke er anhalten musste. Bevor er sich von mir verabschiedete, wurde er ziemlich verlegen.

»Zeigst du mir das Tattoo?«, fragte er.

Ich drehte meinen Arm so, dass er es sehen konnte.

»Never forget«, sagte er leise.

»Du schuldest mir eine CD«, erinnerte ich ihn.

»So viele du willst.«

Ich wartete, bis er eingestiegen und weggefahren war. Dann lief ich zur Mitte der Brücke. Achtzehn Meter. Verdammt hoch. Eine Weile lehnte ich am Geländer, schaute in die Tiefe und suchte nach ein paar coolen Sätzen für Smiley. Für Edy hatte ich einen. Schon seit einer ganzen Weile.

Als ich unten am Fluss ankam und die beiden auf Smileys Lieblingsplatz sitzen sah, dort, wo ich mich vor der Geschichte mit Jake verabschiedet hatte, fluteten mich meine Gefühle und schwemmten alle Worte aus mir raus.

Smiley sah mich zuerst. Er sprang auf, kam auf mich zugerannt, breitete seine Arme aus und schenkte mir die heftigste Umarmung, die ich je bekommen hatte. Ich wartete auf einen Redeschwall, aber er blieb aus. Wahrscheinlich war Smiley ungefähr so sehr zugeflutet wie ich. Irgendwann brachte er doch noch ein paar Wörter über die Lippen. »Vermassle es nicht«, flüsterte er mir ins Ohr. Dann ließ er mich los.

Edy stand auf dem Fels. Sie hatte ihre Haare geschnitten und trug Jeans und ein T-Shirt. Sie war wunderschön. Ich ging auf sie zu und versuchte, irgendwo in meinem gefluteten Ich den einen Satz zu finden, den ich ihr in Gedanken so oft gesagt hatte, aber als ich ihn endlich fand, kam er mir so kindisch und idiotisch vor, dass ich verzweifelt nach einem anderen suchte. Ich fand keinen. Es gab nur den einen. Egal, wie blöd er klang.

»Ich habe schwimmen gelernt«, sagte ich.